JAMAIS D'EUX SANS TOI

JAMAIS D'EUX SANS TOI

ALEX SOL

© Alex Sol - 2023

« Tous droits de reproduction, d'adaptation et de traduction, intégrale ou partielle réservés pour tous pays. L'auteur ou l'éditeur est seul propriétaire des droits et responsable du contenu de ce livre. Le Code de la propriété intellectuelle interdit les copies ou reproductions destinées à une utilisation collective. Toute représentation ou reproduction intégrale ou partielle faite par quelque procédé que ce soit, sans le consentement de l'auteur ou de ses ayant droit ou ayant cause, est illicite et constitue une contrefaçon, aux termes des articles L.335-2 et suivants du Code de la propriété intellectuelle »

Seconde édition - 2023
Correction : Ingrid Lombart
Couverture : Alex Sol
Maquette et mise en page : Alex Sol

Édité par ®Alex Sol, 31000 Toulouse

ISBN : 9782494206274

Dépôt légal : septembre 2023

Les fous passent,
La folie reste.

SEBASTIEN BRANT

1
14 AVRIL 2019

La brume recouvre la vallée derrière la maison et engloutit tout ce qui mesure moins d'un mètre de haut. Seules les cimes des arbres les plus hauts se dessinent, noires sur un fond gris clair. L'air frais a encore la piquante odeur de l'hiver et, ici, il sent surtout le bois de chêne.

Le ciel s'éclaircit petit à petit. Le soleil joue à cache-cache avec les nuages et vous le distinguez au loin derrière la colline, timide et frileux.

La vapeur qui sort de votre bouche tournoie devant vous avant de s'évaporer et de disparaître. Vous tendez une main distraite vers votre tasse et l'attrapez du bout des doigts. Vous êtes pieds nus sur le plancher de la terrasse et de petits frissons remontent le long de vos jambes. Vous aimez le froid, il vous rappelle l'Irlande, là où vous êtes née.

Vous posez votre tasse de thé fumant sur la table en fer forgé et resserrez votre pull ainsi que votre écharpe autour de votre cou. La froideur de ce début d'avril transpercerait n'importe qui du coin, mais pas vous. Vous n'êtes pas d'ici après tout. Votre accent commence à disparaître, cela fait bientôt vingt ans que vous avez quitté l'Irlande pour rejoindre la campagne française, mais il chante encore lorsque vous êtes fatiguée ou énervée.

La nature est silencieuse ce matin. Vous aviez toujours détesté ce calme, avant l'incident. Aujourd'hui, il vous réconforte, car il annonce le désert, la solitude, la simplicité.

Vous tournez la tête vers la forêt et soupirez longuement.

Une cloche sonne au loin, celle de l'église de Saint-Antonin-Noble-Val, petite commune d'Occitanie dans le sud de la France. Bientôt, des centaines de personnes se rueront sur les étals du marché, vous devez vous dépêcher si vous voulez éviter la cohue.

— Maman ! Tu vas tomber malade, rentre !

Judith, votre fille de seize ans, se tient à la fenêtre de sa chambre. Elle porte sa salopette du dimanche en jean brut, celle que vous avez achetée aux fripes l'an passé. Elle a attaché ses longs cheveux bruns en un grossier chignon sur le côté droit et s'est maquillée avec du khôl noir épais. Une couche de fond de teint couvre son acné adolescente.

— Il est tôt ! lui répondez-vous, surprise. Tu es tombée du lit ?

Vous lui souriez, amusée.

— Tu m'as demandé de venir avec toi, tu te rappelles ? Ou tu as déjà oublié ?

Vous secouez la tête. Bien sûr que non, vous n'avez pas oublié. Vous désirez profiter de tous les instants qu'il vous reste avec Judith. À la rentrée prochaine, elle partira en internat et vous ne la verrez plus que le week-end.

— Dépêchons-nous avant qu'il y ait trop de monde.

Judith étouffe un petit rire.

— J'ai dit quelque chose de drôle ? demandez-vous.

— Non. C'est juste que quand tu vends sur le marché, tu pries pour qu'il y ait des gens, et quand tu ne travailles pas, tu ne veux personne !

— C'est vrai, avouez-vous. Aujourd'hui, c'est juste toi, moi et les légumes.

Une fois dans le salon, vous refermez la baie vitrée, mais pas sans un regard pour la forêt derrière vous.

Judith court mettre ses chaussures tandis que vous passez par la buanderie à l'entrée du garage. Hugo, le chien de Judith, vous rentre plusieurs fois dans les jambes. Sa tête vous arrive à mi-cuisse et vous la caressez distraitement en cherchant une paire de chaussettes sèches. Ses pattes tremblent, il est vieux, le vétérinaire dit que c'est un équivalent d'arthrose et qu'il n'y a rien à faire.

Quelques minutes plus tard, vous êtes chacune sur votre vélo et Hugo court à vos côtés sur la route.

Judith avance plus vite que vous et vous l'observez le cœur lourd et léger à la fois. Physiquement, elle est le portrait de son père, mais elle a pris tant de vos défauts et de vos manies que vous avez parfois l'impression de vous contempler dans un miroir. Pourtant, elle ne vous ressemble pas. Ses cheveux sont aussi bruns que les vôtres sont roux. Vous êtes petite et mince alors que Judith mesure une dizaine de centimètres de plus que vous et a des formes plus développées. Elle vous envie souvent vos yeux vairons, elle n'aime pas ses yeux marron, elle les trouve ennuyeux. Elle n'y décèle pas cet éclat de curiosité et de vie que vous y voyez vous. Le même éclat qu'avaient les yeux de son père.

Vos seuls points communs sont vos cicatrices au visage. La sienne, une fine marque blanche sur le front, et les vôtres, une succession de lacérations sur votre joue droite. De loin, elles ressemblent presque à une étoile. Les gens essaient de ne pas les fixer, mais leur regard glisse toujours vers votre joue. Vous ne leur en voulez pas, vous n'y faites plus attention.

Hugo commence à ralentir et vous réalisez qu'il peine de plus en plus. Quel âge a-t-il, déjà ? Treize ans ? Presque quatorze ? Vous êtes allées le chercher à la SPA du Ramier près de Montauban quand Judith avait six ans. Vous souhaitiez lui changer les idées et lui offrir une compagnie. Hugo a tenu ses promesses, les cauchemars de la fillette ont disparu dès que le chien s'est installé aux pieds de son lit. Vous craignez le jour où vous le retrouverez allongé, mort dans son sommeil, à vos pieds.

Judith vous lance un regard triste. Bientôt, il ne sera plus capable de vous accompagner. Peut-être devriez-vous investir dans ces remorques à vélo pour continuer de l'emmener avec vous lors de vos balades. Il le mérite.

Enfin, vous arrivez au marché. Judith sort de son sac la gamelle pliable du chien, mais a oublié d'emporter l'eau. Elle lève la tête vers vous, ennuyée.

— Heureusement, moi, je pense à tout !

Oui, vous êtes prévoyante. Pas pour Hugo, il peut boire à la petite fontaine, mais pour Judith et vous. Vous avez toujours de quoi boire et manger dans votre sac. Toujours de quoi vous défendre aussi, un spray au poivre qui a pris tant de chocs qu'il est là davantage pour vous apporter une sensation de sécurité que pour sa réelle efficacité. Peut-être devriez-vous le changer, d'ailleurs. Vous irez cette semaine. C'est décidé.

Hugo se désaltère avec enthousiasme et regarde tout autour de lui. Judith accroche sa laisse à son collier et il se débat. Il ne fera de mal à personne, vous le savez toutes les deux, mais les gens lisent trop les faits divers et font des amalgames. Les habitants du coin feraient mieux de s'inquiéter de ce que leurs voisins sont capables de faire à l'abri des murs de leur maison plutôt que de leurs chiens.

Judith avance vite, elle a hâte de rentrer. Elle ne vous accompagne que pour vous faire plaisir. Vous n'aimez pas la laisser seule à la maison de toute façon. Les rares fois où vous vous y obligez, vous fermez toutes les fenêtres et les portes à clef.

Quelqu'un vous appelle. Vous tournez la tête et reconnaissez votre voisin, Paul. Vous lui rendez son sourire. Sa femme est en train de se servir derrière à l'étal de légumes. Elle et ses fichues poches plastiques ! Comme d'habitude, elle est sur son trente-et-un et monopolise la conversation. Elle se retourne vers vous et vous fait de grands gestes alors qu'elle n'est qu'à quelques mètres.

— J'arrive, Karen ! crie-t-elle.

Vous lui souriez, forcée. C'est votre voisine la plus proche et vous ne pouvez pas l'ignorer, pas devant Paul, son mari, votre seul et véritable ami ici. Il vous regarde presque avec pitié.

— Tu peux y aller... vous encourage-t-il.

Mais déjà, sa femme est là et sa voix nasillarde le coupe.

— Alors, Karen ! s'écrie Marion. *What's new ?* Tu sais qu'ils cherchent un remplaçant à ce pauvre Barbieux au collège ? Le malheureux a dégringolé les marches depuis le troisième étage ! Ma nièce m'assure que c'était un accident, mais on les connaît bien, ces petites racailles, hein ? J'aurais bien pris le poste, mais avec le cabinet... non... je ne peux pas les laisser. J'ai toujours rêvé d'être prof, est-ce que je te l'avais dit ? Paul m'a souvent encouragée, mais...

Vous apercevez Judith faire marche arrière pour éviter les voisins. Vous lui faites un geste de tête pour continuer. Vous allez en avoir pour longtemps. Vous essayez de vous concentrer sur ce que raconte Marion, mais même Paul ne suit plus. Alors, vous hochez la tête en rythme et, par politesse, vous prononcez un « oui » et un « oh » par-ci par-là.

— Oh, et cette vigne qui sort de notre côté du bois ! se plaint-elle. C'est une saleté ! Tous les ans, il faut la couper ! C'est une coriace ! Moi, je pense qu'on devrait aller la déraciner à la base. Se débarrasser des racines pour pas qu'elle revienne l'an prochain. *What do you think, Karen ?*

Marion place des phrases en anglais dans sa logorrhée autocentrée et vous vous demandez si elle projetait vraiment de remplacer le professeur d'anglais du collège. Son accent est horripilant, et même vous, vous n'êtes pas vraiment sûre de comprendre toujours ce qu'elle veut dire. À côté d'elle, Paul s'ennuie, mais hoche la tête, attentif comme toujours au moindre désir de son épouse. Sa moustache grisonne sous son nez et ses tempes commencent à se dégarnir. Très à cheval sur sa santé et sur son corps, il court plusieurs fois par semaine et s'entraîne à la boxe et au karaté à Caussade. Gendarme depuis vingt ans, il n'a jamais quitté Saint-Antonin. Marion, sa femme, est l'archétype presque stéréotypé de la fille de la ville coincée à la campagne. Toujours habillée comme si elle sortait d'une réunion importante, personne ne l'a jamais vue sans ses talons de huit centimètres ou vêtue d'autre chose que d'une robe ou d'un tailleur. Ses cheveux sont impeccablement coiffés, quoiqu'avec un look un peu rétro, mais pas assez pour être considéré comme vintage.

— Paul n'a pas envie d'aller la couper, cette vigne. Il dit qu'il ne faut pas la déranger.

Vous approuvez.

— Elle ne me dérange pas non plus, assurez-vous, je la coupe au printemps quand elle arrive près de chez moi et c'est tout.

Marion n'a pas l'air convaincue et tente de vous raisonner.

Enfin, après plus de dix minutes des petites histoires de Marion, vous parvenez à vous échapper. Un peu plus loin, Judith choisit un chou-fleur bien gros et le glisse dans un de ses sacs en tissu. Vous les cousez ensemble à partir de vêtements que vous ne portez plus.

Vous croisez l'ancienne professeure principale de Judith qui vous parle de ce pauvre Barbieux à son tour. Les gens d'ici s'imaginent vraiment que parce que vous êtes irlandaise, vous voulez devenir professeure d'anglais. Ils en oublient votre métier, celui qui vous plaît et qui vous fait vivre, votre fille et vous. Finalement, votre interlocutrice semble s'en souvenir, peut-être a-t-elle lu l'ennui sur votre visage, et vous demande quand vous allez de nouveau tenir un stand au marché avec vos créations.

Vous retrouvez Judith devant le stand d'une association de protection animale après avoir acheté un kilo de champignons. Elle a toujours été attirée par le végétarisme. Vous n'y voyez aucun inconvénient, vous-même n'aimez pas la viande, vous n'en achetez pas souvent et de moins en moins depuis que Judith vous fait part de ses scrupules.

Enfin, après avoir recroisé Marion et Paul et leur avoir échappé à nouveau, vous terminez vos dernières courses. Heureusement, car la foule de touristes vient d'arriver et les allées du marché deviennent de plus en plus difficiles à arpenter.

— On a tout ?

Votre fille hoche la tête.

— Je pense.

— Bien. Petit déjeuner ?

Le visage de Judith s'illumine. C'est votre petit rituel à chaque fois qu'elle vous accompagne au marché.

Vous vous arrêtez au café de la halle et vous vous installez sous un radiateur de la terrasse. De là où vous êtes, vous pouvez contempler les façades en vieille pierre grisonnantes d'où pendent, à certains balcons, des jardinières qui attendent désespérément le retour des beaux jours pour refleurir.

Pierre, le gérant, n'a rien contre le fait de laisser rentrer Hugo, mais vous n'avez pas froid et Judith non plus. Elle tient ça de vous. Alors que tout le monde porte un large manteau, une enfilade d'écharpes et de bonnets ainsi que de grosses paires de gants, vous n'avez enfilé qu'un pull épais et une écharpe légère. Ces Français sont bien frileux. Vous vous souvenez avec nostalgie des fins d'après-midi d'hiver irlandaises.

Sans que vous ayez eu besoin de commander, Pierre approche avec un chocolat chaud à la cannelle pour Judith et un café allongé pour vous. Il pose aussi sur la table une assiette avec un croissant et une chocolatine en vous faisant un clin d'œil. Vous le lui rendez et attrapez le croissant. Judith se frotte les mains et enlève sa paire de gants en coton. Elle les pose sur la table, à côté de son téléphone bien en vue, l'écran déverrouillé.

— Tu attends un message ? vous renseignez-vous en serrant vos deux mains autour de la tasse bien chaude.

Le visage de Judith se décompose et vous ne savez pas si vous devez rire ou vous inquiéter.

— Ce... Ce n'est rien. Tu ne veux jamais parler de ça, de toute façon.

— Comment ça ?

— Ben, de ça, *mum*. Des garçons...

— Des garçons ? Tu en rencontreras tellement !

Judith secoue la tête. Elle est tracassée, vous le voyez bien, alors vous faites un effort.

— Qui c'est ?

— Personne, répond tout de suite Judith. Tu ne le connais pas.

— Je n'ai pas besoin de le connaître. Tu ne veux pas m'en parler ?

Judith soupire. Quel dommage que vous n'arriviez pas à discuter de ces choses-là avec elle. Cela crée un fossé entre vous alors que vous étiez autrefois si proches. Elle sait que votre mariage n'a pas été heureux et vous la soupçonnez de ne pas vouloir vous parler de sa vie amoureuse pour ne pas vous faire penser à la vôtre, ou plutôt à son inexistence.

— C'est pas que je ne veux pas, explique Judith, c'est juste que tu vas encore dire que ça ne sert à rien de s'en faire ou de s'emballer parce que ça ne durera pas. Qu'on n'a pas besoin d'un garçon pour être heureuse, tout ça, quoi...

Vous vous retenez de déclarer que c'est le cas, que cela ne durera pas, que cela ne doit pas durer.

— N'est-ce pas ? pointe Judith.

Une fanfare de rue s'est mise à jouer au coin près du café. Il y a un accordéon, vous trouvez cela à la fois cliché et agréable. Vous tentez de vous concentrer dessus plutôt que sur cette angoisse qui commence à naître dans votre estomac. Judith a raison, vous n'arrivez pas à parler de cela avec elle.

— Non. Je ne peux rien dire, je ne connais pas l'histoire. Je ne dirai rien, promis.

Et vous espérez pouvoir tenir votre promesse.

Judith a l'air un peu soulagée et cela vaut tous vos efforts.

— C'est juste que...

Elle se penche vers vous et chuchote en anglais :

— Quelqu'un nous observe, maman.

Vous vous tournez discrètement. Un homme d'une quarantaine d'années scrute votre table, intéressé. Impossible de dire si c'est Judith ou vous qu'il fixe si passionnément, vous êtes assises l'une à côté de l'autre. Deux tasses se trouvent sur sa table. Des volutes de vapeur s'en élèvent, mais vous ne voyez personne d'autre. Un manteau rouge avec un col en fourrure repose sur la chaise déserte tirée en arrière. Quelqu'un l'accompagne de toute évidence. Une cigarette est en train de s'éteindre dans le cendrier en verre devant lui.

— C'est qui ce type ? souffle Judith. Je l'ai jamais vu.

— Je ne sais pas. Peut-être que sa femme est partie aux toilettes. Les touristes, tu sais, ils ne sont pas polis.

— Je n'aime pas quand les gens te fixent, *mum*.

Vous levez les yeux vers la vitre de la voiture sur le trottoir. Vous y apercevez son reflet qui se retourne sur sa chaise. Il doit chercher sa femme. Toute votre attention revient sur votre fille.

— Il est en terminale, commence à raconter Judith. Je sais ce que tu vas dire, qu'il est trop vieux pour moi et que dans un an il partira faire ses études ailleurs et que ça ne tiendra jamais, mais je sais que ça tiendra, tu comprends ? Je le sens. C'est au fond de moi, je ne peux pas l'expliquer.

Vous buvez une toute petite gorgée de café. Vous n'avez pas à vous inquiéter, en fin de compte. Dans quelques mois, le Roméo de votre Juliette partira à Toulouse ou encore plus loin et disparaîtra de la vie de Judith, donc pas de quoi vous angoisser.

Vous regardez une nouvelle fois dans le reflet de la vitre. L'homme est toujours seul et fixe sa montre. Vous vous tournez de nouveau vers lui. Il lève les yeux vers vous et vous fait un clin d'œil assorti d'un sourire qu'il veut séducteur. Sa femme apparaît derrière lui et s'installe à sa place, ses longs cheveux blonds rebondissant sur ses épaules.

L'homme se dépêche de reporter son attention sur elle. Quel imbécile !

— T'avais raison, sa femme est revenue. Alors ? Tu en penses quoi ?

Elle a confiance en vous comme vous avez confiance en elle. Dommage que vous, vous n'ayez pas confiance dans le monde qui vous entoure.

— Tu verras, lui répondez-vous. Tu sais, moi je pense que si tu te poses trop de questions, tu vas tout gâcher toute seule. Tu dois être naturelle. Tu ne sais pas ce qui arrivera demain, lui non plus et moi encore moins.

Vous mentez. Bien sûr que vous savez ce qui va se passer. Peut-être pas demain ni après-demain, mais plus tard. Ce garçon se lassera de Judith et il la laissera, peut-être ne la préviendra-t-il même pas. Elle finira par revenir dormir avec vous quelques nuits avant de s'en remettre et, quelques mois plus tard, elle retombera amoureuse. Mais tout ça, vous ne pouvez pas le lui dire, elle ne vous croirait pas.

— Plus tu réfléchiras, reprenez-vous, plus tu te feras du mal toute seule. Ce n'est pas encore la fin de l'année, tu as le temps. Profite du moment présent !

Judith boit sa dernière gorgée de chocolat chaud et repose sa tasse sur la table. De la vapeur s'échappe de ses lèvres quand elle expire.

— Tu as raison.

Comment allez-vous faire quand elle partira pour l'internat en terminale ? Vous passez le dos de vos doigts sur sa joue et elle grimace. Elle n'aime pas les démonstrations d'affection en public.

— Le type chelou s'en va, regarde !

En effet, le couple quitte le petit café. Il pose une main possessive sur la courbure de hanche de sa femme et fait beaucoup d'efforts pour ne pas se retourner vers vous. Alors qu'ils disparaissent dans la foule du marché, vous remarquez un autre homme. Il est assis derrière le couple qui vient de partir. Deux tasses fument sur sa table, mais pas de manteau ni de sac à main de femme sur la chaise vide, seulement un sac à dos noir aux bretelles en cuir marron. L'homme regarde son café en souriant. Vous le trouvez séduisant, malgré vous, avec ses épaules larges et ses cheveux noirs épais et bouclés. Il a des mains fines et des doigts sans aucune cale, ce qui change des gars du coin. Il lève ses yeux sombres vers vous et vous fixe. Vous détournez les yeux.

Qu'est-ce qu'ont les hommes accompagnés aujourd'hui ? Ne savent-ils donc pas se tenir ?

Cela fait longtemps que vous n'avez pas trouvé un homme attirant et celui-là ne fixe pas Judith ni votre cicatrice, ce qui est une première depuis un moment. Parfois, vous vous demandez ce que cela ferait de retrouver quelqu'un et si vous pourriez faire confiance à nouveau.

À vos pieds, Hugo s'impatiente et vous sort de vos pensées.

— C'est l'heure d'y aller, je crois.

Judith se lève. Elle se tourne vers la grande baie vitrée du café et lève un pouce en direction de Pierre. Il lui répond de la même manière. Huit ans qu'ils ont ce rituel. Si Judith a aimé son chocolat, elle lève le pouce, sinon ou si elle souhaite juste embêter Pierre, elle baisse le pouce et il lui en apporte un nouveau. Bien sûr, elle fait ça le plus souvent pour avoir un autre chocolat et Pierre joue le jeu. Lui non plus n'arrive pas à réaliser à quel point les années ont passé et à quel point Judith a grandi.

Vous vous levez toutes les deux et vous prenez en main la laisse d'Hugo qui se lève en manquant de faire tomber la table.

— Attention, Hugo !

Hugo est si content qu'il bat de la queue contre la couturière du village qui est installée à la table de devant. Elle se retourne quelque peu énervée, mais se radoucit en voyant que c'est vous. Elle passe même une main sur la tête d'Hugo qui la remercie d'un coup de langue baveuse.

— Oh, merci le chien... Bonjour, Karen ! Vous avez vu ? Je porte votre robe aujourd'hui !

Vous n'auriez jamais pensé que de toutes les habitantes du village, elle serait la première à vous commander des vêtements. Elle qui avait si souvent râlé parce que vous ne lui aviez pas demandé de travailler pour vous.

Vous faites un geste de main à Pierre et traversez la terrasse. Vous passez devant la table de l'homme qui vient de vous sourire. Il n'est plus là, son café est terminé et la tasse d'à côté, un chocolat chaud à la cannelle, n'a pas été touchée. Étrange.

Alors que vous rejoignez vos vélos à l'autre bout du marché, vous sentez que quelqu'un vous observe. Vous vous retournez plusieurs fois, mais ne voyez rien. Vous pensez devenir paranoïaque quand vous apercevez l'homme du café, au milieu du marché, seul. Il choisit ses légumes. Il ne peut pas être en train de vous espionner, n'est-ce pas ? Tous vos sens sont à l'affût du moindre signe de danger. Il ne vous regarde pas, il parle avec la maraîchère. Il ne fait attention ni à vous ni à Judith. Cela ne vous empêche pourtant pas d'accélérer le pas.

Vous passez à côté d'une petite fille blonde qui marche toute seule dans sa robe rouge d'été. Vous l'ignorez. Ce n'est pas le moment.

Enfin, vous rangez vos courses dans le panier à l'avant du vélo.

— Et si on prenait le long chemin ? proposez-vous à Judith en feignant l'excitation.

— Vraiment ? râle-t-elle.

— Oui, allez ! Ça fait longtemps ! J'aime beaucoup ! On roulera doucement.

— D'accord.

Judith ne sait pas dire non. Pour l'instant, vous aimez ça, mais vous avez bien conscience qu'arrivera un jour où il faudra qu'elle apprenne à le faire. Peut-être allez-vous devoir lui apprendre, vous. Vous n'en avez pas envie, mais vous préférez avoir le contrôle sur ce qui se passera, vous pourrez vous assurer qu'il ne lui arrivera rien. Si quelqu'un d'autre le lui apprend, elle pourrait souffrir, comme vous, vous avez souffert. Comme Maggie a souffert.

Bien sûr, ce n'est pas parce que vous appréciez les balades bucoliques, alors que votre panier à l'avant du vélo est bien chargé, que vous souhaitez prendre ce chemin. Non, c'est parce qu'il serait impossible de vous suivre sans être démasqué.

Vous montez chacune sur votre vélo et démarrez. Judith passe devant comme toujours et cela vous va, vous allez pouvoir regarder derrière vous sans l'inquiéter. Elle vous trouve déjà assez paranoïaque comme cela. Toutefois, est-ce vraiment de la paranoïa que d'avoir un sixième sens développé et de vouloir protéger son enfant ?

Le long chemin vous a fait perdre trente minutes, mais vous a fait gagner un sentiment de sécurité inestimable. Personne ne vous a suivies et vous vous en assurerez pendant une bonne heure après être rentrées à la maison.

Vous laissez Hugo dans le grand jardin qui fait le tour de la maison et allez sortir les oies de leur enclos. Vos voisins les plus proches pensent que vous en faites du foie gras. Ils ne se doutent pas une seconde que c'est une protection supplémentaire que vous avez posée autour de la maison. Personne, à part Judith et vous, ne peut passer devant elles sans se faire repérer. En échange de leur détecteur d'intrus, les oies vivent une retraite paisible jusqu'à leur mort. C'est un marché honnête.

Les oies prennent possession du jardin et vous les observez, le corps tourné vers la route. La plus vieille d'entre elles vous frôle et vous quémande à manger. De la poche de votre pull, vous sortez quelques graines et la laissez picorer dans votre main.

Après un dernier regard vers la route, vous vous dirigez vers la maison. La vigne qui la recouvre s'est tant étendue le long des murs qu'il est impossible d'en distinguer la couleur. Vous allez bientôt devoir faire revenir quelqu'un pour dégager l'espace des fenêtres et des portes. La vigne commence à creuser la pierre du grenier et remonte dangereusement sur le toit.

Vous pénétrez dans la maison et fermez tous les verrous. Puis, vous posez vos clefs dans le fourre-tout sur le grand buffet bleu. Le petit couloir de l'entrée ne fait que deux mètres de long et donne sur l'immense salon et la cuisine ouverte. L'îlot central en bois massif sépare celle-ci du salon.

Vous avancez jusqu'aux canapés derrière lesquels la baie vitrée qui donne sur la terrasse s'étend et passez vos mains sur vos bras, vous avez pris froid. Cela faisait longtemps. Vous vous tournez vers l'escalier en bois.

Judith est montée dans sa chambre sans ranger les courses. De la musique s'élève du premier étage et pollue toute la maison. Vous n'aimez pas ces sons saturés aux basses mal réglées, mais vous ne dites rien. Cela vous va bien d'être seule au rez-de-chaussée après tout.

Vous regardez l'heure. Il est presque onze heures. Vous allez avoir le temps de travailler un peu avant le déjeuner, ni Judith ni vous n'aimez manger tôt.

Vous vous dirigez vers la porte du bureau sous l'escalier. À sa droite se trouve celle du garage. Vous attrapez votre ordinateur portable et vos yeux glissent vers le tiroir, celui que vous n'ouvrez qu'une fois par semaine, au cas où. Vous tirez sur la petite poignée noire et saisissez le téléphone prépayé que vous y cachez. Vous ne vous en servez jamais, comme le spray au poivre. Vous l'attrapez avec son chargeur.

Vous vous installez à la cuisine, sur le bar en face de la fenêtre qui donne sur la route, et vous branchez le téléphone. C'est un vieux modèle, deux heures de charge lui suffisent pour tenir une semaine. Vous l'avez acheté au cas où vous devriez partir en urgence. Les batteries des nouveaux téléphones ne durent pas une journée avec toutes leurs applications et leurs fonctions inutiles. Celui-là n'a pas de mode tactile, il n'affiche pas d'images, ne prend pas de photos, et la seule application qu'on y trouve est un jeu où un serpent doit manger des points sans se mordre la queue. C'est votre rituel du dimanche que de le mettre à charger. Normalement, vous le faites plus tard, mais votre intuition vous dit de le faire plus tôt aujourd'hui. Vous avez froid et cela fait longtemps que cela n'est pas arrivé. Ce n'est pas un bon présage.

Hugo griffe à la porte. Vous ne lui ouvrez pas. Vous préférez le savoir dehors pour le moment. Le temps que votre paranoïa s'estompe et finisse par disparaître.

Vos pensées reviennent sur Judith. Elle est amoureuse. Vous vous rappelez avec douleur ce que vous ressentiez vous aussi à son âge.

2
18 JUIN 1991

Une étoile filante traverse le ciel. La senteur des fleurs se fait plus légère depuis que la nuit est tombée, mais persiste tout de même et embaume tout le jardin.

— Tu as vu ?

Vous tournez la tête vers Celynen. Vous êtes allongés à l'arrière du vieux pick-up. Celynen n'a pas encore le permis, mais il aide son oncle et sa tante depuis deux ans maintenant à la ferme, alors ils le laissent utiliser le pick-up dès qu'il en a besoin. Il porte sa tenue de travail, une grande salopette verte sur un t-shirt, autrefois blanc, devenu grisâtre avec le temps. Vous, vous avez mis votre robe la plus légère, la bleue qui met vos cheveux roux en valeur, et cela malgré les températures fraîches de la nuit. Vous voulez que Celynen ne voie que vous, et c'est le cas.

Là, garés dans le petit jardin public, vous ne pensez à rien d'autre qu'à lui.

— Oui, répondez-vous en souriant.

Celynen vous sourit en retour et vous posez votre tête contre son épaule. Il enroule son bras autour de vous. Vous ne vous êtes jamais sentie aussi bien. Oh, bien sûr, vous n'avez pas vraiment de point de comparaison, vous êtes avec Celynen depuis déjà trois ans et vous n'avez connu personne d'autre avant lui, mais tout de même, on ne peut pas aimer aussi fort plus d'une fois, n'est-ce pas ?

Ses cheveux noirs bouclent presque jusqu'à ses épaules, mais il ne les détache que pour vous, vous savez comment le charmer pour l'en convaincre. Ses yeux marron vous font chavirer, et vous adorez frotter vos joues contre son menton large toujours bien rasé.

— Tu vas faire quoi comme vœu ? vous demande-t-il.

— Hmm, je ne sais pas, et toi ?

— Oh, moi, je sais ! Quitter ce trou paumé !

Vous riez. À vous aussi, il vous tarde de quitter Castleblayney, mais pas autant qu'à Celynen. Il est arrivé quatre ans auparavant de Newport au pays de Galles. Son accent vous envoûte et vous ne vous lassez pas de l'entendre parler. Vous ne vous en lasserez jamais.

— Et arrêter de travailler comme aide de ferme, continue-t-il. L'an prochain, on part à Belfast tous les deux, je deviendrai architecte, et tu sais quoi ? On quittera même l'Irlande, on ira en France ! On ira s'installer dans une grande ville, je serai super connu, et toi, tu pourras devenir styliste. Qu'est-ce que tu en penses ?

— Ça me semble plutôt pas mal !

Celynen se redresse sur son bras. Il vous regarde et passe une main sur votre joue.

— Pas mal ? C'est tout ? Tu ne t'y vois pas déjà ?

Non, vous ne vous y voyez pas. Vous voulez seulement être avec lui. La France ? Pourquoi pas. Mais pour un temps alors, car vous aimez bien trop l'Irlande. Vous avez toujours rêvé de vous installer à Dublin.

Une nouvelle étoile filante, plus lumineuse que les autres, traverse le ciel.

— Oh, regarde ! lancez-vous en pointant le ciel.

Celynen relève la tête, mais l'étoile filante a déjà disparu.

— Dommage, souffle-t-il. Fais donc un vœu pour nous deux !

Vous fermez les yeux et vous vous concentrez. C'est facile. Très facile, et vous espérez que Celynen aurait fait le même.

Vous souhaitez de passer votre vie enchaînés l'un à l'autre.

3
20 AVRIL 2019

Le flash vous aveugle encore une fois et vous fermez les yeux. Il est mal réglé, mais vous ne faites pas de remarque. Malgré le froid mordant de cet après-midi d'hiver, vous ne posez qu'avec le pull de votre dernière collection et votre robe en lin épais. Vous êtes pieds nus sur la petite jetée du lac et vous sentez vos orteils s'engourdir. Vous devez poster les photos pour la nouvelle collection maintenant, avant le retour des beaux jours. Vous les retoucherez pour effacer vos cicatrices au visage, ce n'est pas très vendeur.

Vous vous tournez vers Lucile qui essaie tant bien que mal de régler l'appareil photo. Vous avancez vers elle en resserrant votre pull sur vous. Lorsque vous posez vos pieds dans l'herbe fraîche encore recouverte de la pluie de cet après-midi, vous accélérez pour la rejoindre. Il vous tarde d'avoir fini, cela fait plus de deux mois que vous travaillez tous les jours sur ce lancement. Il ne reste que quelques clichés à prendre puis à retoucher et vous pourrez enfin vous détendre quelques jours jusqu'aux premières commandes. Peut-être même prendrez-vous des photos de Lucile pour les tailles plus grandes, vos clientes en seraient ravies.

— Je ne comprends pas, Karen, la luminosité est atroce avec les reflets sur le lac, c'est un enfer. Si je ne mets pas le flash, on ne voit rien, si je le mets, c'est surexposé. Est-ce qu'on ne pourrait pas faire le shooting à un autre moment ? Peut-être dans une heure ? Ou demain matin ?

— C'est bon, Lulu, je vais le régler. Dans une heure, le soleil commencera à se coucher. Va sur la jetée, je vais faire un essai ou deux.

Il vous a fallu vous spécialiser dans de nouveaux domaines quand vous vous êtes lancée en solitaire dans cette aventure, mais cela valait le coup.

Lucile vous écoute comme elle le fait toujours. C'est votre meilleure amie et elle est venue passer le week-end chez vous. Cela a fait dix ans il y a quelques semaines. Les journaux ont reparlé de l'enlèvement non élucidé de la petite Maggie Priddy par son père dix ans auparavant, mais aucun journaliste n'est venu vous embêter cette fois. Seule Marion a fait une rapide intervention à la radio locale pour convaincre la municipalité de continuer les recherches. Elle veut voir Celynen derrière les barreaux, a-t-elle dit. Vous ne savez vraiment pas si elle fait ça pour vous aider ou pour se mettre en avant, encore une fois.

Lucile est l'une des rares personnes à ne pas vous traiter comme la mère dont l'enfant a été enlevée par son père. Après des années sans vous voir, elle a couru à votre secours à l'époque. Elle vous a aidée à traverser cette épreuve et vous accompagne toujours aujourd'hui. Sa vivacité d'esprit et son éternel optimisme sont des armes redoutables.

Vous ne discutez jamais de son père et de sa sœur avec Judith, elle ne le demande pas et cela vous arrange. Vous en avez trop parlé à l'époque, enfin, ils vous ont trop questionnée, les journalistes, les policiers, les voisins, même les inconnus dans la rue... Les années vous ont aidée à y penser avec moins d'amertume et de chagrin, mais le deuil persiste. Présent et lancinant comme une crampe immuable autour de votre cœur déchiré.

— Karen ? vous appelle Lucile. Ça va ?

Vous secouez la tête pour reprendre vos esprits.

— Oui ! Ne bouge pas ! Je vais voir ce que je peux faire.

Lucile fait mine de poser en prenant des postures sensuelles à la limite de l'érotisme. Vous ne pouvez pas vous empêcher de rire et vous en perdez presque l'équilibre. Lucile, encouragée par vos rires, ne se fait pas prier et recommence en se lâchant de plus en plus. Difficile d'imaginer en la voyant ainsi que Lucile est une femme très complexée par ses rondeurs.

— Ah ben bravo ! crie une voix à l'étage. Je savais pas que c'était comme ça que vous travailliez !

Vous levez la tête vers Judith. Elle est appuyée sur le rebord de sa fenêtre et porte votre dernière robe.

Elle est parfaite.

Judith, pas la robe. Un écrin de beauté dans ce paysage fané. Ses yeux brillent d'un éclat de vie que vous lui enviez parfois. Vous aimeriez tant pouvoir immortaliser son innocence et la protéger de ce qui se passe à l'extérieur.

Un téléphone sonne. Vous regardez autour de vous avant de vous rappeler que le vôtre est à l'intérieur, sur l'îlot de la cuisine. C'est celui de Lucile, elle vous fait un petit signe d'excuse et retourne vers la maison en décrochant.

— Oui ?

Vous décidez de reprendre vos essais photo et vous vous accroupissez pour mieux cerner la lumière sur le lac à travers l'objectif.

Vous en êtes à plusieurs clichés quand vous entendez des pas se rapprocher de vous. Lucile parle encore dans le salon, c'est Judith qui vous a rejointe. Elle vous tend une main.

— Tatie Lulu n'a jamais vraiment su se servir d'un appareil photo.

Vous souriez et lui donnez l'appareil.

— Heureusement que j'ai la chance d'avoir une fille aussi douée alors !

Vous modifiez l'emplacement des réflecteurs de lumière et allez vous placer de nouveau sur la jetée. Lucile revient un quart d'heure plus tard.

— Oh, Karen, je suis désolée, je dois retourner à Toulouse. Marc doit rester au boulot ce soir, je dois rentrer garder les garçons !

Vous comprenez. Combien de soirées avez-vous annulé pour vous occuper de Judith ?

— Pas de souci, tu as le temps de manger quelque chose ?

Lucile secoue la tête, attristée de devoir reporter une fois de plus.

— Non. Pas si je veux arriver avant la nuit.

Vous faites signe à Judith que la séance photo est terminée pour aujourd'hui. Vous êtes bien trop déçue du départ de Lucile pour pouvoir continuer, et le soleil menace de se coucher d'un instant à l'autre. Vous finirez demain après-midi, en revenant du marché. Vos abonnées sur les réseaux sociaux, qui sont à l'affût de la moindre nouveauté, n'auront qu'à râler.

Vous attrapez les réflecteurs et les rapportez sur la terrasse où vous passez une paire de chaussures. Vous avez les pieds gelés et un frisson vous traverse.

— Oh, les filles, s'excuse encore Lucile, je suis tellement désolée de vous laisser comme ça ! Ça me faisait tellement de bien, en plus, d'être entourée de filles pour une fois !

Vous entendez la frustration dans sa voix. Son mari et elle ont eu quatre garçons turbulents. Elle aurait été prête à continuer à enfanter jusqu'à avoir une fille si un cancer du col de l'utérus ne l'avait pas arrêtée de force avant. Passer du temps avec vous, et surtout avec Judith qui n'est pas une adolescente casse-cou, est toujours pour elle une source de joie et de relaxation.

Vous raccompagnez Lucile jusqu'à sa voiture et la regardez toutes les deux s'éloigner sur la route. Elle a allumé ses feux de position, la nuit commence à tomber.

— Bon, dites-vous à Judith, soirée annulée.

— On peut quand même aller chercher des pizzas et regarder un film, hein ?

— Évidemment !

Hugo vous court dans les pieds quand vous vous rendez à la voiture.

— Non ! Tu restes là, toi !

Cependant, Hugo vous fixe la langue tombante et la queue battante. Il adore monter en voiture, mais vous ne voulez pas laisser Judith seule. Vous repoussez le chien de la main et lui ordonnez de rester à la maison. Il aboie, mécontent.

— Non. Tu gardes la maison, d'accord ? Et n'embête pas les oies !

Hugo finit par s'asseoir, puis va s'allonger devant la porte de la maison, le regard triste. Vous montez dans la camionnette, un pincement au cœur. Si Judith avait bien voulu vous accompagner, vous n'auriez pas dû laisser Hugo.

Sur le chemin, quelque chose vous irrite, vous ne savez pas quoi. Vous ne voyez rien dans les rétroviseurs. La nuit est entièrement tombée et vous vous enfoncez enfin dans le village après avoir traversé la campagne pendant dix minutes.

Le club des sexagénaires profite de l'éclairage des grands lampadaires pour lancer quelques dernières boules sur le terrain de pétanque.

Une petite silhouette frêle, vêtue d'une robe d'été rouge, patiente sur le banc en face de la pizzeria. Vous lui souriez en passant à côté. Elle vous rend votre sourire et continue d'attendre, silencieuse, les jambes pendant dans le vide et sa peluche dinosaure bien installée à côté d'elle sur le banc. Vous lui faites un signe de main en ressortant, mais elle ne vous regarde plus, elle parle à sa peluche.

Vous retournez à la camionnette, les bras chargés, et quelque chose attire votre attention. Quelqu'un traverse la place. C'est étrange, car cette silhouette ne vous dit rien, et pourtant, à force, vous avez appris à reconnaître à peu près tout le monde ici. Le temps d'attraper vos clefs dans la poche de votre jean, la silhouette a disparu.

Vous revenez à la maison avec deux pizzas végétariennes. Hugo vous fait la fête quand vous vous garez. Vous refermez le portail à double tour et avancez vers la maison. Hugo passe entre vos jambes, à l'affût d'une maladresse de votre part qui s'achèverait par la chute des pizzas sur le gravier.

Le grand chèvrefeuille, qui remonte le long de l'enclos des oies, recommence à faire de tout petits bourgeons. Vous vous arrêtez pour essayer de les distinguer dans le noir. Vous pourrez bientôt profiter de son parfum enivrant. Hugo s'assied et lève la patte. Vous riez et lui caressez la tête d'une main avant de vous diriger de nouveau vers la maison. SaChat passe derrière vous telle une ombre furtive.

Vous n'avez rien vu d'inquiétant sur le chemin du retour. Vous vous faites des idées et vous le savez. La silhouette de Judith se dessine à travers la fenêtre. Elle est en train de danser devant la télévision en tenant la manette de sa console de jeux. Un poids disparaît de votre poitrine. Vous vous exercez à la laisser plus souvent seule et de plus en plus longtemps. Elle n'aime pas cela, car elle pense que vous ne lui faites pas confiance, elle ne saisit pas que c'est votre seuil de tolérance à vous que vous testez. Bientôt, vous ne la verrez plus que les week-ends. Vous devez vous entraîner, sinon vous mourrez d'inquiétude. Pour elle, vous êtes juste paranoïaque. Elle vous le lance comme une insulte les rares fois où vous vous disputez. Elle connaît pourtant votre peine, mais son désir d'indépendance adolescent est plus fort que l'empathie qu'elle vous témoigne. Vous ne pouvez pas lui en vouloir, mais cela ne vous empêche pas de faire attention, très attention.

— C'est moi ! criez-vous en refermant la porte à clef derrière vous.

Dehors, Hugo aboie après SaChat, le chat noir, qui embête les oies.

Judith met son jeu de danse en pause et arrive dans la cuisine, transpirante. Vous froncez le nez et attrapez son t-shirt par le bout des doigts.

— Hmm, je ne savais pas que les jeux vidéo faisaient autant transpirer.

Judith hausse les épaules, ouvre les deux boîtes à pizza que vous avez posées sur l'îlot de la cuisine et se frotte les mains. Vous mangez debout en discutant et en riant.

Quelque chose attire votre attention sur la terrasse et vous tournez la tête d'un geste vif.

— C'est juste le chat, *mum*.

Judith n'a pas levé la tête de son téléphone, elle a l'habitude.

Vous apercevez enfin le chat. Il chasse quelque chose, probablement un mulot.

— Il n'y a rien ici. Tu lis trop de romans policiers.

Vous ne lisez pas trop de romans policiers, vous n'en lisez pas en fait, mais il vaut mieux que votre fille croie que vous lisez trop plutôt qu'elle ne pense que vous êtes folle à lier. Ou pire encore, qu'elle découvre la vérité.

Vous regardez tout de même une dernière fois en direction de la terrasse. Les lampes solaires éclairent faiblement le jardin, il n'a pas fait assez beau aujourd'hui. SaChat a disparu, il a probablement attrapé sa proie et doit être en train de jouer avec quelque part, éternisant ses supplices, sadique, jusqu'à la fatidique mise à mort.

— Alors ? Avec ce garçon ?

— Mattéo, maman.

Elle vous a appelée « maman ». Elle ne vous appelle ainsi que lorsqu'elle n'est pas contente. Vous ne vous souvenez pas qu'elle vous ait dit le prénom de ce garçon et vous êtes d'autant plus étonnée qu'elle vous en veuille pour cela.

— Oui, Mattéo, oui. Alors ? La semaine dernière, tu me disais que tu le sentais bien.

Judith soupire. Son visage s'est assombri. Elle vous fait de la peine, plus que vous ne l'auriez imaginé. Même si vous êtes rassurée que tout ne semble pas se dérouler en vue d'une relation, vous n'aimez pas voir votre fille souffrir. Vous voudriez prendre sa peine et la faire vôtre, la délivrer et lui rendre son sourire.

— On n'est pas obligées d'en parler, tu sais.

— Non ! Non, c'est pas ça. C'est juste que... il ne m'écrit plus.

Vous levez un sourcil.

— Est-ce que tu sais pourquoi ?

— Si je savais pourquoi, je serais pas malheureuse, maman !

Vous êtes sur le point de dire que ce n'est pas forcément corrélé, mais vous vous retenez. Il ne sert à rien de la contredire.

— Bien, alors c'est un idiot, si tu veux mon avis. Tu es une magnifique jeune fille, intelligente et...

— Et grosse ! Et recouverte d'acné ! Voilà ce que je suis, maman ! Ouvre les yeux !

Des larmes brillent dans ses yeux et roulent à présent sur son visage. Vous vous en voulez, vous avez touché une corde sensible et la voilà partie dans un sombre cercle d'autoflagellation. Ce n'est pas la première fois qu'elle parle d'elle en ces termes et vous n'aimez pas cela. Vous ne savez pas quoi faire, vous vous sentez désarmée et inutile.

— Ma chérie, pourquoi tu dis ça ?

Vous vous approchez et la serrez dans vos bras. Elle est encore moite de ses exercices devant la télévision. Est-ce pour cela qu'elle vous a demandé d'acheter ce jeu ? Pour perdre du poids ?

Vous prenez son visage dans vos mains et essuyez ses larmes avec vos pouces. Elle sourit pour vous faire plaisir.

— Tu es magnifique, ma belle. Tu es la plus...

Elle vous repousse et détourne la tête.

— Non, maman, je ne suis pas la plus belle ! Je ne suis même pas belle, en fait.

— Pourquoi tu dis...

— Mais regarde-moi ! Regarde-moi vraiment ! Pas avec tes yeux de mère ! Regarde-moi avec des yeux d'inconnue ! C'est pas étonnant que Mattéo se soit moqué de moi. Je ne ressemble à rien ! Je me tartine trois tonnes de fond de teint tous les matins pour cacher mes boutons et je ne rentre dans aucune de tes robes en M ! Je dois mettre du L, *mum* !

— Mais tu es grande, aussi, chérie !

— Non, je ne suis pas grande ! Pas si grande que ça ! Tu dis ça parce que toi, tu es petite ! Tu ne me vois pas, maman ! Je ne montre jamais mes jambes. Elles sont toutes molles et pleines de cellulite ! C'est normal qu'aucun garçon ne veuille de moi ! Et les autres filles du lycée, elles sont tellement belles ! Comment tu veux que je rivalise avec une Natasha Tremens ? Je suis hideuse, je me déteste !

Vous serrez Judith contre vous encore plus fort. C'est votre petite fille, elle ne doit pas se sentir comme ça.

— C'est de la torture d'être moi, *mum* !

Une douleur aiguë traverse votre cœur et vous coupe presque le souffle. Vous faites tant d'efforts pour la protéger et voilà qu'elle est sa propre persécutrice.

— Ce n'est pas seulement le regard des garçons, tu sais, c'est la façon dont tu te vois, toi. C'est toi qui décides que tu te trouves hideuse, et tu ne l'es pas !

Judith ne répond pas et se détache de vous. Elle ne comprend pas, elle ne le pourra pas avant des années. Pourtant, vous avez envie de la secouer pour accélérer le processus. Et de gifler ce Mattéo, aussi.

Judith passe ses mains sur son visage et souffle pendant plusieurs secondes. Elle se retourne vers vous quand...

Quelque chose dehors.

Vous tournez la tête vers l'entrée. Les oies commencent à chahuter. Elles ne réagissent jamais comme ça avec le chien et le chat, même lorsqu'ils cherchent à jouer avec elles.

Vous faites un signe à Judith d'écouter et vous posez une main sur son bras, protectrice.

Les oies criaillent de plus en plus fort. Quelqu'un est dehors, dans le jardin, ou devant la maison.

— Qui vient nous voir à cette heure-là ? s'inquiète Judith en essuyant les larmes sur ses joues.

Elle s'éloigne vers l'escalier. Elle ne veut pas qu'on la voie dans cet état.

Vous vous placez devant la baie vitrée. Rien ne bouge. Vous vous penchez pour regarder par la petite fenêtre de l'entrée qui donne sur la route. Aucune lumière. Si quelqu'un était arrivé, les détecteurs de mouvement auraient actionné les lampes solaires.

— Elles sont peut-être juste en train de s'exciter toutes seules, énonce Judith, qui hésite à monter à l'étage. Ça ne serait pas la première fois. Elles sont un peu débiles, tes oies.

Elle frotte ses doigts sous ses yeux pour effacer le mascara qui a coulé.

Vous reprenez petit à petit votre calme et vous apprêtez à répondre enfin à votre fille quand…

TOC TOC TOC

Quelqu'un frappe.

— Karen ! hurle une voix. Au secours ! Ouvre-moi ! Karen !

Quelque chose claque contre la porte.

4
23 JUIN 1997

La portière de la voiture claque derrière vous.

La maison est sortie du sol si vite, vous ne vous êtes pas rendu compte du temps qui est passé. Le soleil illumine les murs blancs au point que vous êtes obligée de plisser les yeux pour ne pas être aveuglée. Tout reste à faire bien sûr, vous allez peindre les portes et les fenêtres en bleu, pour commencer, et vous vous attellerez au jardin dans quelques mois, après l'accouchement. Ou peut-être avant, vous avez tellement d'idées. Dans le jardin, vous planterez un chèvrefeuille pour célébrer la naissance de votre enfant, ça sera le sien et ils grandiront tous les deux en même temps. Celynen veut faire grimper de la vigne sur la maison et la voir recouvrir la pierre au fil des années. Il a déjà planté les petits pieds le long des murs. Il a promis que d'ici dix ans, la maison en serait entièrement recouverte. Vous en doutez, mais son optimisme vous fait sourire. Vous l'aimez tellement.

Celynen vous montre fièrement l'étage depuis le jardin.

— Et là, ça sera la chambre du petit, vous indique-t-il en anglais.

Vous ne parlez pas encore bien français. Cela ne fait que quelques mois que vous êtes arrivés. Celynen le parle très bien, lui, il était déjà presque bilingue avant de venir travailler ici. Il n'a jamais su vous expliquer pourquoi il aimait autant ce pays.

« C'est comme ça, c'est tout », énonce-il à ceux qui le lui demandent.

Celynen pose une main sur votre ventre rebondi et vous soupirez de bonheur. Vous n'osez pas lui dire que vous savez que ce n'est pas un garçon. Il ne vous croirait pas et il serait tellement déçu, mais vous savez que le jour où il la tiendra dans ses bras, ses barrières tomberont et il sera le plus heureux des hommes.

Derrière vous deux, Dacey, l'associé de votre mari, porte vos valises. Vous viviez chez lui le temps que la maison soit finie. Le bail de votre appartement s'est terminé deux mois auparavant. Dacey vous aime bien, un peu trop, et vous êtes bien contente de quitter sa maison. Ses regards appuyés ne vont pas vous manquer, et sa femme jalouse non plus.

L'air est doux et le soleil éclaire d'un halo votre nouvelle maison. De là où vous êtes, vous pouvez apercevoir le petit lac derrière. Vous y ferez installer un ponton, c'est décidé. Vous y apprendrez à votre fille à faire des ricochets. Vous vous y voyez déjà.

Celynen vous prend le bras jusqu'à l'entrée et vous ouvre la porte.

— *My Queen !* rit-il en s'inclinant.

Vous entrez. C'est parfait. Tout simplement parfait. Vous vous retournez vers lui et vous hissez sur la pointe des pieds pour l'embrasser. Vous n'avez jamais été aussi heureuse de votre vie. Votre mère avait tort, vous avez bien fait de rester avec votre amour de jeunesse, bien fait de le suivre au fin fond de la France et de l'épouser. Il a réussi. C'est un architecte très demandé à présent, et d'ici quelques mois, il engagera une assistante pour vous permettre de reprendre votre passion, le stylisme. Vous vous êtes remise à dessiner le soir en rentrant du travail. Vous portez d'ailleurs une robe que vous avez pensée et cousue vous-même. Fleurie et longue, elle flatte votre silhouette de femme enceinte. Vous n'auriez pu rêver meilleure vie.

Celynen fait un geste de bras pour vous présenter le salon. Un courant d'air froid vous fait frissonner. Celynen se moque de vous tendrement et vous prend de manière possessive dans ses bras pour vous réchauffer.

5
17 AOÛT 1997

Vous avez fait une fausse couche. C'était une petite fille. Cela fait deux jours que vous pleurez sans discontinuer. Affligée, vous ne sortez plus de votre lit depuis que vous êtes rentrée de l'hôpital. Vous en étiez à sept mois et les médecins vous ont forcée à accoucher ; ils vous ont bourrée de drogue. Vous avez vécu toutes les peines de l'accouchement. Pour un bébé mort.

Celynen vous a tenu la main tout le long, mais vous avez bien vu à son regard qu'il n'était pas aussi triste que vous lorsqu'il a compris qu'il s'agissait d'une fille. Vous n'arrivez pas à lui en tenir rigueur, cela sera plus facile pour vous de vous en remettre.

Ils l'ont enveloppée dans une couverture à rayures blanches et bleues, puis vous ont laissée la bercer dans vos bras quelques minutes avant de vous la reprendre.

Vous vouliez l'appeler Elizabeth.

6
12 JANVIER 1999

Vous êtes de nouveau enceinte. Celynen est fou de joie et vous soutient comme seul le meilleur des maris le pourrait. Il a engagé une aide à domicile pour que vous n'ayez rien à faire et prend de nouveaux projets pour pouvoir la payer. Vous ne le voyez presque plus.

Les médecins ont dit que votre fausse couche était due au surmenage, alors vous passez votre temps à aller du lit au canapé. Vous ne faites rien d'autre. Celynen ne vous touche plus non plus et cela vous va, car malgré le repos forcé, vous êtes épuisée. Vous êtes petite et très menue, la grossesse vous fatigue, mais la sentir bouger dans votre ventre vous redonne un souffle de joie et d'énergie à chaque fois.

Cela fait deux bonnes heures que vous êtes partie vous coucher seule. Vous caressez votre ventre en chantonnant une chanson de John Lennon dont vous changez les mots « daddy » et « boy » en « mummy » et « girl ».

— *Close your eyes. Have no fear. The monster's gone. He's on the run and your mummy's here. Beautiful, beautiful, beautiful, beautiful girl. Beautiful, beautiful, beautiful, beautiful girl. Before you go to sleep, say a little prayer. Every day in every way, it's getting better and* better. *Beautiful, beautiful, beautiful, beautiful girl. Beautiful, beautiful, beautiful, beautiful girl.*

Ça sera une fille, encore, vous le savez. Celynen aussi, vous avez passé une échographie. Il n'avait pas l'air triste, mais vous savez qu'il est déçu. Vous lui donnerez un fils après. Vous lui donnerez son « *beautiful boy* ».

Vous vous levez, le lit est froid. Celynen s'est encore endormi sur le canapé. Vous descendez les marches doucement. Vous prenez appui sur la rampe. Depuis le début de votre grossesse, vous faites attention à chacun de vos mouvements, pour vous asseoir, vous lever et surtout monter et descendre les escaliers. Vos mains s'agrippent si fort à la rampe qu'elles vous font mal lorsque vous atteignez la dernière marche, mais au moins vous êtes sûre que rien ne peut vous arriver.

Vous voulez réveiller votre mari d'une caresse dans les cheveux, comme il aime. Il a toujours le plus beau des sourires quand vous le faites.

Vous entendez le son de la télévision, un rire d'enfant ainsi qu'un bruit étrange, familier, mais vous n'arrivez pas à comprendre de quoi il s'agit.

L'écran éclaire le centre du salon. Celynen ne dort pas, il est assis, penché en avant en train de se masturber. Sur l'écran, E.T. effraie la petite Gertie. Vous faites un pas en arrière et vous vous heurtez à la marche. Vous n'avez jamais surpris votre mari lors d'un plaisir solitaire. C'est la première fois.

Vous retournez dans votre chambre et vous vous roulez sous la couverture.

Vous n'avez pas de quoi être choquée, n'est-ce pas ? Vous ne faites plus l'amour. Il vous épargne physiquement. Vous vous forcez à voir ça de manière positive. Vous préférez ça que de le savoir vous tromper.

Lorsque Celynen monte enfin se coucher, vous prétendez dormir. Il vous embrasse le front et va s'allonger de son côté du lit.

Vous ouvrez les yeux vers le mur devant vous. Vous vous détestez.

Cela ne devrait pas vous perturber autant que ça. Vous n'êtes pas la femme aimante et compréhensive que vous pensiez être. C'est naturel. Vous espérez qu'il aura bien tout nettoyé derrière lui et vous essayez de songer à autre chose. Vous cherchez le réveil des yeux. Il est 22 h 30.

7
20 AVRIL 2019

La pendule indique 22 h 30.

— *Mum ?* appelle Judith, inquiète, en revenant vers vous.

Vous passez une main sur ses épaules et contournez l'îlot central. Il vous faut traverser le salon pour rejoindre l'entrée. Vous avancez doucement. Vous n'avez pas rêvé, Judith aussi a entendu. Votre cœur commence à battre plus vite, mais vous ne laissez pas la panique vous paralyser.

— Karen ! hurle la voix de plus en plus aiguë, affolée.

— C'est Marion ! s'exclame Judith en accourant vers la porte.

Vous attrapez son bras alors qu'elle s'apprête à poser sa main sur la poignée. Quelque chose cloche. Derrière la porte, Marion, votre voisine, sanglote en grattant le bois avec ses ongles. Vous regardez par la petite fenêtre rectangulaire qui donne sur la cour devant la maison. Il fait sombre. Le portail est toujours fermé, Marion n'est pas venue en voiture, ce qui sous-entend qu'elle a traversé à pied le bout de forêt qui sépare vos deux maisons.

— *Mum ?* s'inquiète Judith. On ne peut pas la laisser comme ça !

— Qu'est-ce qui se passe ? criez-vous à la porte.

— Karen ! Je t'en prie, ouvre-moi ! Il est derrière moi ! Il va me retrouver ! Il va me tuer ! Il est venu dans la maison et... Oh, je t'en prie, ouvre-moi, Karen ! Par pitié !

Où se trouve Paul ? Votre première pensée est que jamais il ne ferait de mal à sa femme, puis vous vous reprenez. Après tout, qu'est-ce que vous en savez ? Les gens peuvent surprendre. Vous êtes bien placée pour le savoir. Vous songez à la silhouette que vous avez aperçue sur la place un peu plus tôt. Vous observez Judith, inquiète. Elle vous dévisage, les yeux exorbités d'effroi.

Vous vous penchez sur le judas de la porte et voyez Marion. Vêtue d'un pyjama déchiré et d'une vieille robe de chambre, elle est couverte de sang, de terre et de feuilles.

Vous avancez votre main vers la serrure en tremblant.

— *Mum ?*

Vous ne répondez pas. Vous vous concentrez sur Marion de l'autre côté du judas et déverrouillez la porte rapidement. Vous appuyez sur la poignée et tirez la porte d'un coup sec pour l'ouvrir.

Marion accourt à l'intérieur, trébuche sur le tapis et tombe. Vous refermez la porte blindée d'un geste rapide et enclenchez les quatre verrous. Pour votre tranquillité d'esprit, vous clavetez aussi la chaîne même si vous savez qu'au fond, si quelqu'un arrive à forcer les premières protections, ce n'est pas la chaîne qui le retiendra.

Judith se précipite vers Marion et l'aide à se relever. Vous les emmenez toutes les deux vers le centre du salon. Puis, après vous être assurée à travers le judas que personne n'approche de la maison, vous partez en courant verrouiller toutes les portes du rez-de-chaussée. Par mesure de sécurité, vous refermez aussi les volets roulants de la cuisine.

Vous entendez au loin Judith demander à Marion ce qui s'est passé, mais vous n'entendez pas la réponse. Par la baie vitrée qui donne sur la terrasse, vous apercevez un mouvement à l'orée de la forêt. Vous ne prenez pas le temps de vérifier s'il s'agit bien d'un homme ou si ce n'est que le reflet de votre imagination et vous activez la fermeture des volets. Vous courez ensuite dans les escaliers pour aller vous occuper des fenêtres de l'étage.

Qu'êtes-vous en train d'oublier ? La porte d'entrée, la baie vitrée, les volets, les fenêtres... Non. Vous avez pensé à tout. La porte extérieure du garage est déjà fermée, et vous verrouillez à clef la porte qui y mène, juste pour être sûre.

Quand vous retournez au salon, Marion est assise sur le tabouret à côté du canapé et Judith lui tend un verre d'eau.

— *Mum*, quelqu'un est rentré chez Marion et l'a attaquée. Il avait un... C'était un couteau, c'est ça ?

Marion a le souffle court et sifflant. Elle peine à reprendre sa respiration. La panique la terrasse. Dans l'entrée, vous regardez par la petite fenêtre qui n'a pas de volets. Il n'y a rien. La route est déserte et il n'y a pas une seule lumière.

Judith arrive vers vous, affolée.

— Hugo et SaChat sont dehors !

Vous secouez la tête. Vous ne sortirez plus et Judith encore moins ! Pas tant qu'une menace rôdera à l'extérieur.

— Mais il faut aller les chercher, maman ! Il y a vraiment quelqu'un, là-bas !

— Non, refusez-vous fermement, mais sans crier. Attrape le téléphone et appelle la police !

Judith tend une main vers la porte. Les larmes débordent à nouveau sur ses joues. Son inquiétude rejoint la vôtre et la décuple. Plus loin, Marion se redresse de gestes malhabiles. Des taches de sang la recouvrent de la tête aux pieds et une entaille lui barre le milieu du front. Sa main droite est appuyée sur son bras gauche et elle grimace de douleur.

Elle ne s'est pas fait ça toute seule, n'est-ce pas ? Vous commencez à en douter. Marion a toujours voulu être au centre de l'attention, elle s'est même servie de « l'incident » pour se mettre en avant dans les médias. De quoi serait-elle capable, aujourd'hui ? Toutefois, vous avez bien cru voir quelque chose dehors, près de la forêt.

Vous vous rapprochez de la porte et regardez par le judas. Toujours pas de lumière. Aucun mouvement. Les oies se sont tues. Où est donc passé ce chien ? Vous ne l'entendez pas aboyer.

— *Mum* ! S'il te plaît !

Vous vous retournez vers Judith. Elle vous supplie, tremblante, le téléphone à la main.

— Appelle la police ! criez-vous.

Vous ouvrez tous les verrous aussi vite que possible et vous poussez la porte. Vous vous attendez à une attaque, mais rien ne se passe. Vous faites un premier pas dehors, puis un deuxième. La lumière à l'intérieur de la maison éclaire faiblement le perron et le début de l'allée sur laquelle votre voiture est garée.

— Hugo ?

Vous entendez remuer dans la haie à côté du portail. Il doit être en train d'essayer de déterrer un lapin ou une taupe.

— Hugo ! criez-vous.

Vous regardez tout autour de vous. Il n'y a aucun mouvement. Les oies sont inquiètes, ce n'est pas dans vos habitudes de recevoir des invités aussi tard, mais elles sont de nouveau calmes. Personne n'est là.

Vous appelez Hugo une nouvelle fois.

— Hugo ! Viens manger !

Un grognement s'élève, mais Hugo ne vient pas. Le lapin est plus intéressant que vos croquettes. Vous avancez dans le chemin de pierre, celui qui longe les massifs de fleurs. Votre cœur tape jusque dans votre gorge et vous devez fournir un effort considérable pour ne pas trembler de la tête aux pieds.

— Hugo ! Viens ici ! Croquettes !

Votre voix tressaille.

Vous êtes alerte au moindre bruit.

Vous entendez Hugo remuer. Vous vérifiez que personne n'approche.

Enfin, Hugo apparaît dans la faible lumière de la lune. Vous lui caressez la tête du bout des doigts, vous ne le voyez presque pas.

Et soudain, vous réalisez.

Vous devriez le voir.

Les lampes solaires ne se sont pas allumées sur votre passage. Vous les cherchez du regard. Vous avancez votre main et en touchez une à tâtons. Une douleur vous élance. Vous vous êtes taillé les doigts sur le verre brisé.

Contre votre jambe, Hugo grogne en sentant votre peur décupler. Vous levez les yeux vers la porte d'entrée.

— Maison ! criez-vous au chien.

Vous n'avez qu'une dizaine de mètres à courir, mais ils vous paraissent le triple. Sur votre passage, vous écrasez les fleurs des massifs. Qu'importe !

Quelque chose tape dans votre jambe. Non, c'est vous qui heurtez quelque chose. C'est une des lampes solaires, elle tombe au sol, déracinée sous l'impact de votre course. Hugo vous dépasse et retourne à l'intérieur en premier. Il ressort sa tête à l'extérieur en grognant et en montrant les crocs.

Vous entrez à votre tour dans la maison et refermez la porte à clef aussi vite que possible. Vous vous écroulez au sol, essoufflée, le bas de votre pantalon recouvert de terre et la main en sang.

Judith arrive vers vous et étouffe un cri entre ses mains en vous voyant.

— *Mum !* Qu'est-ce que... Mais tu saignes !

Vous tendez votre autre main vers elle pour la rassurer le temps de reprendre votre respiration. Votre cœur bat encore à cent à l'heure et votre poitrine se contracte violemment. Judith attrape votre poignet.

— Tu saignes, qu'est-ce que tu...

— Tu as appelé la police ?

— Mais ta main !

— Est-ce que tu as appelé la police ?! hurlez-vous.

Judith fait un pas en arrière, choquée par votre véhémence.

— Non, le téléphone marche pas.

Marion arrive derrière Judith.

— Il a coupé les lignes téléphoniques, tremble-t-elle. C'était pareil chez moi. J'ai voulu appeler Paul, avant, pour lui demander de dire quelque chose à Martin, mais...

Vous faites un signe à Judith.

— Ton portable !

Judith hoche la tête, lance un dernier regard inquiet à votre main puis court au salon. Vous reprenez une grande respiration et vous vous relevez en vous appuyant sur le mur. Vous y laissez une belle empreinte sanglante.

Vous approchez de la petite fenêtre. Il n'y a pas de mouvement dehors, les oies ne font pas de bruit.

Hugo grogne à la porte. A-t-il senti quelque chose en dehors de votre peur ?

— Karen ?

Vous vous tournez vers Marion. Elle sent l'urine, vous ne l'aviez pas remarqué avant. Vous vous approchez d'elle et posez, sans douceur, une main sur son front pour regarder sa plaie.

— Karen, dis quelque chose !

— Quoi ? sifflez-vous. Qu'est-ce que tu veux que je dise ?

— Je... Je sais pas. J'ai peur, Karen. Il va revenir ! Il me cherche !

— Alors pourquoi tu es là ?

Votre phrase vous échappe comme on laisse fuser un juron. Vous ouvrez de grands yeux, surprise de votre agressivité, et vous vous apprêtez à vous excuser, mais vous ne pouvez pas vous empêcher de penser qu'elle n'aurait jamais dû venir ici. Elle vous a toutes mises en danger.

— Pardon, je...

— Tu aurais voulu que je reste dehors avec ce malade ?

— *Mum* ! Ça ne marche pas non plus !

Judith arrive vers vous paniquée, elle tient son téléphone à la main et essaie encore de composer un numéro.

— Il n'y a aucun signal ! s'écrie-t-elle.

Vous attrapez son téléphone. Aucune barre de réseau. Le wifi non plus ne fonctionne plus. Ce n'est pas une coïncidence.

Vous pivotez, tremblante, vers le salon. L'écran de la télévision n'est plus qu'un quadrillage de gris changeants, limite épileptiques. Depuis quand est-il comme ça ? La télévision fonctionnait avant que Marion ne frappe. Il a dû couper les réseaux quand vous êtes sortie.

Cette fois, c'est sûr, il y a bien quelqu'un qui pourchasse Marion dehors.

Si ce n'est que Marion qu'il traque.

— Il a un brouilleur.

Marion s'accroche à votre bras et vous posez une main dessus de manière instinctive. Il faut que vous réfléchissiez. Quelque chose est en train de se passer et vous n'avez pas le contrôle dessus. Sans espoir aucun, vous allez à la cuisine et attrapez votre téléphone. Pas de réseau. Évidemment.

— Bien, annoncez-vous, hésitante. On va s'installer dans le salon et on va attendre, pour l'instant. On est en sécurité ici.

— Ta main, insiste Judith.

Vos doigts ont arrêté de saigner, mais votre main est entièrement recouverte de sang. Judith a peur, vous devez vous soigner pour la rassurer.

— Ce n'est rien, j'ai fait tomber une lampe solaire. Je vais me laver. On est à l'intérieur et tout est fermé. On ne craint rien ici, d'accord ? Où est Paul, Marion ?

Marion secoue la tête et passe une main sur son visage livide de peur.

— Il... Il est au bar avec ses collègues. Il ne rentrera pas avant minuit.

Vous regardez l'heure. Il n'est que 22 h 40. Il vous faut tenir une heure et demie. C'est faisable. L'agresseur de Marion est de toute évidence déjà ici. Il a brisé les lampes dans le jardin et a bloqué le réseau, mais il ne peut pas traverser les murs. Il ne peut pas rentrer.

Vous rincez votre main dans l'évier, le sang goutte de vos doigts et s'écoule contre l'émail blanc. Vous vous essuyez et serrez le torchon autour de votre main. Vous revenez vous asseoir en face de Marion qui ne s'arrête plus de pleurer. Le contrecoup de la panique.

— Bien, et si tu me racontais *exactement* tout ce qui s'est passé ?

Marion glisse une main dans ses cheveux emmêlés. Ses doigts caressent une zone de peau sanglante d'où une mèche de cheveux a été arrachée. Elle fait peine à voir, jamais encore vous ne l'avez vue dans un tel état. Elle essaie de parler, mais seul un sanglot violent sort de sa bouche.

Vous vous penchez vers Judith.

— Va chercher la trousse de secours à la salle d'eau, s'il te plaît.

Judith se lève et court à l'étage, Hugo la suit. Bien. Très bien. Vous reportez votre attention sur Marion et l'aidez à retirer sa robe de chambre en lambeaux. Vous inspectez son bras. Il y a une entaille assez longue, mais la plaie ne saigne pas beaucoup, elle a eu de la chance. Son pantalon est taché de pisse et de terre, mais aussi déchiré à l'entrejambe.

— Oh, je suis désolée, chouine Marion, j'avais lu quelque part que quand un homme vous agresse sexuellement, il... il faut se faire pipi dessus pour le dégoûter.

C'était donc pour ça ? Ce n'est pas si idiot, en fait.

— Mais... Mais... Mais il a continué ! Il m'a attrapée par les cheveux et m'a frappée au visage. Il... J'ai essayé de le mordre, mais il avait des gants. Et il a déchiré mon pantalon ! Je l'ai entendu défaire sa ceinture. J'ai réussi à m'échapper, mais... je sais pas trop comment. Je l'ai frappé et je me suis enfuie. Il m'a suivie dans la forêt, mais je connais bien le chemin et...

Judith descend les marches de l'escalier et vous faites signe à Marion de se taire. Vous ne voulez pas que votre fille entende ça. Judith arrive vers vous, se met à genoux devant le canapé et ouvre la trousse à pharmacie. Elle ne sait pas quoi attraper. Vous saisissez un spray désinfectant et lui mettez dans la main.

— Passe ça sur la blessure.

Elle s'exécute et fait un petit sourire à Marion avant de commencer à nettoyer sa plaie. Vous attrapez une bande de gaze et la déroulez lentement. Vous tendez l'oreille. Les oies ne font toujours pas de bruit.

— Les lampes dehors, elles étaient allumées quand tu es arrivée ?

Marion ne vous répond pas. Elle regarde en direction de l'entrée, tremblante et les yeux exorbités.

— Marion ?

Elle sursaute et se tourne vers vous.

— Les lampes, Marion ! Dehors, les lampes solaires, est-ce qu'elles fonctionnaient tout à l'heure ?

Vous entendez votre accent revenir claquer contre votre langue.

Marion réfléchit, vous le voyez bien, mais elle ne devrait pas réfléchir. Elle devrait vous dire immédiatement que oui, elles étaient allumées.

— Est-ce que tu y voyais quand tu es arrivée ?

— Je... Je ne sais pas, je ne crois pas. Je voyais juste la lumière sous la porte.

C'est ce que vous craigniez. Les lampes étaient déjà brisées avant que Marion n'arrive. Mais quand ? Elles fonctionnaient ce matin.

Judith croise votre regard.

— Qu'est-ce que ça veut dire ?

Vous déglutissez et votre salive creuse un sillon douloureux dans votre gorge.

Vous mentez.

— Je ne sais pas.

Si, vous savez. Vous mentez parce que vous ne souhaitez pas faire peur à Judith, parce que vous ne voulez pas comprendre vous non plus, vous ne pouvez pas l'admettre. Vous repensez au moment où vous êtes partie chercher les pizzas. Vous essayez de vous rappeler si les lampes fonctionnaient ou non, mais vous n'arrivez pas à vous en souvenir. Vous vous dites que cela vous aurait marquée si elles n'avaient pas éclairé votre chemin. Vous êtes toujours en alerte même pour les plus petites choses, et là, ce n'est pas une petite chose ! Et quand vous êtes revenue ? Pareil, vous auriez bien vu qu'elles ne s'allumaient pas. Vous n'auriez pas avancé jusqu'à la porte sinon. Il faisait nuit noire. C'est donc après. Après que vous êtes rentrée et avant que Marion n'arrive.

Marion vous regarde tour à tour, Judith et vous. Elle ne comprend pas encore que vous avez été piégées toutes les trois. Après elle, cela aurait été votre tour. À moins que l'agresseur n'ait eu d'autres plans. Des plans auxquels lui seul peut penser.

Vous finissez de bander la plaie sur le bras de Marion et allez lui chercher un pantalon de pyjama propre à la buanderie. Vous lui demandez de jeter sa culotte et son bas de pyjama dans le feu de la cheminée. Vous ne supportez pas l'odeur. Elle revient s'asseoir sur le canapé et recroqueville ses genoux contre elle avant de les encercler de ses bras. Pour l'odeur, ce n'est pas mieux, finalement. Vous commencez à regretter de lui avoir fait comprendre qu'elle n'aurait pas dû venir ici. C'est vrai que vous ne l'appréciez pas, mais ce n'est pas une raison pour ne pas l'aider. Si son agresseur avait prévu de venir ici ensuite, alors qu'elle se soit enfuie et réfugiée ici ne change rien, si ce n'est que cela a permis de vous alerter.

Hugo tourne dans le salon et dans l'entrée. Même lui comprend qu'il se passe quelque chose. Il s'assied devant la porte et reste immobile et attentif. Sur ses gardes.

Judith se blottit contre vous et vous enroulez un bras autour de ses épaules avant d'embrasser le haut de sa tête. Votre bébé.

Marion se dirige vers les toilettes et ferme la porte derrière elle.

8
28 MAI 1999

Celynen ferme la porte derrière lui. Vous le regardez s'approcher de vous en souriant, les paupières lourdes. Margaret est née un mois auparavant, vous êtes épuisée, mais ravie. Vous craigniez tellement de ne pas mener la grossesse à son terme. Celynen s'assied sur le bord du lit et enlève son t-shirt.

Maggie dort, elle ne fait pas encore ses nuits, mais vous laisse, à vous et à Celynen, cinq heures de répit par nuit. C'est un bébé parfait. Jamais encore vous n'aviez aimé à ce point. Vous êtes à la fois heureuse et apeurée. Les moindres sons inconnus déclenchent en vous des peurs inexpliquées, vous comprenez enfin ce que le mot « angoisse » signifie. Le mot « amour » prend lui aussi une autre dimension, vous n'êtes plus Karen, vous êtes la mère de Margaret. Elle est devenue le centre de votre existence.

Celynen passe sous la couette à la housse fleurie et se tourne vers vous.

— Elle dort, annonce-t-il avant de vous embrasser le bout du nez.

Maggie ne veut pas s'endormir si l'un de vous deux ne la porte pas en marchant. Alors Celynen fait le tour de la table de la cuisine tous les soirs en lui racontant des histoires. Elle s'endort au bout d'une dizaine de minutes, mais lui ne s'arrête pas tant que l'histoire n'est pas terminée.

— Elle dort si bien. On a de la chance.

— C'est pas de la chance, chérie ! Regarde-nous ! Regarde-moi et surtout regarde-toi ! Tu es si belle et parfaite, évidemment que la petite est parfaite, elle aussi !

Vous souriez. Vous n'aviez jamais cru pouvoir vous relever de votre fausse couche, et pourtant, vous voilà, heureuse et amoureuse. Vous culpabilisez souvent en pensant à Elizabeth, mais les petits bruits de Margaret vous rappellent à la réalité. Votre place est dans le présent.

Celynen passe une main sur votre ventre. Vous savez ce que cela signifie. Il a envie de vous. Vous espériez que vous pourriez y échapper un peu plus longtemps. C'est encore douloureux. Ils ont dû sortir Maggie avec les forceps et vous donner un coup de scalpel. En cachette, vous utilisez la bouée qu'ils vous ont conseillée. Une infirmière est venue vous voir avant votre sortie de la clinique pour vous prévenir que les maris pouvaient être un peu ignorants sur la douleur et qu'il ne fallait pas céder si l'envie n'était pas là. Vous l'avez renvoyée de votre chambre en criant au scandale. Celynen n'est pas un imbécile, c'est un mari attentionné.

C'est aussi un mari passionné.

Sa main descend le long de votre ventre et vous vous tendez. Vous ne pouvez pas.

— *Darling*, je ne suis pas encore prête.

Il s'arrête et se relève sur l'avant-bras.

— Mais le médecin a dit que d'ici un mois ça serait bon.

Vous lui souriez avec tendresse. Cela fait presque un an que vous n'avez pas eu de relation, il est frustré, c'est bien normal. Parfois, vous regrettez qu'il ne vous trompe pas, puis vous vous ravisez et vous avez honte. Comment pouvez-vous penser cela ? Il fait tout cela pour vous !

— Je sais, mais j'ai mal. Je saigne encore.

Il vous fait son sourire charmeur.

— Je saurai faire passer la douleur, tu verras, et le sang, je m'en fous. Tu te rappelles comment on s'en foutait quand on était ados ?

Vous ne dites rien. Vous ne pouvez rien lui refuser. Vous ne savez pas dire non. Vous n'avez jamais su.

Sa main continue de glisser le long de votre ventre et passe dans votre culotte. Vous avez honte, vous portez de grosses serviettes anti-fuites ; il vous arrive de faire quelques gouttes quand vous faites un effort trop intense. La sage-femme a dit que c'était normal et qu'après la rééducation tout reviendrait comme avant. Cependant, Celynen se moque de votre couche de grand-mère, il vous embrasse dans le cou, vorace, insatiable. Vous essayez de faire un effort, mais votre corps ne veut pas. Vos cuisses se resserrent malgré vous. Vous essayez de lui commander de se soumettre, mais il s'y refuse.

Celynen vous écarte les jambes d'un geste brusque et passe son genou entre. Il commence à vous malaxer les seins comme s'il s'agissait de vulgaires pâtes à pain. Vous sentez le lait monter et vous retenez un gémissement de douleur. Il faut qu'il arrête.

— *Darling* ?

Vous l'appelez doucement. Peut-être va-t-il comprendre ? Après tout, ce n'est pas que vous ne voulez pas. Mais Celynen continue. Vous devriez peut-être lui dire d'arrêter, mais aucun son ne sort de votre bouche. Sa main passe entre vos poils et vos lèvres puis caresse l'entrée de votre vagin dévasté. Il y plonge deux de ses doigts et fait quelques va-et-vient tyranniques avant d'arrêter. Il défait le nœud de son bas de pyjama et le baisse en hâte. Son érection tape contre son ventre, vous l'avez rarement vu aussi excité ces dernières années, mais peut-être est-ce son abstinence forcée qui le met dans cet état. Il a fait tout cela pour vous, vous pouvez bien faire cet effort pour lui.

C'est un mari exemplaire, vous devez vous comporter en épouse exemplaire.

Alors, vous ne dites rien quand il vous pénètre brutalement et vous déchire les entrailles. Vous ne dites rien non plus quand il vous retourne à plat ventre et vous laboure le sexe en s'agrippant à vos fesses au point d'y laisser des marques que vous verrez plus tard. Vous ne dites rien et vous mordez dans votre oreiller aussi fort que possible pour vous retenir de crier. Vous y laissez des traces de larmes et de salive.

Vous avez mal et vous avez honte.

Il vous attrape par la nuque et enfonce votre visage encore plus dans l'oreiller. Il a toujours aimé ça, un peu de domination pendant le sexe. Ça lui permet de se défouler du stress du travail, de reprendre le contrôle.

— Oh, tu m'as tellement manqué ! T'aimes ça, toi aussi ?

Vous ne répondez pas et Celynen n'attend pas de réponse. Un sanglot se coince dans votre gorge et un hoquet vous libère. Vous ne parvenez pas à dire non.

Celynen jouit en vous en grognant comme un animal. Puis, il gifle votre fesse avant de venir vous embrasser à la base de la nuque.

— C'était parfait, tu es parfaite.

Vous peinez à respirer. Votre corps ne vous appartient plus. Il vous faut plusieurs minutes pour comprendre et vous remettre de ce qui vient de se passer.

Enfin, il dort à côté de vous, satisfait, et un ronflement s'élève. Allongée sur le dos, une vague de sanglots menace de vous submerger. Vous vous levez avec peine, le sexe engourdi par la douleur, et vous attrapez votre culotte qui gît sur le sol. Dans le couloir, vous prenez une grande respiration. Vous sentez le sperme de Celynen ruisseler le long de vos cuisses. Vous baissez les yeux. Il y a du sang aussi.

Vous passez à la salle d'eau et vous vous nettoyez en pleurant, accroupie dans le bac de douche. Vous mettez une nouvelle serviette et vous vous regardez dans le miroir. Vos cernes sont bleu-violet et le blanc de vos yeux est strié de rouge. Votre peau est pâle et vos lèvres blafardes. Vous réalisez seulement maintenant que vous avez froid.

Vous ne pouvez pas retourner dans votre chambre, pas de suite, mais il le faudra. Après tout, ce n'était rien de plus que l'acte d'amour d'un mari envers sa femme. Il a attendu tellement longtemps. Et puis en vérité, ce n'est rien comparé à la douleur de l'accouchement.

Vous entrez dans la chambre de Margaret et soulevez le petit fauteuil pour le placer silencieusement à côté du berceau. Vous vous asseyez en grimaçant et là, dans le noir, vous passez une main entre les barreaux. La respiration de Margaret vous détend. La voir vous apaise. Elle vous fait oublier le reste du monde.

Son petit mobile tourne autour d'elle et une lumière rose pâle glisse sur sa joue.

Doucement, en murmurant, vous commencez à chantonner.

— *Close your eyes. Have no fear. The monster's gone. He's on the run and your mummy's here. Beautiful, beautiful, beautiful, beautiful girl. Beautiful, beautiful, beautiful, beautiful girl. Before you go to sleep, say a little prayer. Every day in every way, it's getting better and better. Beautiful, Beautiful, beautiful, beautiful girl. Beautiful, beautiful, beautiful,*

Beautiful Maggie.

9
20 AVRIL 2019

Marion se lève et fait les cent pas. Elle vous sort de votre torpeur.

Judith l'observe tourner autour du tapis du salon tout en passant une main distraite sur la tête d'Hugo. La maison est presque silencieuse. Le bois crépite dans la cheminée et les ongles de Judith grattent sur l'accoudoir.

Vous prenez une grande inspiration, vous devez trouver une solution. Vous ne pouvez pas attendre toute la nuit sans rien faire, cloîtrées comme des proies. Les portes et les volets ont beau tous être fermés, vous n'êtes pas à l'abri. Vous êtes bien placée pour le savoir ; les pires dangers viennent de l'intérieur.

— Tu aurais vraiment préféré que je reste dans la forêt ? prononce enfin Marion.

Elle a arrêté de marcher et vous fixe de l'autre bout du salon. Elle n'a pas l'air en colère ou sur la défensive, seulement acculée.

Judith ne vous quitte pas des yeux. Elle a besoin d'être rassurée sur la situation et sur votre façon de la gérer. Elle ne veut pas voir en vous la femme qui a abandonné sa voisine à son sort, elle veut voir la mère aimante et juste, la sauveuse, l'héroïne. Vous n'êtes rien de tout ça, vous en avez bien conscience, mais vous ne souhaitez pas la décevoir. Seulement, entre décevoir votre enfant ou la sauver, votre choix est vite fait.

— Non, Marion. Bien sûr que non. Je suis désolée, j'ai paniqué, ce n'est pas vraiment une situation... enfin... tu vois ?

— Oui, je vois, répond Marion en fixant un point au-dessus de vous. Je comprends. Ce n'est pas grave.

Vous êtes étrangement soulagée.

— Comment est-ce qu'il est rentré ? la questionnez-vous.

Marion secoue la tête et referme ses bras autour d'elle. Elle baisse la tête et regarde son pied tracer des arabesques imaginaires sur le tapis.

— Je ne sais pas.

— Tu es sûre ?

Elle cache quelque chose, c'est évident, elle ne peut soutenir votre regard, mais pourquoi vous mentirait-elle, sachant que son agresseur pourrait venir ici ?

Marion se met à pleurer. Ses jambes tremblent alors qu'elle tombe à genoux.

Judith, avec toute la bonté et l'empathie qui la caractérisent, se redresse immédiatement pour la consoler.

— Ça va aller. Ça va aller, Marion. Maman a raison, il ne peut rien nous arriver ici. On est en sécurité !

Un bruit étrange claque contre la fenêtre de l'entrée. Marion et Judith sursautent tandis que vous vous levez, mais de là où vous êtes, vous ne voyez rien.

— J'ai fermé toutes les fenêtres, assurez-vous en vous dirigeant vers la cheminée.

Vous attrapez le tisonnier et le fixez quelques secondes. Est-ce que vous serez capable de recommencer ?

— *Mum ?* appelle Judith.

Elle est inquiète. Sa voix tremble. Elle s'est levée et se tient voûtée sur elle-même, le regard braqué vers l'entrée.

Vous jetez un rapide coup d'œil sur l'ensemble du rez-de-chaussée et lui faites signe de se rasseoir sur le canapé. Le tisonnier fermement serré entre vos mains, vous avancez vers l'entrée.

— Attends, Karen !

Vous vous arrêtez. Marion ne sait pas quoi vous dire et resserre encore plus ses bras autour d'elle.

— Fais attention, finit-elle par murmurer.

Bien sûr que vous allez faire attention.

Vous avancez prudemment et vous vous arrêtez de nouveau. Vous vous tournez vers Judith.

— *Darling* ? Dans ma table de chevet, une arme, va la chercher.

— Quoi ?

— Dans la table de chevet.

— Tu as une arme ?

— Va la chercher !

Votre ton est sec et ferme. Elle ne vous répond pas et se dirige vers l'escalier en courant. Bien.

Arrivée dans l'entrée, vous tendez prudemment la tête vers la fenêtre, vous ne voulez pas trop vous approcher. Vous essayez désespérément de voir quelque chose à travers la vitre, mais il fait si sombre dehors que vous ne distinguez presque rien.

Quelque chose arrive sur la fenêtre à toute vitesse et vous masque la vue.

Vous faites un bond en arrière et un cri de surprise vous échappe.

— *Mum* ?

Vous fixez la vitre.

— *Mum* ?

Quelqu'un a jeté de la boue sur la vitre.

Judith arrive derrière vous et pose une main tremblante sur le haut de votre bras.

— *Mum* ? Qu'est-ce qui s'est passé ?

— Je ne sais pas…

Marion s'est rapprochée aussi.

Un autre éclat de boue obscurcit la fenêtre.

Vous criez toutes les trois et reculez dans le salon.

Il ne peut rien vous arriver.

Les fenêtres sont solides et fermées.

Tous les volets sont clos.

Personne ne peut entrer.

Il ne peut rien vous arriver.

Vous faites un geste de bras pour réunir tout le monde au milieu du salon. Marion s'est remise à pleurer et se recroqueville sur le fauteuil. Judith tremble, droite comme un I derrière vous. Elle se gratte le bras. Par réflexe, vous attrapez sa main et faites un geste de tête pour lui intimer d'arrêter. Elle vous scrute quelques secondes et hoche la tête. Elle recommencera, mais qu'importe.

— C'était lui ! C'était lui ! J'en suis sûre ! C'est forcément lui ! Il est là ! Il va... Il va...

— Il ne va rien du tout ! criez-vous en vous retournant vers Marion. La maison est fermée ! Calme-toi !

Judith vous fixe, les yeux exorbités. Vous posez le tisonnier sur la table basse et attrapez l'arme qu'elle tient dans sa main, un petit Glock que vous avez acheté à un dealer à Toulouse. Vous vérifiez qu'il est bien chargé et ôtez la sûreté.

— Tu sais faire ça ? s'étonne Judith.

Vous levez les yeux vers elle et passez une main sur sa joue.

— C'était juste au cas où.

— Un cas comme ça ?

— Non, pas comme ça. Mais... on ne sait jamais.

— Mais pourquoi ? Comment est-ce que tu as pu penser à quelque chose comme ça ?

— Tu comprendras quand tu auras des enfants, lui répondez-vous en anglais.

Elle ne dit plus rien. Vous baissez les yeux vers ses mains qu'elle dissimule dans son dos et vous le voyez. Elle le tient caché derrière elle, mais vous ne pouvez pas le manquer. Votre vieux journal. Vous l'attrapez d'un geste brusque et le plaquez contre votre poitrine.

— Pourquoi tu as pris ça ? criez-vous en anglais. Pourquoi ?

Judith fait un pas en arrière, et sur le canapé, Marion arrête de sangloter et de gémir.

— Mais... Mais... il était juste avec l'arme... et... et... je sais pas... je l'avais jamais vu...

— Et ça t'est pas venu à l'esprit que c'était peut-être parce que c'est privé ?!

— Je... Je... Pardon... Je savais pas...

— Stop ! vous interrompt Marion.

Vous tournez la tête vers elle, les sourcils froncés et les lèvres pincées.

— C'est pas le moment ! ajoute-t-elle. Il y a un type complètement cinglé dehors et vous vous disputez pour un journal intime !

Ça vous fait mal de l'admettre, mais Marion a raison. Ce journal ne devrait pas vous créer de problèmes. Il ne le devrait plus. Alors, vous vous dirigez vers la cheminée, un air calme collé avec force sur votre visage. Une douleur gronde dans votre ventre. Vous jetez le journal dans le feu.

— *Mum ?* vous appelle timidement Judith.

Votre regard se radoucit quand vous vous tournez vers elle. Elle n'est responsable de rien, vous ne devriez pas lui en vouloir d'être curieuse. Vous êtes même étonnée qu'elle ne l'ait pas été avant. Vous lui raconterez tout, plus tard.

— Ce n'est rien, soupirez-vous. Des mauvais souvenirs, c'est tout.

Vous contemplez le journal glisser entre deux bûches. Le feu va bientôt s'éteindre. Le journal l'alimentera encore quelques minutes. Les vieux souvenirs qu'il contient, ces horribles et douloureux souvenirs, s'embrasent avec lui.

Vous revenez vers le canapé et posez une main sur le dossier. Vous ne savez pas quoi faire. Pourquoi a-t-il jeté de la boue sur la fenêtre ?

Pour vous empêcher de voir ? Il fait déjà sombre, vous ne voyiez rien de toute façon. Pour vous faire peur ? C'est réussi.

TOC TOC TOC

Vous sursautez toutes les trois. Quelqu'un a toqué à la porte.

10
15 SEPTEMBRE 2003

Les bonnes choses viennent toujours par deux, c'est ce que votre grand-mère disait toujours. Judith est née un an auparavant. Maggie a quatre ans et frappe à la porte de votre chambre. Vous lui faites signe d'entrer et la laissez s'avancer vers le berceau au pied de votre lit. Maggie se met sur la pointe des pieds et regarde sa petite sœur dormir à travers les barreaux du berceau. Ses boucles blondes roulent sur ses épaules tandis que des centaines de taches de rousseur parsèment son visage rond au nez retroussé.

— Elle est trop grande pour le berceau maintenant ! râle Maggie en pointant Judith du doigt.

Vous riez. Judith dort paisiblement en tenant dans sa main son doudou élimé. Vous avez bien tenté de lui en coudre un nouveau, mais elle ne veut que celui-là.

— Tu pourras bientôt t'amuser avec elle. Dans un an. Il faut lui laisser le temps d'être assez grande. Après, ce sera à toi de lui apprendre à jouer et ça sera aussi à toi de la protéger, comme toutes les grandes sœurs.

Maggie hoche la tête, mais continue de regarder Judith dormir, les mains solidement accrochées aux barreaux du berceau.

Vous lui parlez en anglais et en français, vous voulez qu'elle soit bilingue le plus tôt possible.

— Je dois aller courir avec papa, Sarah vient d'arriver pour vous garder. Ça va aller ?

Maggie sourit. Elle adore sa baby-sitter et parfois vous leur enviez leur relation. Sarah ne lui donne jamais d'ordres et de consignes, contrairement à vous. Et Celynen ne vous aide pas. À chaque ordre que vous donnez, Maggie va le voir et il l'en dispense, surtout quand il s'agit d'aller au lit tôt ou de se brosser les dents. Quand vous le reprenez, il vous répond qu'il l'aime trop et qu'il ne peut pas la voir triste. Comme si vous, vous aimiez ça !

Vous passez votre tenue de jogging et descendez. Celynen vous attend dans le garage et sort la voiture. Avant de partir, vous embrassez la tête de Maggie qui vous regarde depuis le perron de la maison.

Il commence à pleuvoir. Vous espérez que vous n'en aurez pas pour longtemps, vous ne voulez pas attraper froid. Maggie vous fait un signe de la main et vous lui envoyez un bisou. Elle l'attrape et en lance un à son père qui fait mine de le cacher dans la poche de sa veste. Sarah apparaît derrière elle et la fait rentrer avant de fermer la porte.

Celynen aime courir dans la forêt qui se trouve à plusieurs kilomètres. La seule différence avec celle près de chez vous, c'est le public qui la fréquente. Là-bas, vous retrouvez majoritairement des touristes ou des gens des villes voisines qui viennent à la recherche de leur bol d'air pur. Des gens que ni lui ni vous ne connaissez et c'est bien cela qu'il désire : ne croiser personne de connu. Vous descendez de la voiture et faites quelques étirements.

— Allez ! vous presse Celynen, impatient.

Vous vous retenez de soupirer. Il vous tarde de rentrer, mais Celynen tient vraiment à ces deux sorties en forêt par semaine, alors vous souriez encore, pour lui faire plaisir. Il se focalise sur son ventre, mais n'est-ce pas normal à votre âge et au sien de vous laisser un peu aller ? Surtout avec deux enfants ?

Peut-être est-ce pour vous faire maigrir, vous, qu'il insiste sur ces deux séances de course hebdomadaires en votre compagnie ?

Vous commencez à trotter derrière lui. Il part vite aujourd'hui, trop vite pour vous. Vous avez besoin de démarrer en douceur et il le sait. Pourquoi ne vous attend-il pas ?

— Celynen ? Ralentis, s'il te plaît !

Il tourne la tête quelques secondes et son regard vous transperce. Il ne vous observe pas avec pitié ou empathie, il n'a pas l'air désolé non plus. Non. Il vous scrute avec dégoût, vous lui faites honte. Il s'arrête pourtant, et vous le rejoignez, haletante.

— C'est bon, dites-vous, ça va aller, on peut reprendre.

Vous n'osez pas lever les yeux. Ces derniers temps, son regard sur vous a changé. Il ne vous aime plus. Il ne vous touche plus comme avant, à la maison en tout cas.

Il attrape votre menton entre ses mains.

— Mets-toi là !

Vous acquiescez. Vous avez l'habitude. Vous ne pensiez simplement pas que cela arriverait si tôt aujourd'hui. Vous obéissez et allez vous placer dos à l'arbre qu'il vous a indiqué du doigt.

— Non ! Non pas comme ça, tourne-toi.

— Mais...

Vous avancez et essayez de cueillir son visage entre vos mains, mais il attrape votre bras et vous retourne d'un geste avant de vous plaquer contre l'arbre. Le chemin n'est qu'à quelques pas, mais la pluie qui s'abat à présent sur la forêt a probablement dissuadé la plupart des promeneurs.

Celynen regarde tout autour en baissant son pantalon. Vous l'entendez glisser au sol. Il saisit le haut du vôtre et le descend violemment jusqu'à vos chevilles. Un frisson vous traverse. Vous avez bien fait de mettre du lubrifiant avant de partir. Vous aurez moins mal. La dernière fois, vous aviez saigné et vous aviez du mal à vous asseoir. Il tire votre bassin en arrière et vous pénètre. Vous ne grimacez pas, plus en fait, vous avez l'habitude. Celynen vous prend comme ça depuis plusieurs mois, jamais à la maison, toujours dehors, là où on pourrait vous surprendre. C'est froid, sans vie, même lui, il se force. Il cherche à s'exciter.

Vous entendez tous les deux quelqu'un avancer dans le chemin et Celynen redouble d'intensité. Vous ne savez pas s'il fait ça pour finir vite et éviter d'être vu, ou pour paraître endurant si vous êtes découverts.

Vous vous contentez de rester docile. Si c'est ce dont il a besoin pour être heureux et satisfait, vous êtes prête à le lui donner. Il a fait tellement pour vous et continue de faire tellement pour les filles. Cela fait partie du mariage de se sacrifier pour l'autre, vous le savez, il le sait, c'est comme ça. Il y a quelques années, vous vous seriez insurgée si une de vos amies vous avait raconté une telle chose, aujourd'hui vous êtes consciente de ce qu'un mariage représente et des besoins différents des hommes et des femmes. Vous avez un mari qui, malgré une période difficile sentimentalement, ne va pas voir ailleurs. Au contraire, il continue de trouver des moyens d'entretenir une flamme entre vous, et même si vous ne comprenez ni n'êtes partante avec tout, il reste vôtre. Uniquement vôtre.

À ces efforts, vous devez Judith. Elle n'aurait été jamais conçue si Celynen n'avait pas un soir eu l'idée de reproduire une scène d'un film pornographique. Vous vous souvenez encore de l'écran de la télévision qui diffusait l'affreux film dont Celynen s'inspirait. Des cris bestiaux, exagérés et faux, des deux protagonistes à l'écran, est venue Judith. Votre si jolie Judith.

Le couple passe dans le petit chemin et ne vous voit pas. Ils ont la tête penchée en avant pour se protéger de la pluie et avancent vite. Celynen pose une main sur votre nuque si fort que l'écorce de l'arbre s'enfonce dans votre joue.

Enfin, après un dernier grognement animal, Celynen vous délivre et se rhabille prestement derrière vous. Vous vous redressez. Il n'y a personne. Vous êtes rassurée. Oui, vous faites cela pour lui, mais vous ne voulez pas que quelqu'un vous surprenne et aille raconter à tout le monde au village ce que vous faites avec votre mari. Qu'est-ce que les gens pourraient bien penser de vous après ?

Vous remontez votre pantalon, à la fois honteuse et heureuse d'avoir satisfait votre mari, et vous vous tournez vers lui. Vous lui souriez et tendez une main vers lui pour l'embrasser. Il fait un pas en arrière et vous toise avec indifférence.

— On rentre.

Et il vous laisse là.

Une griffure barre votre joue et quelques gouttes de sang y perlent. La pluie les emporte.

Vous croisez vos bras autour de vous à la recherche d'une chaleur tendre que vous seule êtes capable de vous procurer à présent et une vague de larmes vous monte aux yeux. Vous les retenez et prenez une grande inspiration. Tout va bien se passer. Il vous faut juste apprendre à être encore plus patiente avec Celynen, vous devez apprendre à le satisfaire. Autrefois vous saviez, mais aujourd'hui ses besoins ont trop évolué et vous n'avez pas suivi le rythme. C'est votre devoir de vous rattraper. Pour Celynen. Pour vos filles. Pour votre famille.

Il vous faut presque une minute pour reprendre vos esprits et comprendre que Celynen retourne à la voiture.

Partirait-il sans vous attendre ?

Un vent de panique naît et gonfle dans votre poitrine.

Il ne ferait pas cela, n'est-ce pas ? Vraiment ?

Vous regardez tout autour de vous à la recherche d'un indice de sa présence. Vous n'entendez ni ne voyez rien. Celynen est loin.

Vous vous élancez. Vos jambes se succèdent l'une à l'autre et vous passez à travers les ronces sans vous soucier que votre legging parte en lambeaux. Vous devez arriver à temps à la voiture. Il ne doit pas vous abandonner. Vous savez qu'il en est capable et vous ne devez pas lui en laisser la chance.

Vos pieds glissent dans la boue du chemin et vous reprenez votre équilibre en battant des bras. Pas étonnant que Celynen pense à vous abandonner ici, vous êtes ridicule.

Une crampe plus forte que les autres vous tord le côté droit et vous n'avez pas d'autre choix que de vous arrêter pour reprendre votre respiration. Vous reniflez et passez une main sur vos yeux.

Vous continuez, plus lentement, une main appuyée sur votre flanc droit.

Vous parvenez enfin à la voiture, claudicante.

Celynen ne vous a pas abandonnée. Il vous attend en fumant dans la voiture, la portière ouverte malgré les trombes d'eau qui tombent du ciel. Vous arrivez essoufflée et vous vous engouffrez dans l'habitacle en prenant garde de ne pas faire rentrer trop d'eau. Celynen continue de fumer tranquillement, sans vous regarder, il ne dit rien. Vous avez le temps de boire de longues gorgées d'eau avant qu'il ne jette sa cigarette à l'extérieur et claque la portière. Votre cœur retrouve petit à petit un rythme normal. Vos yeux piquent, des larmes menacent de s'en échapper et vous retenez votre respiration pour reprendre le contrôle.

Vous vous trouvez idiote. Comment avez-vous pu penser qu'il vous laisserait ici ? Vous n'allez pas bien en ce moment, c'est ça. Juste ça. Depuis la naissance de Judith, vous ne vous sentez plus femme. Ce n'est pas Celynen que vous visualisiez vous abandonner là. C'est vous. Vous ne vous aimez plus et vous projetez ce désamour sur Celynen. Vous devriez avoir honte. Vous avez honte d'ailleurs.

Celynen démarre et allume la radio. Le son grésille, mais il déteste le silence, alors il ne l'éteint pas.

Vous regardez par la fenêtre les paysages anthracite recouverts de pluie défiler devant vous. Vous soupirez.

— Ça va ? murmure-t-il.

Vous êtes si surprise que vous ne savez pas quoi répondre. Depuis combien de temps ne vous a-t-il pas demandé comment vous alliez ?

— Hmm, oui. Je réfléchis.

Ne serait-ce pas le moment de discuter ? Vous êtes tous les deux seuls et il a ouvert le dialogue, c'est une chance qui ne se reproduira pas tout de suite, et après votre petite frayeur, vous avez besoin d'être rassurée.

— C'est que... Je me disais... On ne fait l'amour que... Enfin, tu sais. Quand on va courir et... Ce n'est pas que j'aime pas ! Ne te méprends pas, c'est juste que...

— Il y a les filles à la maison, Karen. On ne peut pas faire ça devant elles.

Son ton est sec, sans appel. Il n'est pas prêt à renoncer à ses petites sorties dans la forêt.

— Non, bien sûr, bien sûr que non ! Tu... Tu as raison. Forcément.

Il se tourne vers vous puis se concentre de nouveau sur la route. Vous observez les arbres par la fenêtre. Vous ne pouvez pas soutenir son regard, pas quand vous vous sentez comme ça.

Le silence retombe et vous vous focalisez sur le bruit des essuie-glaces qui montent et qui descendent. Encore. Qui montent et qui descendent. Et la pluie qui tombe en trombe sur le pare-brise. Et les essuie-glaces, qui montent et qui descendent.

— Ça ne te plaît pas qu'on se retrouve tous les deux pour aller courir ?

La question vous surprend. Sa voix est si douce, presque fragile.

— Si, bien sûr que si. J'adore faire des choses avec toi, voyons ! Ce n'est pas ce que j'ai voulu dire.

Vous le sentez se fermer. Voilà ! Vous l'avez vexé. Vous allez devoir vous excuser. Peut-être pourriez-vous lui cuisiner son plat préféré ce soir. Il vous faudra sûrement retourner au supermarché, mais ce n'est pas grave, vous irez.

— Tu sais, reprend-il le ton plus sévère, je ne connais pas beaucoup de maris qui se démerdent pour trouver le temps de courir avec leur femme deux fois par semaine ! Et qui payent une baby-sitter en plus de ça !

Vous baissez la tête de honte. Comment avez-vous pu oser dire quelque chose comme ça ? Il travaille tant et c'est vrai qu'il vous trouve du temps. Il a raison, aucun autre mari ne fait ça pour sa femme. Vous avez de la chance d'avoir Celynen. Vous vous en rendez bien compte quand vous passez du temps avec vos amies, enfin, celles qui sont mariées et qui comprennent ce que cela veut dire et ce que cela implique ; elles ne voient pas leur mari souvent, et vous en soupçonnez au moins deux d'être cocues.

Cela fait d'ailleurs longtemps que vous ne les avez pas vues. Combien de mois ? Combien d'années pour certaines ? Vous annulez chacune de vos sorties pour ne pas laisser Celynen.

— Tu sais, continue-t-il avec plus de douceur dans la voix, moi aussi j'ai quelque chose à dire. Enfin, à te demander, tu vois.

— Oui ?

Tout ce qu'il voudra, si cela peut lui faire oublier l'affront que vous venez de lui faire.

— Peut-être que pour pimenter les choses, tu pourrais t'épiler.

— Mais... hmm... je m'épile déjà. Ça ne te plaît pas ?

— Il y a trop de poils encore.

Vous essayez de visualiser votre sexe et sa pilosité. Vous n'êtes pas très poilue et vous échancrez beaucoup votre maillot. Que pourriez-vous enlever de plus ?

— Qu'est-ce que tu voudrais alors ?

Votre voix tremblote. Vous comprenez, au moment où vous prononcez ces mots, ce qu'il veut, et vous n'avez pas envie. Vous savez que cela va être douloureux et vous n'aimez pas l'idée d'être nue là.

— Tu pourrais tout enlever pour voir ? Tu sais, comme dans les films. Au pire, ça repoussera si j'aime pas.

S'il n'aime pas ? Oui, après tout, c'est lui qui regarde là plus souvent que vous. Quoique... À vrai dire, cela fait longtemps qu'il ne s'est pas concentré sur votre plaisir. Il vous prend généralement de dos, il ne vous regarde plus. En même temps, dans la forêt, c'est plus simple.

— Hmm, oui, je peux essayer. Si ça te fait plaisir.

— Tu es parfaite, tu sais ?

Il vous toise en souriant. Cela fait longtemps qu'il ne vous a pas regardée avec ces yeux-là. Ceux qui vous crient qu'il vous aime. Votre cœur bat un peu plus vite dans votre poitrine. C'est ça, juste ça, il vous faut trouver de nouvelles choses pour vous renouveler. Il vous aime et il suffit de vous épiler encore plus pour que tout se passe bien. Ce n'est pas si cher payé, n'est-ce pas ?

— Et puisqu'on parle de ça, est-ce que tu as bien fait ta rééducation après Judith ?

Le changement de sujet soudain vous fait redescendre de votre éphémère moment de bonheur.

— Euh, oui. Oui. Pourquoi ?

— Tu n'as plus mal ? Je veux dire... en bas ? Jamais ?

Il prend de vos nouvelles. Vous êtes stupide. Comment avez-vous pu concevoir qu'il vous abandonnerait dans la forêt ? Vos yeux glissent sur votre jogging déchiré par les ronces et sur le sang qui n'arrive pas à sécher tant vous êtes recouverte de pluie. Pourquoi est-ce qu'il faut toujours que vous imaginiez le pire ? Pourquoi est-ce que vous ne vous aimez pas ? Parce que c'est bien de là que vient le problème, de vous. C'est vous qui vous imaginez toutes ces horreurs. Celynen est juste resté le même homme fougueux et passionné.

— Non, tout est redevenu comme avant, ne t'inquiète pas. J'ai bien fait mes exercices, et cette fois, ni épisiotomie ni forceps, alors forcément, ça aide.

— Je trouve que c'est différent.

La phrase s'abat sur vous comme une enclume sur un personnage de dessin animé.

Les essuie-glaces continuent de monter et de descendre.

— Co... Comment ça, différent ? Pas pareil ?

— Ben, tu sais, c'est plus large, quoi ! Je sens moins de choses. C'est pour ça que ça prend plus de temps.

Plus large ? Plus de temps ?

— Euh... Euh...

Vous ne savez pas quoi dire. Vous pensez à votre vagin. Votre vagin dilaté qui ne donne plus de plaisir à votre mari. Vous ne vous étiez pas rendu compte de ça. Vous ne ressentez plus de plaisir depuis Maggie. Vous avez bien essayé de vous satisfaire seule pour vérifier si le problème ne viendrait pas de Celynen, mais vous n'avez pas réussi. Vous aviez l'impression de le tromper et de vous chercher des excuses.

— Mais... Trois enfants sont passées par là et... Je... Tu crois que ce n'est pas normal ?

— J'en sais rien, moi. Je dis juste que je sens pas grand-chose.

— Oh, je suis désolée, chéri. Je pourrais appeler ma sage-femme cette semaine, lui demander si c'est normal.

— Non, tu dois avoir raison. Tu connais mieux ton corps que moi. Les petites ont fait des ravages là-dedans, mais elles en valent le coup, pas vrai ?

Vous pensez à Maggie et Judith qui vous attendent à la maison et un sourire s'étire sur vos lèvres.

— Peut-être qu'on pourrait faire autrement, propose-t-il.

— Comment ça ?

Vous voulez le satisfaire, c'est votre mari après tout. Il le mérite.

— Bah tu sais, il n'y a pas que par là que je peux passer.

Vous pensez aux fellations, cela fait longtemps qu'il ne vous en a pas demandé, mais cela ne vous dérange pas d'en faire.

— Je pourrais te sucer plus souvent.

Il hoche la tête.

— Oui, ça, et... tu sais, Franck de la boucherie ? Il me racontait qu'après le dernier accouchement de sa femme, elle a eu quatre gosses, tu sais, et même s'ils ont bien refermé à fond, avec le point en plus, ben... c'est pas comme quand elle avait vingt ans, quoi, et c'est normal, tu sais ? Je ne t'en veux pas ! Tu comprends, c'est la nature. Bref, Franck me disait qu'il la sodomise maintenant. Il dit que c'est comme neuf par là.

Vous ne répondez pas. Vous ne savez pas quoi répondre. Est-ce que Celynen est vraiment en train de vous demander s'il peut vous sodomiser ? Est-ce que votre vagin est si large que ça ? Vous imaginez votre sexe s'élargir et la honte vous traverse de nouveau. Vos accouchements vous auront donné deux magnifiques enfants, mais vous aurons privée de votre féminité. Vous n'êtes plus capable de satisfaire votre mari.

Vous n'êtes pas en mesure de réaliser qu'il vous manipule pour obtenir ce qu'il souhaite. Cela ne vous effleure pas une seule seconde.

Celynen tourne la tête vers vous. Son regard est tendre et pressant à la fois. Il pose une main sur votre cuisse.

— Je sais que ça doit faire bizarre, moi aussi ça me fait bizarre, mais Franck assure que même sa femme y prend plus de plaisir.

L'image de Franck, le boucher chauve et bedonnant, en train de sodomiser Maryse sur le plan de travail de la boucherie s'imprègne devant vos yeux. Elle n'a pas l'air d'aimer ça. Lui, cependant, oui. Et vous savez que vous nous plus, vous n'aimerez pas.

— Quand... Quand est-ce qu'il t'a dit ça ? demandez-vous enfin.

Ce qui vous taraude le plus, c'est de savoir comment ils en sont arrivés à parler de ça.

— Il y a quelques semaines. Tu sais comment il est, surtout après quelques verres de pastis. On parlait de femmes et de bébés et il nous disait que chez sa femme aussi, c'était plus pareil en bas !

« Nous disait » ? « Aussi » ? Combien de ses amis sont au courant ? Vous vous demandez si vous auriez pu en parler à vos amies et réalisez que non. La honte est trop forte. Depuis combien de temps n'êtes-vous pas allée à une soirée filles, d'ailleurs ? Vous en avez tant refusé qu'on ne vous en propose plus. De toute manière, vous n'auriez pas le temps pour ça. Celynen et les filles comptent sur vous, Celynen a besoin de vous, vous n'avez plus le temps pour vos amies. Et après tout, elles ne veulent pas venir jusqu'à Saint-Antonin. Ce ne sont peut-être pas autant vos amies que vous le pensiez. C'est Lucile qui vous manque le plus, mais elle ne vous écrit plus. Vous avez trop souvent annulé ou refusé des sorties, elle n'essaie même plus.

— Tu... Tu veux vraiment faire ça ? bredouillez-vous.

Vous, vous ne voulez pas, même si Celynen vous assure que vous y prendrez du plaisir. Vous épiler, oui, faire ça... comme ça ? Non. Pourvu qu'il change d'avis.

— Pas si tu ne veux pas, bien sûr ! Je me suis un peu renseigné. On peut utiliser des sex-toys pour te préparer. Ce ne sont que les premières fois qui sont douloureuses, après, c'est comme le sexe normal, tu sais ! Mais je ne veux pas que tu aies mal ! Je veux que ça soit aussi bien pour toi que pour moi ! On prendra tout le temps qu'il faudra. On pourra en choisir tous les deux sur Internet, des jouets. Tu en penses quoi ?

Il a l'air d'en savoir beaucoup, c'est évident qu'il a effectué des recherches. Vous resserrez votre veste de sport autour de votre gorge. Vous êtes moite de transpiration et glacée par la pluie, et pourtant, c'est bien à l'intérieur de vous-même que vous vous sentez le plus mal. Vous savez que vous ne pouvez pas refuser. Vous pourriez bien sûr retarder la chose, mais si Celynen a fait autant de recherches, c'est bien qu'il est pressé. Il le veut. Vous n'avez pas d'autre choix que de le lui donner, sinon il le prendra de force. Autant profiter de ces soi-disant jouets.

— OK. Très bien.

Celynen tire le frein à main. Vous êtes dans la cour de la maison, vous n'avez pas vu le temps passer. La lumière illumine le porche, le soleil va bientôt se coucher. La porte s'ouvre et Maggie sort, débraillée, vous attendre à l'abri de la pluie. Celynen coupe le moteur et les essuie-glaces s'arrêtent à mi-course sur le pare-brise.

La vigne sur la maison atteint par endroits l'étage à présent. Celynen la taille tous les printemps pour l'empêcher de passer devant les fenêtres. Il veille aussi à ce qu'aucun parasite ou nuisible ne s'y installe. Vous, vous ne l'aimez pas trop, la vigne, elle vous donne l'impression d'engloutir les murs. Vous préfériez la maison comme elle était quand vous l'avez fait construire, blanche et lumineuse.

Celynen vous sourit et tend une main vers votre joue, il la caresse du bout de ses doigts.

— Je t'aime tant, ma chérie, je ne veux simplement pas que notre amour se fane comme celui des autres. On n'est pas comme eux, on est mieux ! On doit seulement se renouveler, tu comprends ? Pour nous, pour les filles.

Oui, vous comprenez. Il a raison. Vous devez le faire, pour Celynen et votre famille. Et puis qui sait, vous apprécierez peut-être. Sûrement même. Celynen était très doué pour ça au début, c'est l'ennui qui l'a fait changer.

Non, pas une seule seconde vous ne vous doutez de quelque chose. Pas une seule seconde vous n'imaginez tous les scenarios de manipulation qui lui passent en tête. Vous êtes sienne et il le sait.

Celynen vous contemple encore, les yeux pleins d'amour. Il tend une main vers votre visage et frotte le baume teinté de vos lèvres.

— Tu ne devrais pas te maquiller, chérie, tu es tellement belle au naturel, toutes ces couleurs, ça gâche tout.

Vous souriez.

Maggie s'élance en courant pour vous rejoindre. Elle n'a pas de chaussons aux pieds et court dans le chemin plein de boue en riant. Sarah s'avance sur le perron et lui fait les gros yeux en secouant la tête. Celynen sort de la voiture et attrape Maggie par les aisselles, il la soulève au-dessus de lui en riant. Vous sortez à votre tour et les regardez tournoyer en souriant. Celynen s'arrête, la pluie coule sur son visage et dans ses boucles foncées.

Il est beau, vous le savez. Pourtant à cet instant, vous le trouvez monstrueux.

— J'ai de la chance, tu sais ! déclare-t-il. J'ai la plus belle des femmes.

Il tend la main vers vous et vous fait avancer jusqu'à lui.

— Et la plus belle des filles ! ajoute-t-il. Pas vrai, Maggie ? C'est qui la plus belle ? C'est toi, hein ? Oui, c'est toi. Tu l'aimes ton papa ? Tu l'aimes ton papa, hein ?

Maggie sourit, mais ne dit rien. Elle se contente de lui coller un bisou sur la joue quand il la lui tend. Il ne relève pas, mais vous oui. Maggie n'a pas répondu.

Celynen la serre contre lui et se met à courir pour rejoindre la maison. C'est un bon père, il adore sa fille. Il passe devant Sarah et, malgré son jeune âge et ses formes bien mises en valeur, ne lui jette pas un regard.

Vous restez sous la pluie quelques instants de plus avant de le suivre.

11
2 OCTOBRE 2003

Il n'a pas acheté les jouets. Vous y aviez cru pourtant. Il vous a prise par-derrière violemment dans la forêt. Vous avez crié et vous avez pleuré, mais vos gémissements l'ont encore plus excité. Il n'a pas vu vos larmes, il n'a pas vu votre douleur et votre refus de continuer. Vous n'avez pas vraiment réussi à les exprimer, hormis quelques gestes de bras.

Dans la voiture sur le chemin du retour, il s'est excusé de son empressement et vous a expliqué qu'il était très stressé avec le travail et que vous devriez plus le soutenir. Il vous a aussi dit que cette séance de sexe l'avait bien remonté. Il vous a félicitée et vous a encore dit à quel point vous êtes importante pour lui, à quel point il vous aime.

En rentrant, il vous a dit que vous pourriez faire ça à la maison pour changer, quand les filles sont à l'école. Il vous promet qu'il vous achètera très vite les jouets.

Vous n'êtes plus retournés dans la forêt après ça, mais vous n'avez jamais eu vos jouets. Il a continué de vous sodomiser, parfois sans préambule et sans aucune préparation. Il aime ça quand vous ne vous y attendez pas. Sauf que maintenant, vous ne passez pas un instant sans vous y attendre. Tous les matins, après votre douche, vous vous enduisez de lubrifiant. Devant, derrière. Vous vous tenez prête.

Heureusement, ces derniers temps, il vous laisse un peu plus tranquille. Il passe son temps devant son ordinateur dans le bureau, vous ne savez pas ce qu'il y fait et vous vous en moquez bien. Vous êtes plus tranquille, c'est tout ce qui compte.

Le soir, quand Celynen est devant son ordinateur, vous commencez un journal. Vous y écrivez une alternance de scènes de famille banales et ennuyeuses et ce que Celynen vous fait. Vous ne pouvez en parler à personne, seulement à vous-même. Vous le cachez dans le fond secret de votre table de chevet que vous avez vous-même fabriqué. Un simple rectangle de bois fin que vous avez recouvert de tissu. Vous l'avez monté sur des petits pieds en mousse et vous l'ouvrez grâce à une petite languette en tissu.

C'est votre secret. Personne ne doit savoir. Personne ne comprendrait.

12
20 AVRIL 2019

TOC TOC TOC

Quelqu'un toque. Encore.

Vous secouez la tête pour sortir de vos pensées et vous serrez encore plus Judith contre vous.

Marion se recroqueville sur elle-même et se met à sangloter. Ses yeux exorbités témoignent de sa frayeur et de sa panique. Ses mains s'agrippent à son pull comme à une bouée de sauvetage au point que ses phalanges en deviennent blanches.

Judith ne dit rien. Son visage est entièrement fermé et vous voyez bien qu'elle n'ose pas espérer qu'il s'agisse d'une bonne nouvelle. Vous non plus, d'ailleurs, vous n'osez pas espérer. Hugo est monté sur le canapé et s'est blotti contre Judith. Vous ne le permettez pas normalement, mais vous ne dites rien, il sent que quelque chose est en train de se passer.

TOC TOC TOC

. . .

Marion sursaute et pousse un petit cri de surprise.

— C'est peut-être Paul ? balbutie-t-elle.

Vous secouez la tête et vous vous levez. Seuls les craquements de la bûche dans la cheminée vous parviennent. Derrière la porte, la personne qui vient de toquer ne dit pas un mot.

— Paul ne serait jamais venu ici te chercher et il n'est pas encore minuit.

Marion se lève et commence à marcher vers l'entrée. Vous la retenez en posant votre main sur son avant-bras.

— Mais... Mais si c'est Paul ?

— Ce n'est pas Paul !

Judith se recroqueville un peu plus sur le canapé. Vous vous mettez à espérer. Si vous ne répondez pas, il partira peut-être. Vous vous traitez intérieurement de pauvre idiote naïve. Il ne serait pas venu ici pour rien. Mais pourquoi toquer ? Que veut-il ? Pourquoi Marion ? Pourquoi vous ?

— Il n'a pas frappé chez moi. Il... Il... Il est juste... rentré.

Marion tremble de la tête aux pieds. Vous ne savez pas quoi lui dire pour l'apaiser et la rassurer. Vous êtes partagée entre exaspération et compassion. Elle, qui vous horripile tellement la plupart du temps, vous apparaît sous un autre jour. Vous vous en seriez passée. Toutefois, elle a raison, s'il est rentré chez elle facilement, il pourrait faire de même ici. Vous en doutez, pas avec toutes les protections que vous avez posées partout, mais comment savoir ? Comment savoir alors même qu'il a brisé les lampes du jardin avant que Marion n'arrive ? Vous anticipez tout, trop, et pourtant, lui, vous n'avez pas réussi à le prévoir.

Vous vous reprenez. Elles ont besoin de vous, de votre sang-froid. Judith a besoin de vous.

— Tu ne t'attendais pas à être attaquée, nous si, énoncez-vous pour rassurer Marion. Tu avais peut-être laissé une porte ouverte.

Marion ne vous écoute pas.

— Ça doit être Paul ! C'est forcément lui !

— C'est pas Paul ! crie Judith. C'est ce type, tu comprends pas ?!

Marion se retourne vers Judith, étonnée de l'entendre lui crier dessus.

— Tu n'en sais rien, réplique-t-elle.

— Elle a raison, Marion, assénez-vous sèchement. Je sais que tu as désespérément envie que ce soit Paul, mais ce n'est pas possible, tu comprends ?

Il faut qu'elle se calme, elle vous fait perdre vos moyens à vous et à Judith. Vous avez besoin de réfléchir et vous absorbez son stress comme une éponge.

— Assieds-toi, lui intimez-vous plus gentiment.

Elle vous fixe, les sourcils froncés et les lèvres pincées. Elle veut aller voir qui est à la porte et attend un moment d'inattention de votre part.

Quelle conne !

— Ce n'est pas Paul. Assieds-toi !

Elle n'en a pas envie, mais vous écoute tout de même. Judith pose une main compatissante sur son bras et elle laisse libre cours à ses larmes et à ses sanglots.

Vous vous tournez vers l'entrée.

— Il faudrait peut-être éteindre les lumières.

Vous vous parlez plus à vous-même qu'aux deux autres.

— Toutes les lumières ? murmure Judith, inquiète.

Elle n'a jamais aimé le noir. Depuis l'incident, elle ne passe pas une nuit sans au moins une veilleuse allumée.

— Peut-être, répondez-vous d'une voix faussement assurée.

— Il sait déjà qu'on est là, réplique Marion. Ça servirait à quoi ?

— À ne pas se faire repérer par la fenêtre de l'entrée, pour commencer. Et à se cacher, s'il arrive à rentrer.

— À rentrer ? répète Judith d'une voix aiguë.

Vous vous asseyez sur le bras d'un fauteuil et passez une main sur votre visage. Vous ne savez pas quoi faire. Les solutions s'enchaînent devant vos yeux et défilent au gré des scénarios que vous imaginez. Vous baissez les yeux vers l'arme que vous tenez toujours à la main. Vous ne pouvez pas tirer à travers la porte, elle est blindée et vous...

TOC TOC TOC

Cette fois, vous sursautez toutes les trois.

Hugo grogne et vient se placer devant vous.

Votre cœur bat dans votre gorge. À côté de vous, Marion respire vite et bruyamment. Judith, elle, se renferme encore plus sur elle-même et entoure ses genoux de ses bras. Elle attend, tétanisée.

Vous avancez dans le petit couloir, l'arme juste devant vos yeux.

Vous savez qu'il ne peut pas entrer. Il lui faudrait avoir les clefs, et même s'il les avait, vous avez fermé deux verrous intérieurs, il n'y a pas de serrure pour eux de l'autre côté.

Vous repensez de nouveau à la porte du garage, puis aux fenêtres de l'étage, à la baie vitrée, à la fenêtre des toilettes...

Vous vous placez face à la porte, les mains tremblantes, et vous attendez. Vous ne demandez pas de qui il s'agit. Vous ne dites pas un mot.

Votre regard glisse vers l'intérieur du salon où Judith vous scrute, terrorisée, et vous vous demandez si ce qui l'effraie le plus est cet homme derrière la porte ou vous.

Pourquoi pensez-vous à cela ? Vous êtes sa mère, elle vous voit comme telle. Vous devez arrêter de vous poser des questions.

— **Marion ?** appelle une voix derrière la porte, à la fois suggestive et impatiente.

Marion se redresse de terreur et vous fixe, les yeux exorbités.

— **Marion ?** insiste la voix. **Allez, reviens ! On s'amusait si bien tous les deux !**

Vous levez votre arme plus haut et prenez mieux appui sur vos jambes.

— Il ne peut pas entrer, chuchotez-vous en anglais.

Judith arrive vers vous. Ses mains tremblent et elle n'ose pas se tourner vers la porte. Comme si au moment où elle allait la regarder, celle-ci flancherait et laisserait l'homme entrer.

— Qu'est-ce qu'il veut ?

Pouvez-vous vraiment le dire à haute voix ?

— Je... Je ne sais pas.

Marion arrive à son tour et fixe la porte.

— Il me veut, moi.

Vous secouez la tête.

— Il veut juste entrer.

— Il veut en finir avec moi, se met à sangloter Marion.

— Chut, moins fort !

Marion se tait, mais ne s'arrête pas pour autant de pleurer.

Judith passe son bras autour du sien pour la soutenir. Un sentiment de fierté vous traverse. Vous le balayez rapidement. Ce n'est pas le moment, vous la féliciterez plus tard, quand tout sera fini, quand vous irez toutes bien.

— **Marion ?**

Dans la maison, le silence règne, pesant et angoissant.

Quelque chose perturbe ce silence et crisse, comme des ongles sur un tableau noir. Vous serrez les dents. Il cherche à vous faire peur. Vous ne devez pas lui donner cette satisfaction. Il ne doit pas savoir qu'il y parvient si bien.

Hugo grogne encore et se met en position d'attaque. S'il connaissait la personne derrière la porte, il ne ferait pas cela. Il absorbe votre peur et veut vous défendre.

— Partez ! hurle Marion à côté de vous. Mais partez, enfin !

Vous plaquez votre main libre sur la bouche de Marion et la poussez à reculer jusqu'au salon. Elle se débat et vous la lâchez.

— Tu viens de lui confirmer que tu étais bien là ! Tu... Tu... Tu es folle ou quoi ? Qu'est-ce que tu cherches à faire ? À nous faire tuer toutes les trois ?

— Je voulais juste qu'il s'en aille !

— Est-ce qu'il est parti quand il essayait de te violer ? Tu lui as demandé d'arrêter, n'est-ce pas ? Tu l'as supplié même. Est-ce qu'il l'a fait ? Hein ? Ne sois pas conne, bon sang ! Tu... Tu vas rester là ! D'accord ? Tu ne bouges pas ! Tu ne fais rien ! Tu ne dis rien !

Marion hoche la tête et enfouit son visage entre ses mains.

Vous vous tournez vers Judith qui vous scrute. Vous soutenez son regard. Ce n'est pas le moment pour les reproches. Marion ne doit pas vous mettre en danger. Si vous devez la ligoter et la bâillonner, vous le ferez. Vous ne savez pas quoi dire à Judith, elle ne vous reconnaît pas. À ses yeux, vous n'êtes plus sa mère en ce moment. Vous vous en moquez éperdument, votre priorité est de la sauver, pas de pérenniser l'image qu'elle s'est faite de vous au fil des années.

— *Mum ?* Qu'est-ce qu'on va faire ?

Une larme roule le long de sa joue et elle renifle doucement. Vous posez l'arme délicatement sur la table basse, loin de Marion, et vous prenez Judith dans vos bras. Sa peau est chaude contre la vôtre et elle sent son shampoing à la pomme verte, le même depuis qu'elle est petite, elle ne veut pas en changer et cela n'est pas pour vous déplaire. Il vous rappelle Maggie. Elle laisse sa tête tomber contre la vôtre et renifle une nouvelle fois.

— Ça va aller, murmurez-vous en anglais. On va trouver une solution. Il ne peut pas entrer. Paul va bientôt retourner chez lui. Il va remarquer l'absence de Marion et le chaos dans la maison. Il va alerter ses collègues et puis...

— Qu'est-ce que tu dis ? siffle Marion en se levant. Pourquoi est-ce que tu parles en anglais ? Je ne comprends pas !

Vous tournez la tête vers elle tout en continuant de passer une main dans la nuque de Judith.

— Je lui disais qu'il ne pouvait rien nous arriver.

— Non ! Non ! Tu as dit mon nom ! Pourquoi tu as prononcé mon nom ?

Vous soufflez. Elle vous agace, ce n'est pas le moment de faire une crise de panique paranoïaque.

— Je disais juste que quand Paul rentrera, il verra que tu n'es pas là et il appellera ses collègues.

— Tu ne vas pas me livrer à lui alors ?

— Te livrer ?

Vous n'y aviez même pas songé. Vous n'êtes pas si insensible que ça, ni stupide. Cet homme n'a pas brisé les lampes de votre jardin dans le seul but de, peut-être, avoir à récupérer Marion plus tard ici. Il les a brisées quand vous êtes revenue de la pizzeria et avant que Marion s'échappe et traverse la forêt jusqu'à votre maison. Il avait pensé à tout. Vous l'intéressez autant que Marion. Judith et vous.

— Oui. Hein ? Tu... Tu ne vas pas me livrer à lui ?

Judith se décolle de vous et s'approche d'elle.

— Bien sûr que non, tente-t-elle de la réconforter. Bien sûr que non ! On va réfléchir à un plan.

Elle tourne la tête vers vous.

— N'est-ce pas, *mum* ? On va trouver un plan ?

Vous devez les rassurer, c'est votre seul moyen de survie. Si Marion perd son calme et ouvre une porte ou une fenêtre pour s'enfuir, vous êtes foutues. Si Judith cède à la folie de Marion, idem. Vous êtes la seule à pouvoir apaiser la situation. C'est à vous de prendre le contrôle.

Encore une fois, vous devez protéger Judith. Encore une fois. Et cette fois, vous n'échouerez pas.

— **Allez, Marion !** hurle l'homme à présent. **Viens par ici que je te donne ce que tu mérites !**

Marion pousse un petit cri et se roule en boule sur le canapé.

— Il y en aura pour les autres aussi, les filles !

Judith lève les yeux vers vous.

Depuis combien de temps vous a-t-il traquées ?

Vous vous accroupissez devant Marion.

— Marion ? Qu'est-ce qu'il t'a dit ? Il t'a forcément dit quelque chose. Est-ce que tu l'avais déjà vu ?

Marion secoue la tête. Ses lèvres sont recouvertes de morve qu'elle essuie avec le revers de sa manche.

— Non, non. Je l'avais jamais vu… Je sais pas qui c'est.

— Il sait qu'il y a d'autres femmes avec toi, ici. Il sait forcément qui on est. Dehors, il a brisé les lampes avant que tu n'arrives. Il avait prévu tout ça. Paul est sorti. Ce n'est pas un hasard. Tu n'étais pas un hasard ! Il t'avait repérée et nous aussi.

— Mais j'en sais rien, je n'ai rien vu ! Je te le jure, Karen… Je n'en sais rien.

Vous interrogez Judith.

— Tu n'as rien vu d'anormal ? Ces derniers jours, semaines ?

Elle secoue la tête.

— À part le type au café qui nous regardait avec sa femme… euh… non, je crois pas.

Vous repensez à lui. Ce n'était qu'un porc, pas un violeur. Et l'autre homme, celui qui attendait seul avec une seconde boisson ? Vous ne l'avez pas vu accompagné au marché après. Pourquoi aurait-il pris une autre boisson ? Et surtout, pourquoi commander la même que Judith ? Il n'y avait pas touché quand vous êtes parties, peut-être avait-il voulu y goûter et n'avait pas aimé. Vous-même, vous trouvez le mélange atroce.

Ça pourrait être lui. Vous avez eu cette désagréable sensation en l'observant. Une combinaison d'attraction et de crainte, mais n'était-ce pas seulement parce qu'il vous rappelait Celynen, avec ses boucles noires et ses yeux sombres ?

Vous avez l'impression que des pièces de puzzle s'emboîtent les unes avec les autres, mais qu'elles proviennent de deux boîtes différentes. Pourquoi vous suivre vous et attaquer Marion ? Pourquoi agresser Marion et vous piéger vous ? Comment pouvait-il prévoir que Marion s'enfuirait ?

— Marion ?

Elle relève la tête vers vous. Vous posez une main sur son bras, vous ne voulez pas la faire paniquer encore plus, mais vous avez besoin de comprendre. Il est trop organisé. Ça colle et en même temps ça ne colle pas.

— Comment tu as fait pour lui échapper ?

— Est-ce que c'est important ?

— Bien sûr.

Vous commencez à perdre patience devant tant d'imbécillité. Vous inspirez profondément pour garder votre calme et espérez qu'elle ne le remarque pas.

— Oui, reprenez-vous, parce que ça nous donnera peut-être une indication de qui il est.

Vous voyez bien à son regard qu'elle ne comprend pas ce que vous dites, néanmoins elle vous répond.

— Je... Je l'ai frappé à la tête.

— Avec quoi ?

— Avec ma main. J'ai tapé et j'ai tapé encore, puis je l'ai bousculé assez fort pour pouvoir m'extirper de sous lui et me relever. Il s'est relevé aussi, mais j'avais déjà couru jusqu'à la porte et je l'ai refermée contre lui. Là, j'ai entendu un grand boom. Je pense qu'il est tombé. Après, après j'ai couru jusqu'à la porte arrière et je suis sortie. J'ai traversé la parcelle de forêt parce que je savais que je pourrais me repérer dedans, même de nuit. J'avais peur de prendre la route, il m'aurait rattrapée. Je me suis retournée quand je suis arrivée à la forêt et j'ai vu de la lumière, il avait ouvert la porte. Alors j'ai accéléré et je me suis échappée jusqu'ici. J'ai jamais couru aussi vite de ma vie.

Ça, vous voulez bien le croire.

L'a-t-il laissée s'enfuir ? Pourquoi ? Cela n'a aucun sens. Pourquoi vous acculer ici toutes les trois ? Pourquoi trois victimes ? Et si différentes en plus. Non. Votre raisonnement ne tient pas la route. Mais alors, que veut-il vraiment ? Seulement Marion ?

Vous la détaillez des pieds à la tête rapidement. Elle est pathétique. Toutefois, s'il se délecte de la peur qu'il inflige, alors oui, peut-être est-elle à son goût.

— Ah oui, et... et je me suis fait pipi dessus. Je voulais qu'il me lâche. Ils disent qu'il faut se faire pipi dessus pour échapper à son violeur.

Elle se répète.

— Et c'est là qu'il t'a lâchée ?

Elle secoue la tête et se passe une main sur les yeux.

— Non. Je crois qu'il s'en foutait.

Bien sûr qu'il s'en foutait. Pour lui, cela prouvait que sa victime était terrorisée. Son excitation n'en a été que décuplée.

BANG !

Un grand bruit résonne dans l'entrée, suivi d'une multitude de sons de verre brisé. Vous vous relevez tandis qu'Hugo aboie. Judith le suit et vous passez devant elle.

Une pierre a brisé la petite fenêtre rectangulaire et un courant d'air glacé s'infiltre dans la maison en hurlant. Judith fait reculer Hugo pour l'empêcher de marcher dans les éclats de verre, mais il continue d'avancer. Il renifle le sol à la recherche de quelque chose.

Une lumière éclaire le bas de la porte d'entrée depuis l'extérieur, ce n'est pas celle du perron. Vous faites signe à Judith de retourner au salon. Un homme adulte ne pourrait pas passer par la petite fenêtre. Surtout avec les barreaux. Espacés d'une vingtaine de centimètres, il pourrait à peine y faufiler la tête. Il cherche seulement à vous faire peur, à vous diviser. Il sait que vous ne lui ouvrirez pas tant que vous resterez soudées.

Marion s'est levée et actionne la porte de la baie vitrée de l'autre côté du rez-de-chaussée. Il est en train de réussir.

Vous accourez vers elle et la refermez aussitôt.

— Mais qu'est-ce que tu fais ?

— Tu vois bien, Karen ! Je m'enfuis ! Encore ! C'est ce qu'il faut qu'on fasse, tu comprends ? Il va réussir à rentrer, tu sais ! Tout était fermé chez moi et il a réussi. Ici, ça va être pareil ! Il va nous avoir ! Il va... Il va rentrer, je te dis !

Vous attrapez Marion par les épaules.

— Tu paniques, Marion ! Tu dois te reprendre. Il cherche à nous faire peur ! C'est ce qu'il veut faire ! Parce qu'il sait que sinon, on va rester là. Il ne peut rien nous arriver tant qu'on ne sort pas, tant qu'on n'ouvre pas la porte. Tu comprends ? Et il va faire tout ce qu'il peut, dire tout ce qu'il peut pour convaincre l'une d'entre nous de lui ouvrir !

Vous le voyez dans ses yeux, elle ne comprend pas. Elle ne réfléchit plus, seul l'anime son désir de fuite.

— Tu vas m'ouvrir et je vais partir, d'accord ? Si tu crois que t'es en sécurité ici, c'est ton problème. Moi, je ne reste pas une minute de plus avec ce fou dehors !

Vous la secouez.

— Mais tu dis n'importe quoi ! Justement, il est à l'extérieur ! Et nous, on est dedans, en sécurité. Ne fais pas l'idiote, Marion. Si tu sors, tu nous condamnes toutes les trois.

— Maman ? vous appelle Judith.

— C'est n'importe quoi, Marion ! criez-vous. Je ne te laisserai pas nous mettre en danger. Tu restes ici !

Marion se débat et réussit à vous échapper. Elle recule de plusieurs pas et passe une main sur son épaule, le regard braqué sur vous.

— Tu es folle, Karen ! Laisse-moi partir !

— Non ! On reste dedans. Toutes les trois. On ne bouge pas.

Judith se rapproche de Marion.

— On sait que tu as peur, mais maman a raison, c'est trop dangereux de sortir.

— Il ne me retrouvera pas dans la forêt, je la connais par cœur.

— Pas de nuit, Marion, pas paniquée ! insistez-vous. Tu ne sais pas de quoi il est capable. Il a pensé à casser les lampes du jardin, il a pensé à brouiller les communications pour qu'on ne puisse pas appeler à l'aide. Tu ne crois pas qu'il a aussi anticipé qu'on puisse s'échapper par-derrière ?

Elle vous fixe, les sourcils froncés. Vous jetez l'éponge. Essayer de la convaincre serait peine perdue. Vous devez trouver un moyen de la contrôler. Vous n'allez pas l'attacher tout de même ?

— On va attendre jusqu'à ce que Paul rentre chez vous, annonce Judith. Il verra bien qu'il s'est passé quelque chose. Minuit, c'est dans pas si longtemps. Ça va aller. D'accord ?

Marion secoue la tête.

— On pourrait aller chez les Vainson ? Ils habitent à même pas dix minutes. Il suffit de traverser tout droit. Quelqu'un pourrait aller chercher du secours !

Vous soufflez. Vous voyez bien à ses yeux qu'elle ne veut pas y aller. Il est hors de question que vous envoyiez Judith ou que vous la laissiez seule ici.

— On est plus en sécurité ici, Marion.

Votre ton est ferme. Votre décision aussi. Vous espérez qu'elle la comprendra. Elle n'aura pas le choix de toute façon.

Devant le regard inquiet de Judith, vous vous radoucissez. Vous vous asseyez sur le canapé et leur faites un geste de la main pour leur faire comprendre d'en faire autant. Judith se colle contre vous tandis que Marion s'assied sur le canapé en face. Hugo pose sa tête sur vos genoux. Il vous fixe de ses grands yeux noirs. Lui aussi attend que vous le rassuriez. Vous passez une main sur sa tête et le grattez derrière l'oreille.

— Si on reste toutes les trois, il ne nous arrivera rien. Il faut qu'on reste soudées, d'accord ? La panique, c'est le meilleur moyen de nous mettre en danger. Et c'est ce qu'il cherche.

Marion acquiesce. Enfin.

Judith se blottit encore plus contre vous et vous passez un bras autour d'elle.

TOC TOC TOC

— **Allez, Marion !**

Marion sursaute et se redresse d'un bond. Vous avez à peine le temps de comprendre ce qu'elle a en tête qu'elle s'est déjà jetée sur la table basse et a saisi votre arme. Elle la tient, les mains tremblantes, et se dirige vers l'entrée.

— Marion ! hurlez-vous. Non !

Judith se lève à son tour et vous suit. Vous tendez votre main à Marion et faites signe à Judith de reculer dans le salon. D'un ton plus doux, que vous voulez rassurant, vous tentez de raisonner Marion :

— Donne-moi cette arme ! Ne fais pas de bêtise.

Elle ne vous regarde pas. Elle fixe la porte blindée, le flingue pointé devant elle.

— Il a essayé de me violer ! Il m'a suivie jusqu'ici ! Il va m'avoir. C'est lui ou moi ! J'ai pas le choix, Karen, il faut le tuer ! Tu comprends ?

— Oui, je sais. Je sais. Il est dehors maintenant. Tu es en sécurité, ici, avec moi, avec Judith. Donne-moi cette arme, tu ne sais pas t'en servir.

— Parce que toi, tu sais, peut-être ?

— Oui !

Marion tourne la tête vers vous.

— Et depuis quand ?

Vous n'avez aucune raison de mentir.

— Depuis que Celynen a disparu avec Maggie. J'ai pris des leçons de tir. Rends-moi cette arme, Marion ! Tu risques de te blesser.

Mais vous n'allez pas tout lui avouer non plus.

Elle se calme, son visage se détend. Elle baisse lentement les bras et s'apprête à vous rendre votre arme.

— **Allez, Marion ! Tu ne voudrais pas que je fasse du mal à tes copines, quand même !**

Fuck !

Marion panique de nouveau et braque le Glock vers la porte. Vous lui attrapez les mains et elle tire. La puissance du recul la surprend et vous réussissez à saisir votre flingue tandis que Marion se laisse tomber au sol sur les genoux. Judith crie et se cache derrière le bar. Vous faites quelques pas vers la porte. La balle est plantée dans le mur du couloir de l'entrée à seulement un mètre du sol.

Hugo aboie. Votre agresseur rit. Ce n'est pas un ricanement moqueur, ce n'est pas non plus un rire sadique, non, c'est un rire de victoire. Vous lui donnez exactement ce qu'il veut.

Vous reculez jusqu'à la cuisine et posez l'arme sur le plan de travail. Vous enclenchez la sûreté et reprenez votre respiration.

Marion vous met en danger. Judith et vous. Vous imaginez ce qui se serait passé si elle avait tiré sur la porte blindée. La balle aurait ricoché. Vous auriez pu être touchée. Judith aussi !

Vous ouvrez le placard en dessous de l'évier et attrapez le rouleau de cordes. Vous revenez vers Marion et l'aidez à se relever.

— Merci, souffle-t-elle.

Son regard change lorsqu'elle aperçoit la corde et votre expression.

— Non, Karen ! Tu ne peux pas !

Vous la plaquez fermement contre le buffet derrière elle.

— Judith ! Aide-moi à l'attacher.

— Quoi ? *No, mum !*

— Karen, arrête ! Tu ne sais pas ce que tu fais ! J'ai pas fait exprès. Je ferai plus rien, je te jure ! J'ai paniqué, c'est tout !

— Judith !

Malgré sa désapprobation, elle attrape le rouleau. Ses mains tremblent et elle regarde la corde comme s'il s'agissait d'une arme létale. Vous forcez Marion à s'asseoir et Judith vous aide à lui attacher les mains au pied du buffet.

— Karen, je t'en prie ! Et s'il arrive à rentrer ? Il me tuera, ou pire. Non, non, non, tu ne peux pas me faire ça. Faut pas faire ça ! Je ne mérite pas ça ! Judith ! T'es une gentille fille, toi, ne la laisse pas me faire ça !

Judith vous regarde, Marion et vous, et se lève en reculant. Elle passe une main sur sa bouche et fait demi-tour vers le salon.

Vous vous penchez vers Marion.

— Tu nous mets en danger ! Tu comprends, ça ? Si tu continues de crier, je te bâillonne. Maintenant, il sait qu'on a une arme et il va se préparer. Tu réalises ce que tu as fait, Marion ?

Marion hoche la tête, les narines tremblantes. Elle tire avec ses dents sur une peau de sa lèvre inférieure et se fait saigner.

Vous vous fichez de si elle vous appréciera encore une fois que tout cela sera terminé. Vous vous relevez et vous dirigez vers Judith. Elle s'est assise sur le fauteuil et Hugo monte la garde à côté d'elle. Brave chien.

Vous vous accroupissez devant elle et posez une main sur la sienne.

— Ça va aller, *darling* ?

Elle secoue la tête en pleurant.

— *No* ! Qu'est-ce qui se passe ? J'ai peur, *mum* ! Pourquoi ça nous arrive à nous ?

— J'essaie juste de te protéger. Tu comprends ?

— Mais cette arme, d'où elle sort ? Depuis quand tu l'as ? Et Marion qui... Est-ce qu'on est vraiment obligées de l'attacher ? J'ai peur, *mum*. J'ai tellement peur !

Vous observez Marion.

— Oui, murmurez-vous. On ne peut prendre aucun risque. Il faut que tu me fasses confiance. Moi aussi, j'ai peur, mais je ne veux que te protéger.

— Mais confiance de quoi ? Tu sais ce que tu fais ? Tu as déjà vécu ça ? Pourquoi est-ce que tu es aussi calme ? Pourquoi est-ce que tu n'es pas comme Marion à crier partout et à chercher à t'enfuir ? Pourquoi est-ce que tu ne paniques pas comme moi ?

Vous passez une main dans ses cheveux et faites glisser une mèche derrière son oreille.

— Parce que je suis plus âgée que toi et plus intelligente que Marion. C'est tout. Elle ne peut pas comprendre. Elle ne pense qu'à sa vie à elle. Moi, je ne pense qu'à la tienne.

Judith essuie ses larmes.

— Depuis quand tu as cette arme ?

Vous laissez passer quelques respirations avant de répondre.

— Depuis Maggie.

Elle hoche la tête à nouveau.

— D'accord, murmure-t-elle.

Elle comprend. Évidemment. Votre honnêteté la rassure. C'était une réaction normale que d'acheter cette arme pour vous protéger toutes les deux. Maggie venait de disparaître, Celynen était accusé d'enlèvement d'enfant. Après des années de naïveté, vous êtes passée en mode paranoïaque, il vous fallait une arme pour vous sentir en sécurité. Vous avez pris des leçons de tir, mais avez acheté le Glock au marché noir, vous ne vouliez pas que la police croie que vous aviez quoi que ce soit à voir avec la disparition de Maggie et de Celynen, vous vouliez qu'ils la cherchent vraiment, pas qu'ils perdent leur temps avec vous.

Un nouveau bruit vous fait sursauter et Marion se met à hurler sans discontinuer.

Vous vous levez et dans votre précipitation vous marchez sur la patte d'Hugo qui se met à hurler lui aussi. Vous tournez la tête vers lui pour vous excuser, mais il ne vous en veut pas. Il vous regarde de ses grands yeux sombres inquiets. Vous passez une main sur sa tête et vous vous dirigez vers l'entrée.

Quelque chose d'autre est passé par la fenêtre.

Marion continue de hurler.

Vous tendez votre bras vers Judith pour l'empêcher de venir, mais elle approche tout de même.

En voyant ce qui a créé ce grabuge, elle hurle elle aussi.

Vous fermez les yeux l'espace de quelques secondes et prenez une grande inspiration. Vous comprenez que l'horreur commence tout juste.

Hugo s'approche et donne un coup de museau dans la tête de SaChat qui roule sur le sol.

13
14 AOÛT 2005

Le téléphone sonne, et de surprise, vous lâchez la gomme que vous aviez à la main. Elle roule jusqu'au sol et vient se cacher sous le radiateur. Vous vous levez, sortez du bureau et vous dirigez dans le salon.

Sur l'écran, vous lisez « *Mum* ». C'est votre mère à vous. Celynen ne parle plus à la sienne depuis des années. Vous n'avez vu personne de son côté de la famille depuis que vous êtes arrivés en France. À entendre Celynen, sa mère ne l'a jamais aimé et ne l'a jamais soutenu. Les quelques années où vous l'avez côtoyée, vous n'avez pas pu vous empêcher de remarquer à quel point ils se ressemblaient, surtout par leur tendance à dramatiser le moindre événement ou commentaire. Sans parler de leur constant besoin d'être au centre de l'attention. Sa mère s'inventait des maladies à tout va, Celynen, lui, exagère ses exploits.

Le téléphone continue de sonner.

Vous avancez la main vers le combiné, prête à décrocher, mais vous vous arrêtez avant. Vous effleurez le combiné en plastique alors que la sonnerie perturbe encore le silence d'or de la maison. Vous posez votre main à plat dessus, mais la retirez finalement en faisant un pas en arrière.

Vous retournez au bureau et vous vous enfermez pour ne plus l'entendre. Vous avez envie de répondre, mais vous ne pouvez pas. Vous ne devez pas.

14
15 AVRIL 2007

Le bruit des couverts masque le silence dans la maison. C'est le début de l'après-midi et les filles sont déjà montées à l'étage pour jouer, il ne reste que Celynen et vous autour de la table. Dehors, la pluie tombe comme vache qui pisse, comme ils disent ici.

Celynen n'a pas prononcé un mot depuis le début du repas. Il se contente de vous fixer, les sourcils froncés.

Il souffle de nouveau alors que vous vous apprêtez à enlever les assiettes vides. Votre gorge se serre.

— Tout va bien ? vous risquez-vous à demander.

Celynen claque sa langue contre son palais et détourne les yeux en secouant la tête.

Votre cœur tape un peu plus fort dans votre poitrine. Qu'avez-vous raté encore ? Le repas était bien cuit et à la bonne température, la maison est propre, les filles ont été particulièrement sages aujourd'hui et elles jouent en silence à l'étage. Qu'avez-vous bien pu faire ?

Vous analysez discrètement votre tenue. Non, ce n'est pas ça. Peut-être a-t-il été ennuyé au travail ? Vous vous garderez bien de le lui demander.

— Celynen ?

Son poing tape sur la table et vous sursautez. Les assiettes vous échappent des mains et s'écrasent au sol. Pendant un court instant, vous pensez qu'il va s'excuser de vous avoir effrayée, mais vous comprenez vite que cela n'arrivera pas.

— Maladroite, siffle-t-il avant de se lever et de se diriger vers le canapé.

Vous restez là, droite et tremblante, tandis qu'il s'installe devant la télévision.

Votre respiration se calme et vous passez le dos de votre main sur votre front, puis vous vous empressez de nettoyer les débris au sol.

Quelques heures plus tard, l'air du début de soirée est chaud et lourd, pourtant vous frissonnez.

Après avoir attrapé les courses dans le coffre de la voiture, vous tendez votre bras pour le refermer.

La porte d'entrée est ouverte, Celynen ne verrouille jamais derrière lui. Vous n'aimez pas trop ça. Bien sûr, vous ne le lui reprocherez pas, Dieu sait ce qu'il pourrait vous faire si vous osiez lui faire une seule remarque. Vous avez appris à ne rien dire.

Dans le salon, Judith et Maggie s'amusent avec des petites figurines de dinosaures.

— Et lui, tu vois, c'est le tricératops, parce qu'il a trois cornes.

Vous vous arrêtez quelques instants et contemplez Maggie expliquer à sa petite sœur tout ce qu'elle sait sur les dinosaures. Judith ne comprend pas bien et se contente de hocher la tête pour faire plaisir à sa grande sœur qui joue à l'institutrice.

Celynen doit encore être devant son ordinateur dans le bureau. Il a mis un nouveau mot de passe, vous n'avez plus accès à votre boîte e-mail personnelle, mais ce n'est pas grave, vous n'y faisiez rien de particulier de toute façon.

Vous déposez les courses sur l'îlot de la cuisine, puis, après les avoir triées, vous montez à l'étage ranger les affaires pour la salle d'eau.

Sur le lavabo de la salle d'eau, vous posez le gel douche de Celynen, le shampoing à la pomme verte pour les filles et un rouge à lèvres que vous n'avez pas pu vous empêcher d'acheter.

Vous soupirez. Vous êtes harassée de fatigue. Il vous tarde le lendemain pour pouvoir faire une sieste dans le creux de l'après-midi.

Vous passez par votre chambre où vous enfilez des vêtements plus confortables. Celynen entre et vous fait sursauter. Vous vous tournez vers lui, votre t-shirt plaqué sur votre poitrine pour cacher vos seins.

— Ouh, tu m'as fait peur !

Il vous dévisage de la tête aux pieds et soupire.

— Tout va bien ? demandez-vous.

Il secoue la tête et lève le rouge à lèvres encore emballé dans son plastique devant vous.

— C'est quoi, ça ?

Vous déglutissez. Vous savez qu'il n'aime pas le maquillage voyant sur vous, mais il ne s'agit que d'un rouge à lèvres discret, de la même teinte que vos lèvres.

— Un rouge à lèvres...

— Qu'est-ce que tu cherches à faire au juste, Karen ? Hein ? Tu crois que j'ai pas compris ton manège ?

Il hurle à présent et vous lui faites signe de parler moins fort, mais il s'approche de vous, menaçant. Vous reculez et vos jambes tapent contre le cadre de lit. Vous plaquez encore plus votre t-shirt contre vous et vos mains tremblent sans que vous puissiez les contrôler.

— C'est qui ? Hein ?

— Mais qui, quoi ? bredouillez-vous en vous asseyant sur l'angle du lit.

— L'enfoiré pour qui tu joues la pute. Hein ? C'est qui ? C'est Dacey, c'est ça ?

Vous secouez la tête. Vous n'êtes plus surprise par ses accusations délirantes, mais vous ne pensiez pas que l'achat d'un rouge à lèvres en déclencherait de nouvelles. Vous auriez dû le savoir pourtant.

— Tu veux te faire sauter, c'est ça ?

Tout en secouant de nouveau la tête, vous baissez les yeux. Vous savez qu'il ne sert à rien de le raisonner.

— Celynen, je...

— Tu quoi ? Tu crois que tout le monde ne voit pas ? Je t'ai déjà dit que je ne voulais plus que tu te maquilles ! Mais toi, il faut que tu plaises, hein ? Moi et les filles, on ne te suffit plus ! Combien te passent dessus, hein ?

Il jette le rouge à lèvres au sol, lève le genou et l'écrase à plusieurs reprises, jusqu'à ce que vous entendiez la coque en plastique éclater.

Il est cramoisi de colère et peine à respirer. Il se tourne vers le mur et frappe dedans. Vous sursautez, mais tentez de le cacher. Vous devez le calmer, les filles ne doivent pas le voir dans cet état.

Vous arrivez enfin à vous lever, tout doucement, et vous vous approchez de lui. Vous posez une main sur son épaule et il se retourne vers vous, le bras au-dessus de sa tête, prêt à vous frapper. Il lit la peur dans vos yeux et baisse son bras.

— Tu crois vraiment que je vais te cogner ? Tu m'as pris pour qui, Karen ? C'est ce que tu racontes à ceux qui te montent dessus ? Tu fais pitié... Même avec tout le maquillage du monde, tu ne donneras envie à personne de te sauter.

Il vous dévisage des pieds à la tête et vous laisse là. Vous vous accroupissez et saisissez les restes de votre rouge à lèvres.

Vous vouliez simplement vous sentir jolie, pour changer.

Une fois habillée et après avoir rangé toutes les affaires à l'étage, vous descendez au salon. Celynen joue avec les filles aux dinosaures. Il leur cite des répliques de *Jurassic Park* qu'elles ne comprennent pas, mais elles rient avec lui. Il est complètement différent. Ses yeux brillent de malice et de joie et sa voix est posée. Il passe sa main dans la nuque de Maggie et caresse sa peau avec son pouce.

En sentant votre présence, il lève les yeux vers vous. Son regard se durcit et il vous fait un signe de tête vers la cuisine.

Il a raison, vous êtes en retard pour le dîner.

# 15
20 AVRIL 2019

Marion se remet à hurler tandis que Judith pleure sur le canapé.

À la cuisine, vous passez vos mains sous l'eau. Le sang de SaChat s'écoule jusqu'au siphon. Vous avez jeté sa tête dans la poubelle, vous ne saviez pas quoi faire d'autre et vous ne pouviez pas la laisser là, sur le sol, devant vous.

Il y a encore du sang dans l'entrée. Devriez-vous nettoyer ? Est-ce le moment ?

Pauvre SaChat. Vous qui n'aimiez pas les chats, celui-là vous avait vraiment convaincue. Il était si doux et…

Vous secouez la tête. Vous ne devez plus penser à lui. Vous devez rester concentrée sur ce qui se passe. Vous pleurerez SaChat lorsque Judith, Marion et vous serez en sécurité.

— Détache-moi, Karen ! S'il te plaît ! Je t'en prie…

Vous passez devant elle. Ce n'est pas une très bonne idée de la laisser en face de l'entrée, mais la déplacer serait impossible. Elle finira bien par comprendre que c'est aussi pour son bien à elle que vous faites cela.

Judith est prostrée sur le canapé avec Hugo allongé contre elle. Il a encore des traces de sang sur les pattes avant et sur la truffe. Vous ne parvenez pas à distinguer s'il s'agit du sang de SaChat ou du sien. Il a marché dans les éclats de verre et s'est blessé.

Vous vous asseyez sur l'accoudoir et passez votre main dans les cheveux de Judith.

— Il a tué SaChat...

— Je sais, *darling*, je sais. Je suis désolée. Moi aussi, je suis triste.

Vous vous apprêtez à lui dire que vous lui en offrirez un nouveau quand vous réalisez l'horreur de votre pensée.

Quelque chose claque à l'étage.

Vous levez la tête vers le haut de l'escalier. Judith se redresse. Hugo sent votre peur, descend du canapé et se parque en bas de l'escalier.

— Qu'est-ce que c'était ? s'inquiète Marion depuis l'entrée.

— Je ne sais pas.

Vous vous retournez vers Judith.

— Je vais aller voir. Ce n'est probablement rien, d'accord ? Je vais juste aller voir pour qu'on ait l'esprit tranquille. Tout va bien se passer.

Vous prenez tout de même votre arme avec vous, au cas où.

Vous entendez Hugo vous suivre dans les escaliers. Vous hésitez à le renvoyer en bas avec Judith, mais il vous sera plus utile... si jamais.

Vous avancez dans le couloir de l'étage et les voix de Marion et de Judith vous parviennent étouffées. Vous ne comprenez pas ce qu'elles disent.

Vous n'allumez pas le couloir et regardez bien s'il y a de la lumière sous les portes. Rien. Pourtant, vous n'êtes pas plus rassurée.

Vous ouvrez la porte de la salle d'eau et appuyez sur l'interrupteur d'un geste vif tout en tenant votre arme en face de vous. La lumière vous aveugle quelques secondes. Personne. La fenêtre et les volets n'ont pas bougé. Par acquit de conscience, et même si vous en voyez le reflet dans le grand miroir, vous avancez jusqu'à l'angle à droite pour vérifier que personne ne se cache dans la cabine de douche.

Vous vous rendez compte que vous aviez cessé de respirer. Vous inspirez à nouveau et l'air vous brûle la gorge. Vous sortez de la salle d'eau et éteignez la lumière derrière vous.

Sur la gauche, c'est la chambre de Judith. Vous répétez la même opération en contrôlant votre respiration. Il n'y a rien ici non plus. Hugo vous suit et regarde partout avec autant d'attention que vous.

Vous passez ensuite au bureau. Comme d'habitude, la porte grince quand vous la poussez et un frisson glacé vous traverse. Vous en faites le tour. Les deux fenêtres sont bien fermées et les volets bien clavetés.

Vous entrez dans l'ancienne chambre des filles et là non plus il n'y a rien. Le petit lit de Maggie est toujours là, bordé avec ses draps préférés. Votre gorge se serre.

Maggie...

Vous secouez la tête et sortez de la chambre.

Il ne reste donc plus qu'une seule pièce. Votre chambre.

Dans votre main droite, vous tenez fermement votre arme et réalisez soudain que vous n'avez pas ôté la sûreté. Vous vous hâtez de le faire avant de poser votre main sur la poignée. Vous prenez une nouvelle grande inspiration et guettez le moindre bruit. Puis, vous abaissez la poignée et poussez la porte d'un coup net. Elle s'ouvre devant vous et vous pointez votre arme, prête à tirer. Vous ne voyez l'intérieur de la pièce que quelques secondes avant que la porte ne se rabatte de nouveau dans son élan. Vous la bloquez avec votre pied et l'entrouvrez délicatement. Vous faites quelques pas et reculez pour atteindre l'interrupteur avec votre dos.

Quand la lumière s'allume enfin, vous constatez qu'il n'y a rien non plus ici. Rien n'a bougé et encore moins les fenêtres.

Vous sortez de la pièce et allez vous adosser contre le mur du couloir. Hugo s'assied à vos côtés et attend.

Les battements de votre cœur commencent à se calmer. Ce n'était probablement que le vent. Ou peut-être qu'il a seulement cherché à vous effrayer en lançant quelque chose contre les fenêtres. Peut-être voulait-il vous séparer et en envoyer une en haut pour... pour quoi ? Pourquoi aurait-il fait ça ?

Vous tournez vivement la tête vers l'escalier. Et s'il avait voulu vous séparer pour convaincre l'une d'entre vous d'ouvrir la porte ? Elles ne seraient pas si stupides, n'est-ce pas ? Marion est attachée et Judith ne ferait rien sans votre accord. N'est-ce pas ?

Vous repartez en courant vers le couloir.

— Descends, Hugo !

Il vous précède et dévale les escaliers jusqu'au salon.

Arrivée devant l'escalier, et alors que vous vous apprêtez à le suivre, vous entendez Judith et Marion.

— Merci, Judith, tu es une gentille fille. Pas comme ta mère. Crois-moi, si j'avais pu aller ailleurs, je l'aurais fait. Pas seulement pour ne pas vous mettre en danger, mais ta mère, c'est un cas, quand même ! Tu as vu comment elle m'a attaquée ? Je ne sais pas comment tu fais !

— Ne dis pas ça, Marion, elle essaie juste de nous protéger.

Vous comprenez que Judith a détaché Marion et vous n'arrivez pas à lui en vouloir. Vous ne voulez pas qu'elle perde son innocence. Vous la préférez naïve plutôt que comme vous, une réaliste ex-naïve qui a compris à la dure que la vie, ce n'étaient pas des bonbons à la cerise et des bouquets de fleurs tous les dimanches. Quelle bêtise !

— C'est pas des façons ! Tu as entendu ce qu'elle a dit quand je suis arrivée, hein ? Qu'elle aurait préféré que je ne vienne pas !

— C'est pas ce qu'elle a dit. Elle...

— C'est ce que ça voulait dire ! On aurait déjà atteint la maison des voisins si elle m'avait laissée. On serait bien mieux sans elle, crois-moi. Ta mère... Je comprends, hein ! C'est ta mère, c'est normal que tu lui fasses confiance, mais admets qu'elle est franchement bizarre. Tu ne trouves pas ça louche, la disparition de ta sœur et de ton père ? Et en plus, elle a une arme ? Tu as bien vu comment elle a eu peur en voyant que tu avais pris son journal.

Vous n'arrivez plus à descendre. Vous restez silencieuse dans les marches. Comment ose-t-elle se servir de Celynen et de Maggie ? Vos doigts se crispent sur la rampe de l'escalier au point de vous faire mal et vous sentez vos ongles s'enfoncer dans le bois.

— Comment ça ? balbutie Judith.

— Oh, bien sûr, tu étais trop jeune pour t'en souvenir. Tu sais, c'était franchement bizarre. Après, ton père, c'était un cas aussi ! Et plus gros que ta mère !

— De quoi tu parles ?

— Tu ne te souviens vraiment de rien ?

— Juste de Maggie, un peu. J'étais petite. Et puis, il y a eu la nuit où papa est parti avec Maggie. Je me souviens de Paul... Je... Non, c'est trop flou. Je sais qu'il n'était pas gentil avec maman et qu'il y a eu une grosse dispute et qu'il est parti avec Maggie. Je ne l'aimais pas beaucoup, je crois. Mais vraiment... Je ne me rappelle pas grand-chose. Juste Maggie. Elle était tout le temps gentille avec moi.

Vous descendez les marches sans bruit.

— Eh bien, c'est sûrement mieux pour toi, clame Marion. Moi, je pense, et je suis désolée de te dire ça, que c'est ta mère qui est responsable de la disparition de ton père. C'était évident que ton père la battait. Paul est allé la voir le soir où tu l'as appelé et l'a trouvée en sang, il l'a emmenée à l'hôpital et on n'a plus jamais revu Celynen ni Maggie. Je comprends que ça l'ait rendue comme ça, ta mère... Mais qu'il disparaisse en même temps que ta sœur... Moi, je pense pas qu'il l'ait enlevée, Maggie... Non. Moi, je pense que ton père a tué la petite Maggie et que ta mère l'a tué, lui.

— Non, elle n'aurait jamais fait ça... Non.

Marion ne répond pas tout de suite.

— Je sais des choses, Judith. Ta mère n'était pas une mauvaise personne, mais toute cette histoire, ça l'a changée, elle n'est jamais vraiment revenue de l'hôpital après cette nuit-là.

— C'est mon père qui a enlevé Maggie, vous défend Judith. Il est parti avec elle, et maman, elle m'a juste dit qu'il l'avait frappée. Elle n'arrêtait pas de pleurer quand ils sont partis. Ça, je m'en souviens. Elle n'aurait jamais fait ça ! Elle ne m'aurait pas menti. Elle voulait qu'on retrouve Maggie. Elle le veut toujours, elle est tout le temps en train de la chercher partout. Je le vois bien, je sais qu'elle n'est pas parano, elle a peur qu'il revienne, lui, et elle a peur que Maggie, elle, ne revienne jamais...

— J'ai vu ta mère rentrer à pied sur le chemin, cette nuit-là, et bizarrement ils ont retrouvé la voiture de ton père le lendemain sur le parking du supermarché. Je te le dis, il y a quelque chose de louche dans cette histoire. Ta mère, c'est pas celle que tu crois et ça se comprend aussi. C'est bien que tu ne t'en souviennes pas, mais le nombre de fois où on a vu ta mère recouverte de fond de teint pour cacher ses bleus... On n'était pas dupes. Je comprends qu'elle l'ait fait, mais là, aujourd'hui, elle perd les pédales. On ne peut pas lui en vouloir, mais on ne peut pas lui faire confiance non plus.

Vous avancez vers l'entrée et Marion vous voit. Elle se relève d'un bond et se tient bien droite contre le mur. Judith reste assise au sol et se tourne juste vers vous. Vous lisez la confusion et la panique sur son visage. Elle n'est qu'à quelques mètres du sang de SaChat qui n'a pas encore séché.

— Tu préfères croire ta mère ou la voisine ? la questionnez-vous la voix tremblante.

Vous craignez la réponse, car Marion n'a pas tort. Vous ne vous en êtes pas remise, vous n'êtes jamais vraiment revenue après cette nuit-là.

Judith se relève et court vers vous. Vous l'accueillez contre vous et l'encerclez de vos bras. Vos yeux ne quittent pas votre voisine qui n'arrive pas à soutenir votre regard. Vous la voyez se décomposer devant vous.

— Je...

— Pas évident de raconter des saloperies quand la personne en question est présente, n'est-ce pas ?

— Je...

— Tu la fermes, Marion ! criez-vous, et votre accent n'a pas été aussi fort depuis des années. Tu as de la chance que je ne te foute pas dehors, là, tout de suite ! Tu ne mérites que ça ! Comment un homme tel que Paul a pu épouser une vieille vipère comme toi ? Tu n'as pas honte de te servir de la disparition de Maggie pour manipuler Judith ? Et après, c'est moi la mauvaise personne ? Tu as pensé à te regarder dans un miroir ? C'est toi qui craques ! C'est toi qui menaces de sortir et de nous mettre toutes en danger !

Marion ne bouge plus. Elle se rassoit là où vous l'aviez attachée. Bien.

Vous posez l'arme sur le bar et prenez le visage de Judith dans vos mains. Vous effacez ses larmes avec vos pouces.

— Ça va aller, *darling* ?

— Est-ce que c'est vrai ? vous demande-t-elle.

Vous ne voulez pas parler de tout ça, ce n'est pas le moment et personne ne vous comprendrait. Une seule personne vous a crue à l'époque et cette personne n'est pas là.

— Si tu veux qu'on parle de Maggie, on le fera, mais pas ici. Pas comme ça.

Elle hoche la tête, visiblement convaincue par votre calme. Elle n'entend pas votre cœur battre à tout rompre dans votre poitrine, elle ne sent pas l'angoisse dans votre gorge et dans le creux de votre ventre. Vous n'êtes pas encore prête à tout raconter et à tout assumer, mais pour Judith, vous le ferez.

— Tu es si bizarre, maman... On... On dirait que t'es pas humaine.

En temps normal, cette constatation vous aurait peinée, mais pas aujourd'hui, pas alors qu'un fou furieux vous traque depuis l'extérieur.

— Ça fait dix ans que je ne me sens plus humaine.

Votre révélation vous échappe. Vous ne réalisez sa portée qu'après l'avoir dite, en voyant le visage de Judith changer.

— Mais je suis toujours là, moi, *mum*.

— Je sais.

— C'est pas suffisant ?

— Si, si, bien sûr. Mais ça n'empêche... Oh, je n'aurais pas dû dire ça ! Je suis désolée. Je ne voulais pas que tu croies que tu n'es pas importante. Tu es toute ma vie.

Le regard de Judith glisse vers votre joue meurtrie.

Hugo grogne à la baie vitrée. Vous relevez la tête et essayez de voir ce qui le dérange. Vous tournez la tête vers la porte d'entrée, il n'y a plus de lumière dessous. Où est-il allé ?

Hugo grogne de plus en plus fort et se met en position de défense. Ses oreilles sont plaquées en arrière et sa tête penchée en avant.

Vous laissez Judith et vous vous approchez de votre chien.

— Hugo ?

Il ne se retourne pas vers vous. Il continue de grogner à la baie vitrée.

— S'il est dehors, là, dans le jardin, c'est peut-être le moment de sortir par l'entrée et de foncer dans ta voiture ? propose Marion.

Vous essayez de masquer votre exaspération.

— *No*, Marion. Il n'y a personne sur la route ! On est en sécurité à l'intérieur. On reste ici.

— Mais avec la voiture !

Vous vous tournez vers elle et la fixez durement.

— Si tu voulais rejoindre la route, il ne fallait pas venir ici. Il ne nous laissera pas prendre la voiture, il nous arrêtera avant. Tu es chez moi, tu fais ce que je dis, c'est compris ?

Alors que vous vous retournez vers Hugo, toutes les lumières s'éteignent d'un coup.

Marion hurle et Hugo se met à aboyer.

Seul le feu de la cheminée éclaire un peu le salon, mais il ne reste que quelques petites flammes, ce n'est pas assez pour y voir. Vous allez jusqu'à l'interrupteur et essayez de l'activer. En vain, mais vous le saviez déjà, vous deviez juste vérifier. Ce n'est pas un hasard, vous n'avez jamais de coupure de courant. Jamais.

— *Mum ?* vous appelle Judith.

— Ce n'est rien, *darling*. Ça ne change rien. Il veut juste nous faire peur. Le feu est en train de s'éteindre, va donc le rallumer. Je vais voir si je peux trouver une lampe torche.

Judith ne répond pas, mais vous l'entendez se diriger vers la cheminée. Marion sanglote dans l'entrée.

— Ça va aller, Marion, ça va aller. Reprends-toi, il y a une lampe torche dans le tiroir de la cuisine. Va la prendre, je vais aller chercher celle du garage.

— D'accord.

Sa voix est faible et pleine de sanglots. Vous ne savez pas pourquoi vous cherchez encore à la calmer. Peut-être que votre masque d'humanité ne veut pas tomber. Vous l'avez tellement porté que vous ne savez plus comment agir sans. Ou alors, vous tentez de la rassurer pour l'empêcher de faire une autre connerie. Peut-être un mélange des deux.

Vous revenez au salon avec la grosse lampe torche. Marion a trouvé celle de la cuisine et Judith a fini de raviver le feu. Vous vous asseyez toutes les trois sur le canapé en silence, côte à côte, Judith entre Marion et vous. Les flammes dans la cheminée éclairent de plus en plus le salon et la cuisine adjacente. Vous n'entendez plus que le son du bois qui crépite sous l'assaut vorace des flammes et les respirations saccadées de Marion et de Judith.

Vous pensez à votre journal, devenu cendre, dans l'âtre de la cheminée.

Et maintenant ?

16
22 NOVEMBRE 2008

Maggie pleure dans sa chambre. Vous allumez la lampe sur sa table de chevet et passez une main sur son front. Elle n'a pas de fièvre. Dans le petit lit à côté, Judith s'est assise et vous regarde. Elle a six ans, Maggie neuf. Judith a les cheveux bruns de son père, mais Maggie a pris ses boucles et la couleur dorée de sa grand-mère paternelle. Elle ne pleure presque jamais, vous n'aimez pas la voir comme ça.

— *Mummy ?* vous appelle Maggie.
— Je suis là, *darling*, tu n'arrives pas à dormir ?
— Non.
— Tu as peur de faire des cauchemars ?
— Elle veut rentrer chez mamie, explique Judith derrière vous.

Elle a les cheveux en bataille et vous souriez. Avec ses joues bien rondes, c'est une belle enfant. Pas aussi belle que Maggie, même vous, vous devez le reconnaître, mais c'est votre enfant, elle est parfaite comme elle est. Judith est un peu ronde pour son âge, mais le docteur a dit qu'elle s'affinerait en grandissant. Maggie, elle, est de taille moyenne et déjà élancée, elle fait tourner la tête de tous les garçons de l'école avec son sourire taquin et ses taches de rousseur. De vos yeux vairons, elle a pris le vert. Judith a les yeux marron, comme son père.

— Tu veux aller en vacances chez mamie ? demandez-vous à Maggie.

— Non ! Je veux aller vivre là-bas !

— Oh, et pourquoi donc ?

— Parce que je préfère être avec papi et mamie.

Sa phrase innocente et honnête vous pince le cœur, mais vous souriez tout de même. C'est normal de préférer passer du temps chez ses grands-parents quand on est enfant, ils vous laissent faire ce que vous voulez, surtout vos parents à vous. L'ambiance à la maison n'est pas des meilleures non plus. Vous essayez de leur cacher les colères de Celynen, mais vous n'êtes pas dupe, elles les entendent forcément. Elles ne disent rien pour autant, ni ici ni à l'école.

Ces derniers temps, Maggie refuse de faire ses coloriages et passe ses journées à observer la forêt depuis la terrasse. Elle a l'air particulièrement triste et déconnectée des autres. Elle est trop jeune pour faire sa crise d'adolescence, n'est-ce pas ?

— Je peux les appeler et leur dire qu'on viendra pour les prochaines vacances, ça te va ?

Maggie pleure de plus en plus. Judith se lève de son lit et s'approche de sa sœur.

— Papa, il a dit à Maggie qu'on n'irait plus là-bas. C'est vrai ?

Celynen n'aime pas vos parents, et le sentiment est réciproque, mais vous ne pensiez pas qu'il le dirait aux filles. Elles aiment tellement leurs grands-parents et lui les aime tellement. Il ne sait pas leur dire non, surtout à Maggie.

— Quoi ? Mais enfin, non ! Bien sûr qu'on ira encore chez papi et mamie. Papa a dû mal comprendre... Non... Vous avez mal compris ce qu'il a dit. On ne peut pas partir maintenant parce qu'il y a école. Pendant les vacances, d'accord ?

— Mais ça fait longtemps qu'on n'y est pas allées !

Oui, presque deux ans. Il va falloir que vous tentiez de le convaincre, cela ne va pas être facile. À cette idée, vous passez inconsciemment une main sur le haut de votre bras. Sous l'épais tissu de votre pull, le dernier bleu violacé, témoin des colères de Celynen, s'étire, douloureux et sombre.

— Tu... Tu demanderas à papa ? renifle Maggie.

— Tu sais, c'est à toi qu'il ne sait pas dire non. Pas à moi. Je suis sûre que si tu lui demandes en faisant tes grands yeux tristes, il dira oui.

Vous vous attendez à voir Maggie sourire et dire qu'elle sait que son père lui passe tout, mais elle se referme encore plus. Elle se tourne en position fœtale contre le mur et s'enroule dans sa couette.

— *Darling* ?

— Je vais dormir maintenant, maman.

— Oh... d'accord.

Vous bordez Judith qui se remet au lit, son vieux doudou toujours dans la main. Vous vous penchez en avant et lui embrassez le front.

— Pourquoi je peux pas aller à la forêt, moi ?

— À la forêt ?

Cela fait des années qu'avec Celynen vous n'allez plus courir en forêt. Elle est bien trop jeune pour s'en souvenir.

— Oui. Pourquoi moi, j'ai pas le droit ?

— Tu veux que je t'emmène à la forêt ?

Judith sourit et hoche la tête.

— Oui. Oui.

Vous lui rendez son sourire. Elle est si facile à contenter.

— Très bien, alors on ira à la forêt ce week-end, d'accord ?

— Promis ?

— Promis.

— Chouette !

— Moi, je veux pas y retourner à la forêt, soupire Maggie dans son lit.

Vous regardez votre aînée qui enfouit sa tête dans son oreiller. Elle a fermé les yeux et serre sa peluche licorne avec force. Si fort que ses phalanges blanchissent. Vous pensez à la forêt. La portion qui sert de séparation entre votre maison et celle des voisins est au bout du jardin, à droite du lac, et une pointe d'arbres fait le tour de votre propriété. Vous ne laissez jamais les filles aller jouer seules là-bas et elles ne le demandent pas. Celynen y va parfois à la fin de l'été pour ramasser les champignons, mais autrement, seuls des petits mammifères s'y aventurent. Cela fait un moment que vous n'y avez pas croisé un sanglier.

Vous hésitez à questionner un peu plus Maggie, mais renoncez. Vous lui parlerez demain quand elle aura dormi, elle sera peut-être plus encline à se confier.

Vous éteignez les lumières et sortez de la chambre. Vous n'aimez pas voir Maggie triste, mais ne savez pas quoi faire pour la consoler. Cela fait longtemps que vos parents ne vous ont pas appelée ni proposé de venir. Après tout, vous déclinez à chaque fois et vous ne répondez pas lorsqu'ils appellent. Vous tentez de vous convaincre qu'ils sont bien occupés avec Petyr, votre frère, qui sort de désintox.

En descendant les marches de l'escalier, vous entendez Celynen râler dans la cuisine. Un match de foot passe à la télévision.

— Qu'est-ce qui se passe ? demandez-vous en vous accoudant sur le bar.

Celynen relève la tête d'un placard et vous fixe les sourcils froncés.

— Il y a plus de bières et plus de vin ici ! Tu n'as pas fait les courses ! Voilà ce qui se passe !

Vous réfléchissez. Vous avez acheté un pack de bière une semaine avant et deux bouteilles de vin il y a quelques jours.

— Il y avait du vin et des bières dans le placard, je crois.

— Il n'y a plus rien, Karen ! Plus rien !

Vous fouillez la cuisine à la recherche de ces satanées bouteilles. Dans les placards, vous trouvez les deux cadavres vides, et le pack de bière sous l'évier. Il a déjà tout bu. Il boit de plus en plus et il ne range rien, bien sûr.

— J'en achèterai demain, annoncez-vous.

— Mais qu'est-ce que tu comprends pas, Karen ? C'est le match, là ! Je peux pas regarder le foot sans une bière, quand même !

Il avance vers vous. Vous reculez. L'angle du plan de travail s'enfonce dans vos reins.

— Je peux aller en chercher si tu veux, proposez-vous en baissant la tête.

Vous avez peur de son regard. Il vous transperce de haine dans ces moments-là.

— Oui, je veux ! crie-t-il. T'as intérêt à te dépêcher d'ailleurs !

Il fait un pas de plus et vous posez une main sur la gazinière derrière vous. Elle est encore chaude et vous relevez la main d'un geste brusque en criant. Vous ne voyez pas celle de Celynen arriver sur votre visage.

Vous tombez au sol et votre tête rebondit contre le carrelage. Vous avez à peine le temps de comprendre ce qui se passe et de prendre conscience de la douleur que Celynen vous attrape par le col de votre pull et vous soulève à quelques centimètres de son visage.

— Ne t'avise plus jamais d'essayer de me frapper, Karen ! JAMAIS ! Ou je te montrerai qui a le plus de force ! Tu comprends ? Est-ce que tu comprends ? Hein ?! Réponds, connasse ! Tu vas répondre, oui ? Putain !

Oui. Oui. Vous comprenez, mais les mots ne sortent pas de votre bouche.

Il vous lâche. Vous retombez sur le sol et votre tête tape encore le carrelage. Vous restez quelques secondes inerte, inconsciente de ce qu'il vient de se passer.

— Et dépêche-toi ! Trouve-moi des bières. Prouve donc que tu ne sers pas à rien !

Vous vous relevez, tremblante. Vous cherchez un indice que tout ceci n'est qu'un cauchemar. La surprise et la peur vous font oublier la douleur.

Une fois debout, vous voyez Judith en haut des escaliers et vous vous forcez à lui sourire. Vous devez faire peine à voir. Pas étonnant qu'elle ait l'air si effrayée. Vous lui faites signe d'aller se coucher.

— Laisse la gosse ! crie Celynen, penché sur le canapé. Elle est bien ici ! Tu ne les aimes pas de toute façon ! Tu ne sais pas les aimer. Si tu avais pu la tuer dans ton ventre celle-là aussi, tu l'aurais fait !

Encore ce reproche. C'est comme un coup de poing dans l'estomac. Judith recule dans le couloir de l'étage et disparaît. Vous avez envie de la prendre avec vous et de vous enfuir d'ici, mais il y a Maggie. Vous ne pouvez pas vous enfuir, c'est ridicule.

Vous sortez de la maison, les larmes aux yeux et une douleur lancinante dans l'estomac. Ce n'est pas la première fois que Celynen vous accuse d'avoir tué Elizabeth. Ces derniers temps, il vous le reproche souvent. Et quand ce n'est pas votre faute, c'est celle de vos parents pour ne pas vous avoir aidés financièrement afin de vous permettre de ne pas travailler. Ce n'est jamais sa faute, il ne se sent jamais coupable. Pourtant, c'est lui qui a insisté pour que vous travailliez avec lui, encore et encore. Vous n'avez pas dit stop. Alors, oui, c'est votre faute, vous auriez dû dire stop.

Vous montez dans la voiture et approchez la clef du contact, tremblante. Vous y voyez flou à travers vos larmes et vous êtes gelée. Vous êtes sortie en chaussettes et sans manteau. Votre souffle crée de la buée devant vous. Un sanglot étouffant vous prend soudain, et vous n'y voyez plus rien.

Vous n'y arrivez pas.

Vous n'y arriverez pas.

— NON ! criez-vous. Reprends-toi !

Et vous vous reprenez. Vous passez votre main gauche sur vos yeux et prenez une grande respiration. Vous enfoncez la clef dans le contact et démarrez. Vous reculez et attendez l'ouverture du portail. La vigne chatouille les fenêtres du premier étage et s'accroche aux fissures qui descendent du toit. Il y a quelques mois, vous y avez trouvé un nid de frelons. Vous avez tous dû quitter la maison pendant quelques jours. Vous l'inspectez de temps en temps, la vigne ne se contente pas de s'installer dans les fissures déjà existantes, elle s'agrippe tellement qu'elle abîme la pierre. C'est comme si elle cherchait à ensevelir la maison, à l'engloutir tout entière, tel un démon végétal vorace. Elle ne s'arrêtera pas tant qu'il restera un seul espace libre.

Vous sortez sur la route, mais ne savez pas où aller. Vous hésitez à ne jamais revenir. Si vous partez assez vite et assez loin, il ne vous trouvera peut-être jamais.

Non ! Vous ne pouvez pas. Pas sans les filles. Et puis, même avec elles, vous ne pourriez pas. Elles ont besoin d'un père, vous ne pouvez pas le leur enlever. Il est gentil avec elles, il les adore, il leur passe tout. Elles vous en voudraient si vous les enleviez à lui. Elles arrêteraient de vous aimer, vous ! Et elles partiraient avec lui. Vous finiriez seule, vous le savez. Celynen vous le dit bien assez pour que vous ne puissiez pas l'oublier. Avec quel argent pourriez-vous subvenir à leurs besoins ? Votre argent, c'est celui de Celynen, vous travaillez toujours pour lui.

Non. Vous allez baisser la tête et trouver des bières pour votre mari. Il se calmera et vous veillerez à ce qu'il ne manque jamais de rien. Si vous aviez vu qu'il n'y avait plus d'alcool, tout ça ne serait jamais arrivé. Vous auriez dû faire plus attention.

Vous roulez jusqu'à la station-service qui ferme à minuit. Vous ne voulez pas qu'on vous reconnaisse en ville. Vous auriez pu aller à la petite supérette, mais vous craigniez de vous heurter au regard de Marc, surtout dans votre état. Vous vous garez et baissez le pare-soleil. Vous vous observez dans le miroir. Du sang a séché sur votre front. Vous vous léchez le pouce et le faites partir en frottant fort. Vous ne ressemblez à rien. Vous attrapez la paire de lunettes de soleil qui traîne toujours dans la voiture et le bonnet que Celynen a oublié là. Il ne faut pas qu'on vous reconnaisse. Que diront les gens de la femme de Celynen s'ils vous voient acheter de l'alcool si tard en semaine ? En chaussettes et sans manteau ? Ils vous prendraient pour une alcoolique. Ils pourraient même appeler les services sociaux.

Quand vous posez le pack de bière sur la place passager, vous vous demandez si vous n'auriez pas dû en acheter deux.

Vous hésitez.

Non. Un, c'est bien assez. Vous y retournerez demain.

Mais est-ce certain ? N'est-ce pas trop risqué ?

Vous sortez de la voiture et allez chercher un autre pack.

Vous repartez, soulagée que l'employé de la station-service ne vous ait rien demandé. Il vous a probablement prise pour une banale ivrogne.

Arrivée devant la maison, vous hésitez à rentrer. Vous regardez votre main brûlée, la douleur vous lance. Puis vous pensez à Judith et à Maggie. Vous attrapez les packs de bière et claquez la portière. En entrant, le son du match vous accueille.

Celynen arrive vers vous et vous arrache un pack des mains. Sous le coup de la surprise, vous manquez de faire tomber le second.

— Pourquoi t'as mis si longtemps ?

Vraiment ? Il vous pose la question ? Vous êtes partie lui acheter ses bières un jeudi soir à 23 heures en pleine campagne et il vous demande pourquoi vous avez été si longue ?

— Je suis allée à la station-service à côté de...

— Tu l'as sucé, hein ? Pour payer ?

Quoi ? Quoi ?

— T'es qu'une pute de toute façon.

Il vous crache ça au visage comme si vous n'étiez qu'une moins-que-rien. D'ailleurs, s'il vous avait réellement craché dessus, vous n'auriez pas vu la différence. Il vous scrute de la tête aux pieds lentement, très lentement, et souffle. Vous le dégoûtez, vous le voyez bien. Il continue de vous fixer en silence et vous mourez un petit peu à l'intérieur. Sa main avance vers la boucle de sa ceinture et vous fermez les yeux. Vous reconnaissez le bruit de la braguette qui descend et vous tentez de garder votre calme.

— Pff... Tu me fais même plus bander.

Vous ouvrez les yeux. Il referme son pantalon.

Enfin, il se retourne et emporte le pack de bière avec lui devant la télévision.

Vous reculez d'un pas. Les clefs de la voiture sont encore dans votre main. Le son est si fort. Il ne vous entendrait sûrement pas partir. Néanmoins, vous ne pouvez pas laisser les filles. Pas ce soir. Vous ne pouvez plus rester, vous avez bien compris. Mais pas ce soir.

Pas ce soir.

Demain peut-être. Ou après-demain. C'est bientôt les vacances scolaires, vous avez pris les deux semaines pour vous occuper des filles. Là, vous partirez. Vous pourrez tout préparer. Peut-être aller à la police. Mais vous croiront-ils ? Pourquoi le feraient-ils ? Qui irait croire la femme qui se fait sodomiser par son mari ? Tout le village sait. Vous êtes le boulet de Celynen, sa traînée... Personne ne vous croira.

Dans la salle d'eau, vous constatez l'étendue des dégâts. Vous vous êtes mordu et fendu la lèvre, deux grosses bosses déforment l'arrière de votre tête et votre main est recouverte de petites cloques. Vous soupirez et passez sous la douche pour tout nettoyer.

La chaleur de l'eau vous brûle la main et vous vous complaisez dans la douleur. Pendant quelques secondes, vous vous échappez, mais ce n'est pas assez. Vous tendez la main et attrapez le rasoir que Celynen utilise sous la douche. Il aime se raser le pubis, c'est sa dernière lubie. Bien sûr, il ne rince pas la douche après.

Vous attrapez le rasoir et l'approchez de votre cheville. Là, contre la peau tendre et déjà marquée, vous tranchez net. La douleur pique et remonte dans toute votre jambe tandis que votre sang s'écoule dans le bac de douche. Vous manquez une respiration et vous fermez les yeux. La douleur en remplace une autre, et après quelques respirations, vous ressentez enfin une vague de sérénité vous emporter quelques minutes. Vous tranchez de nouveau, un tout petit peu plus haut, et vous vous laissez aller.

C'est votre nouveau rituel. Enfin, pas si nouveau, cela fait quelques mois déjà. Comment auriez-vous fait sinon ? Celynen n'a pas remarqué, il ne vous regarde plus. Il ne dort plus avec vous d'ailleurs, et ça vous arrange. Il a acheté un canapé-lit et passe ses nuits dessus.

Le matin, il se plaint de son dos et vous accuse d'en être responsable, mais vous avez au moins la satisfaction de dormir tranquille.

Vous devez vous scarifier de plus en plus souvent. Une entaille n'est pas suffisante, il vous en faut toujours plus, mais vos chevilles sont déjà pleines de plaies en train de cicatriser. Vous ne pouvez pas faire ça sur les bras, ça se verrait. Peut-être sur l'intérieur des cuisses ? La peau est fine et tendre là en haut. La douleur en sera peut-être plus forte. Vous l'espérez.

Vous approchez la lame de la peau de votre cuisse et hésitez. Vous savez que vous n'arriverez plus à vous arrêter, mais c'est tout ce qu'il vous reste. La lame fend la peau et vous l'enfoncez plus profondément dans votre chair. Votre respiration est bloquée dans votre gorge et des larmes chaudes coulent sur vos joues. Vous vous sentez délivrée.

Vous retirez la lame d'un geste vif et la reposez. Vous n'avez jamais autant saigné. Vous regardez la plaie qui s'ouvre à l'intérieur de votre cuisse, à la fois soulagée et apeurée. Il vous faudrait des points, mais impossible d'aller aux urgences. Vous plaquez votre main dessus et appuyez. Le sang s'échappe entre vos doigts et roule le long de vos phalanges avant de rejoindre l'eau vermeille à vos pieds.

Vous sortez de la douche et soignez vos plaies. Celle à la cuisse vous demande plusieurs pansements et de la gaze.

La buée recouvre entièrement le grand miroir. Vous l'essuyez un peu avec votre main et vous vous observez de nouveau. Vous vous trouvez laide et vieille. Vous avez trente-trois ans, mais vous en paraissez facilement dix de plus. De longs cheveux blancs strient votre chevelure rousse.

Que dirait votre mère ? Votre père ? Un sentiment de honte vous submerge. Comment en êtes-vous arrivée là ? Vous pensez à votre père qui vous regardait avec les yeux débordant de fierté, pas comme pour votre frère jumeau. À côté de lui, vous étiez la princesse parfaite. Aujourd'hui, les rôles se sont presque inversés. Vous êtes la fille qui ne vient plus, qui n'appelle plus, celle qui ne veut même pas qu'on vienne la voir, l'ingrate. Alors que Petyr, lui, est celui qui a toujours eu besoin d'eux.

Vous passez rapidement un pyjama et votre robe de chambre doublée. Il fait froid, tellement froid. Vous ouvrez la porte et éteignez la lumière.

Dans le couloir, quelqu'un marche. Vous voyez Celynen sortir nu de la chambre des filles. Il vous tourne le dos et se dirige vers l'escalier. Le son de la télévision s'élève toujours d'en bas.

Vous reculez dans la salle d'eau et refermez silencieusement la porte. Pourquoi est-il nu ?

Là, dans le noir et dans le silence, votre imagination s'emballe et vous commencez à connecter toutes sortes d'événements entre eux. Certains anodins, d'autres plus sérieux. Des réflexions, des gestes, des souvenirs, des paroles, des pleurs, des demandes, des regards... Des... Des regards ! Ces regards ! SES regards !

Non ! Vous ne pouvez pas penser cela ! Celynen n'est pas bon envers vous, mais vous le méritez. Il a toujours été bon envers les filles, surtout Maggie, c'est sa préférée. Il l'emmène partout avec lui ! Surtout à la chasse aux champignons...

En forêt.

Non, non, non.

Non.

Vous ouvrez de nouveau la porte. Il est parti. Le murmure de la télévision remonte jusqu'à l'étage. Vous marchez vite jusqu'à la chambre des filles et baissez la poignée avec douceur pour ne pas faire de bruit.

Judith dort profondément, tournée contre le mur, son doudou bien coincé entre ses bras. Son léger ronflement berce la pièce. La petite veilleuse en forme de dauphin éclaire doucement ses cheveux. Maggie vous regarde, assise contre la tête de lit. Ses yeux sont rouges et dénués d'expression.

Vous vous accroupissez devant son lit et caressez son visage. Vous l'observez attentivement, mais pas assez pour l'inquiéter. Vos yeux glissent sur ses bras fins et sur son cou. Vous ne voyez rien.

— Ça va, ma puce ?

Elle hoche la tête et enroule ses deux petits bras autour de votre cou. Ses boucles blondes chatouillent votre peau. Elle ne sent pas le shampoing à la pomme. Elle sent Celynen.

— Ça va, Maggie ?

Vous chuchotez pour ne pas réveiller Judith.

— Tu m'aimes, maman ?

Vous la recouchez et la bordez avec tendresse. Vous essayez de regarder ses jambes, mais elle est déjà sous les draps. Vous ne voulez pas lui faire peur, mais quand même, vous voulez savoir. Vous devez savoir. Vous n'en dormirez pas. Vous êtes plus suspicieuse depuis quelque temps, quelques années. Vous êtes parano, vous imaginez des choses. C'est dans votre tête, bien sûr, Celynen vous le dit assez souvent, vous devenez folle, mais vous avez besoin de vérifier. Vous avez besoin de voir que vous êtes bien paranoïaque.

Quelques gouttes d'eau tombent de vos cheveux humides sur sa joue.

— Oups, pardon ! dites-vous en l'essuyant. Évidemment que je t'aime ! Très, très fort. Pourquoi tu me demandes ça ?

— Parce que j'aime comment toi, tu m'aimes.

— Ah bon ? C'est bien alors, non ?

— Oui. J'aime pas comment papa, il m'aime. Je préfère quand toi, tu m'aimes. Il m'aime trop, lui.

Votre gorge se serre.

17
20 AVRIL 2019

Toc

TOC

Vous ne sursautez pas. Aucune de vous trois. C'est étrange à quel point, en si peu de temps, vous vous êtes habituées à cela. Judith pose sa main sur la vôtre et serre ses doigts autour des vôtres. Vous tournez la tête et lui embrassez la tempe.

— Ça va aller. Ça va aller.

Depuis combien de temps tout ceci a commencé ? Une heure ? Deux ? Trente minutes ? Vous n'avez aucune notion du temps et il vous semble que cela fait des heures que Marion est arrivée. Dans le noir, vous n'arrivez pas à déchiffrer les aiguilles sur l'horloge. Peut-être que Judith pourrait, elle, elle a de bons yeux.

— Pourquoi est-ce qu'il ne part pas ? gémit Marion.

— Parce que ce qui lui plaît, c'est de nous faire peur, ça lui plaît encore plus que de nous tuer. Il veut nous contrôler.

— Mais... Mais il ne pourra pas faire ça longtemps, hein ? Paul va rentrer et il va voir que je ne suis pas là ! Il va me chercher ! Il va appeler la police ! C'est un gendarme, bon sang ! Il va faire quelque chose !

— Oui. Tant qu'on reste à l'intérieur, il ne nous arrivera rien.

Marion se tend.

— Et Paul ?

— Paul verra bien que tu as disparu et...

— Non ! Qu'est-ce qui va arriver à Paul ? Il va essayer de le tuer ? Il va le tuer ! Il va l'attaquer ! Il était préparé ! C'est ce que tu as dit ! Il avait prévu de venir ici ensuite, n'est-ce pas ? Il nous a observés ! Oh, mon Dieu ! Il sait que Paul va rentrer. Il sait à quelle heure ! Il va vouloir nous tuer avant... Ou... Ou... Ou il va attaquer Paul ! Il faut qu'on trouve un moyen de le prévenir.

Vous posez une main que vous espérez apaisante sur son bras.

— Marion, là où on est, on ne peut rien faire. Paul est gendarme, il saura se défendre.

— Il va être saoul ! C'est pas pour rien que c'est Martin qui le ramène à chaque fois. Oh, mon Dieu, il va tuer Paul !

— Marion, s'il part jusqu'à chez toi, on aura le temps de courir à la voiture et de se barrer.

— Tu veux sacrifier Paul ?!

Vous soufflez. Vous devriez peut-être arrêter de parler. Vous ne voulez sacrifier personne, vous désirez seulement protéger Judith.

— Ce n'est pas ce que j'ai dit, Marion. J'ai dit qu'on pourra prendre la voiture. On pourra aller chercher Paul. Retrouver du réseau pour appeler les secours, les brouilleurs ne fonctionnent pas sur de longues distances.

TOC TOC TOC

. . .

— Mais qu'est-ce qu'il veut à la fin ? Il voit bien qu'il ne peut pas nous avoir !

— Chut, calme-toi, Marion. Tu lui donnes juste ce qu'il cherche, là.

Vous passez votre bras autour des épaules de Judith. Elle est plus grande que vous et se penche un peu en avant pour vous faciliter la tâche. Votre si gentille petite fille.

— Allez, les filles ! Ouvrez-moi ! Vous savez que je ne veux que Marion !

Marion se tourne vers vous et vous secouez la tête pour la rassurer.

— Je ne vous ferai rien si vous me la laissez !

Marion se tend sur le canapé. Vous ne la livrerez pas, vous savez qu'il s'agit d'un piège. Il n'a pas réussi à vous avoir par la peur, il essaie de vous séparer à présent.

Vous prenez la main de votre voisine dans la vôtre et la serrez. Cela vous coûte, car vous ne l'aimez pas, mais vous devez la rassurer. Il n'y a pas d'autres moyens. Elle est un danger pour vous.

— Allez, Karen ! Donne-la-moi !

Il connaît votre nom. Un frisson traverse votre colonne vertébrale et vous vous redressez.

— Tu ne voudrais pas que je fasse du mal à Judith à la place, n'est-ce pas ? Elle est très jolie aussi. C'est devenu une belle femme maintenant.

Il ne peut pas toucher à Judith. Judith est ici avec vous et vous la protégez.

— Il ment, hein ? tremble Marion.

Vous mettez quelques secondes avant de répondre.

— Oui. Il ment.

— Tu ne vas pas me livrer, hein ?

— Non, bien sûr que non.

— Vraiment ?

— Oui, Marion ! C'est un piège ! Si j'ouvrais la porte, il nous tuerait toutes les trois, je ne suis pas idiote !

— Mais... Mais il a coupé l'électricité.

Vous soufflez.

— Et nos ancêtres ont survécu pendant des millénaires sans, je suis sûre qu'on peut nous aussi. Juste pour quelques heures.

— Oui... Oui...

Judith se penche à votre oreille.

— Elle a peur, maman, tu devrais peut-être être plus gentille.

Plus gentille ? Vous vous trouvez déjà bien assez gentille. Vous l'avez accueillie et protégée, c'est bien plus qu'elle n'en aurait fait. Et elle ? Qu'a-t-elle fait pour vous remercier ? Elle a utilisé votre arme, a essayé de monter votre fille contre vous et n'arrête pas de parler.

— Personne n'ouvrira cette porte.

Marion se lève et s'approche du bar. Elle attrape le pistolet.

Vous vous levez d'un bond.

— Mais qu'est-ce que tu fais ?

— Marion, non ! crie Judith.

La main de Marion tremble autour de l'arme et elle la fixe quelques secondes avant de faire un pas en arrière.

— Tu vas me livrer, c'est sûr !

Vous secouez la tête.

— Tu n'es qu'un monstre, Karen ! Tu... Je... Je n'aurais jamais dû venir ici ! J'aurais dû savoir ce qui allait se passer. Tu vas me livrer à ce fou furieux.

— Non... Écoute, Marion, je te jure qu'il ne se passera rien. Je te laisse l'arme si tu veux, d'accord. Mais laisse-moi juste mettre la sûreté... Tu ne sais pas t'en servir, tu pourrais te blesser. Après ça, tu auras le contrôle. D'accord ?

Marion secoue la tête et regarde autour d'elle. Elle avance vers l'entrée et fixe la porte.

— Tu vas m'abandonner, tu vas ouvrir la porte et tu vas le laisser m'emporter. Tu ne comprends pas, c'est moi qu'il veut. Ici... Ce n'était que son plan de repli. Vous n'étiez que des seconds choix pour lui. Je suis celle qu'il veut !

TOC TOC TOC

— **Allez, les filles ! Je commence à en avoir marre d'attendre là ! Donnez-moi Marion, ou je fais cramer la maison !**

Vous n'arrivez pas à savoir s'il masque son accent ou s'il n'en a pas. Pourtant, dans la région, tout le monde parle avec un accent prononcé très chantant. Il ne vient pas d'ici alors. Ou peut-être vient-il de s'installer ?

Mais à quoi bon réfléchir à tout cela ?

Hugo avance vers Marion et grogne. Marion pointe l'arme vers lui.

— NON ! hurle Judith.

Vous tendez un bras en arrière pour lui intimer de reculer. L'arme est chargée, il reste des balles à l'intérieur et vous n'avez pas remis la sûreté. Marion ne sait pas se servir d'une arme, c'est trop dangereux. Tant pis pour Hugo, mais Judith, elle, ne doit pas approcher.

— Marion, baisse cette arme, tu fais peur au chien.

— S'il approche, je lui tire dessus !

— Ce n'est pas lui, le méchant, Marion ! C'est cet homme, dehors ! Hugo est là pour nous protéger, il ne cherche pas à t'attaquer ! Tu comprends ?

Marion penche l'arme vers le sol. Vous approchez lentement d'elle.

— Donne-moi cette arme. Tu ne saurais pas t'en servir. Moi, je sais.

Elle recule encore. Elle se cogne contre le mur et sursaute.

Vous tournez la tête vers l'entrée. L'air est glacé et le vent siffle en pénétrant dans la maison. Le sang de SaChat a séché à présent.

Judith s'approche de Marion avec vous. Si seulement vous pouviez communiquer par la pensée ! Vous pourriez prévoir de la maîtriser et de la ligoter de nouveau. Vous vous demandez si Judith regrette de l'avoir libérée.

— Marion, donne-moi cette arme. S'il te plaît.

Elle secoue la tête et serre l'arme contre son ventre.

— Non ! Je ne te fais pas confiance.

— Tu n'as pas besoin de me faire confiance. Tu sais très bien que je n'ouvrirai pas cette porte. C'est un piège !

— Il a dit qu'il allait brûler la maison !

— Et comment ? Hein, Marion ? Comment est-ce qu'il va faire ? Avec un briquet ?

— Il... Il doit avoir quelque chose, il a tout prévu ! Il pourrait brûler le lierre !

Vous posez vos mains sur les épaules de Marion.

— Non ! Il n'a pas prévu qu'on reste soudées ! Il n'a pas prévu qu'on n'ouvre pas ! Il n'a pas prévu qu'on soit aussi fortes !

— Mais le lierre...

— C'est de la vigne ! Et il a plu aujourd'hui, Marion ! La vigne est trempée et elle est verte ! Elle ne va pas brûler !

Marion hoche la tête.

— OK. OK. Je te crois. Mais je garde l'arme ! Dis-moi comment on met la sûreté.

Vous hochez la tête et lui expliquez. Elle vous écoute et s'exécute presque docilement.

Bien.

Vous retournez au salon avec Judith et Hugo. Marion glisse le long du mur et s'assied à même le sol devant l'entrée. Elle fixe la porte comme si elle allait s'ouvrir à tout moment. Vous comprenez enfin que pour se sentir en sécurité, elle a besoin d'avoir le contrôle de la situation. Tout comme vous.

— *Mum* ? chuchote Judith.
— *Yes* ?
— Tu me raconteras vraiment... pour Maggie... et papa ?

Votre gorge se serre et vous respirez difficilement. Comment pourriez-vous lui refuser ? Après tout, elle ne saura jamais que vous ne lui dites pas la vérité. Vous ne pouvez pas tout lui dire.

— Oui. Bien sûr. Si tu veux. Pourquoi est-ce que tu me demandes ça ? C'est à cause de ce que Marion a dit ?

— Non. Enfin, oui, mais je ne la crois pas. C'est juste que je ne me souviens de presque rien de cette époque. Seulement un peu de Maggie. Je n'ai presque pas de souvenirs de papa. Quand je pense à lui, je pense toujours au fait qu'il ne voulait jamais aller jouer à la forêt avec moi. C'est tout ce dont je me souviens. Qu'il préférait Maggie. Et que je ne l'aimais pas, je ne sais pas pourquoi.

Vous n'aviez pas compris à l'époque ce que cela voulait dire, vous non plus. Vous ne saviez pas que Celynen emmenait Maggie dans la forêt pour la déshabiller, la toucher et lui demander à elle de le toucher. Vous n'aviez pas voulu voir. Qui aurait pu imaginer pareille chose ?

Vous vous souvenez de ce que la police a trouvé dans son ordinateur. Ils vous ont interrogée à ce sujet, mais vous n'en saviez rien. Vous étiez bien trop heureuse qu'il passe du temps devant son ordinateur, enfermé dans le bureau, plutôt qu'avec vous.

Il y avait des photos de Maggie dans la forêt, mais pas seulement. Il y avait aussi des clichés d'autres enfants, d'autres petites filles. Toutes blondes, toutes d'environ dix ans. Toutes enregistrées dans un dossier nommé « Galatées ». « Galatées » avec un S.

Les policiers vous ont parlé des réseaux pédophiles et vous ont promis de faire tout ce qu'ils pourraient pour retrouver Maggie. À chaque nouveau jour qui passait, ils étaient de moins en moins confiants et ne le cachaient pas, ils ne voulaient pas vous mentir. Ils ne vous ont jamais rapporté l'ordinateur et vous ne le leur avez jamais réclamé.

— Tu sais, *darling*, je pense que c'est mieux si tu ne te souviens pas. C'est moins difficile comme ça.

Encore une fois, la vingtième peut-être en dix ans, vous vous félicitez de l'avoir aussi bien droguée à l'époque. Personne ne s'en est aperçu et elle a tout oublié de cette nuit-là.

— Oui, mais...

Elle arrête de parler et vous comprenez bien qu'elle est déchirée.

— Mais quoi ? l'encouragez-vous.

— Pourquoi est-ce que mes souvenirs sont flous ?

Ses larmes vous fendent le cœur. Ses yeux sont rouges et elle enfouit son visage dans ses mains. Vous n'aimez pas la voir malheureuse. Que pouvez-vous faire pour la consoler ? Il y a certaines choses que vous ne pouvez pas lui dire.

— Parce que tu étais petite et c'est peut-être mieux ainsi, tu sais.

Judith secoue la tête et essuie son nez avec la manche de son pull.

— Je suis tellement désolée, *mummy*.

Votre cœur se brise dans votre poitrine. De quoi pourrait-elle être désolée ? Vous la prenez dans vos bras et la serrez fort contre vous.

— Tu n'as pas à être désolée. Tu n'es responsable de rien.

— De ne pas avoir appelé avant...

TOC TOC TOC

— Karen. Ouvre cette porte. Je te jure, je vais tout brûler.

Sa voix n'est pas en colère comme vous auriez pu l'imaginer. Non. Sa voix est douce, posée, il sait ce qu'il veut et il est prêt à attendre pour l'obtenir.

—Allez, Karen ! Si la menace de cramer ta maison ne suffit pas, je peux en trouver une autre. Tu sais, je ne

désire que Marion, vraiment. Pour l'instant, bien sûr ! Mais Judith et toi… Non. Vous ne m'intéressez pas. Tu sais, les gens comme nous, ça ne s'entretue pas. J'ai des gosses aussi et je ne voudrais pas qu'on les tue, c'est une très bonne couverture. Et puis, ils ne sont pas si terribles, surtout le petit dernier. Il est comme moi, tu sais, comme toi aussi, je l'aime bien, je crois. Je pense que je pourrais en faire quelque chose, c'est juste que je n'aime pas trop partager. Alors, il faudra juste qu'on trouve des terrains différents. Il y a assez de place pour nous deux après tout.**

— Qu'est-ce qu'il raconte, *mum* ?

Vous vous êtes toutes les deux rapprochées de l'entrée. Il faut que vous emmeniez Marion loin d'ici, à l'autre bout de la maison, elle pourrait se mettre à le croire. Elle pourrait ouvrir la porte.

— Des mensonges. Il veut nous briser.

— **C'est assez fou ce qu'on ferait pour protéger nos gosses, pas vrai ? Ma femme, elle a plongé dans un lac en plein hiver une fois. La gosse, elle était tombée à l'eau, cette conne. Bref, ma femme, elle a vraiment galéré à la sauver, j'ai cru qu'elle allait y rester aussi, mais elle s'est pas arrêtée. Elle l'a remontée et elle l'a consolée. Vous m'impressionnez, les femmes, avec ça. C'est vraiment dommage que vous ne sachiez pas vous défendre quand même. Enfin, dommage pour vous. Quoique j'aime bien un peu de challenge de temps en temps**.

— Pourquoi est-ce qu'il se met à parler comme ça ? chuchote Marion.

— Parce que ses menaces ne marchent pas.

— Ou alors, il veut nous distraire pour mettre le feu à la maison !

— Il ne peut pas mettre le feu à la maison, Marion !
— Mais...
— Il ne peut pas ! On en a déjà parlé ! Allez, viens, on va retourner au salon, on l'entendra moins là-bas.

Elle vous écoute et vous suit. Elle serre toujours l'arme contre elle. Elle ne lui sert à rien pourtant. C'est saisissant comment le simple fait de tenir l'arme lui apporte un sentiment de sécurité.

Une fois installée sur le canapé, vous vous mettez à réfléchir. C'est comme si le temps ralentissait. Vous voyez les minutes passer, mais pas les heures.

— Il dit que tu es comme lui, pointe Marion sans vous regarder.

Elle fixe un point sur le mur en face.

— Je ne suis pas comme lui, répondez-vous.
— Alors, pourquoi il dit ça ?
— Pour te faire peur et te monter contre moi. Parce qu'il croit que t'es conne à ce point-là ! Tu vas lui donner raison si tu continues.

Elle vous dévisage, les sourcils froncés, et grince des dents. Vous avez touché un point sensible.

— Allez, soupire Judith d'un ton posé, mais tremblant, on va rester toutes les trois et on va s'en sortir, d'accord ? On a à manger et on a de l'eau, on peut tenir des jours s'il le faut. Il faut juste qu'on se fasse confiance !

Vous hochez la tête par réflexe. Marion aussi à côté de vous, et vous vous demandez si elle va vraiment vous faire confiance à partir de maintenant. Vous, vous savez que vous ne lui ferez jamais confiance, vous serez toujours sur vos gardes.

Votre corps vous ramène vite à la réalité. Vous avez besoin d'aller aux toilettes. Vous vous levez et faites signe aux filles que vous revenez. Les toilettes sont au fond du couloir du salon. Vous laissez la porte ouverte pour profiter de la faible lumière de la cheminée et vous guettez la petite fenêtre au-dessus du ballon d'eau. Il ne pourrait pas passer par là, mais vous n'êtes pas tranquille pour autant.

Vous profitez de cet instant aux toilettes pour réfléchir seule, sans

Marion pour parler, pleurer et crier. Sans Judith aussi. Vous ne pensez pas objectivement quand vous la voyez. Vous pensez à vos erreurs du passé, à Celynen, à Maggie. Les souvenirs vous frappent avec l'élan des années. Vous projetez ce qui s'est passé à l'époque sur Judith et ce qu'il pourrait vous arriver aujourd'hui. Pourtant, ce n'est pas pareil, c'est même complètement différent. Aujourd'hui, vous n'êtes plus cette femme faible que vous étiez à l'époque, vous savez vous défendre et vous ne laisserez personne blesser Judith.

Enfin, vous vous levez et tirez la chasse. Vous vous inquiétez que cela ait alerté votre agresseur, mais vous vous reprenez. Vous allez aux toilettes, cela ne change rien pour lui.

Vous rincez vos mains dans le petit évier et soupirez. Pourquoi la vie vous en veut-elle à ce point-là ? Est-ce une punition divine pour avoir échoué à protéger Maggie ? Ou bien avez-vous fait quelque chose avant tout cela ? Quelque chose qui aurait mérité qu'on vous enlève Maggie et qu'on vous inflige ce psychopathe ?

Vous entendez l'homme parler de là où vous êtes, mais vous ne comprenez pas tout.

— **Allez... pas Marion... tu veux, je peux prendre... d'autres... Donne-moi... quelqu'un... porte...**

Vos poils se hérissent et votre sang accélère dans vos veines. Votre cœur se met à pomper plus vite et vos pas pressés se succèdent les uns aux autres jusqu'au salon.

Marion a posé le canon du flingue contre la tempe de Judith et la force à avancer vers l'entrée.

— NON !

Marion hésite à tourner la tête vers vous, mais continue de fixer Judith. De là où vous êtes, vous n'arrivez pas à voir si elle a ôté la sûreté.

— Je suis désolée, Judith, Karen, vraiment... mais je ne veux pas mourir. Je n'ai pas confiance en toi, Karen, j'essaie, je te le jure, mais je n'y arrive pas.

— Et tu préfères croire ce type qui t'a attaquée et a essayé de te violer ? On t'a recueillie ici, tu ne peux pas sacrifier ma fille. Tu ne peux pas faire ça ! Marion !

Judith pleure, silencieuse, et ses mains tremblent. Vous approchez, mais Marion appuie encore plus le pistolet sur sa tempe. Vous faites un pas en arrière et levez les mains.

Hugo ne sait pas quoi faire. Il connaît Marion, il ne la voit pas comme une ennemie et ne sait pas ce qu'est une arme, mais il sent la peur de Judith. Il se tourne vers vous à la recherche d'un ordre qui le libérera de son dilemme.

— Je ne vais rien te faire, Marion, je veux juste que tu libères Judith. D'accord ? Je comprends que tu aies peur, c'est normal, mais tu vois bien qu'il cherche à nous diviser. Le seul moyen qu'il a d'entrer ici, c'est si quelqu'un lui ouvre. Il te tuera, Marion !

Par la petite fenêtre de l'entrée, celle à la vitre brisée, vous voyez des phares sur la route et une voiture rouler dans la direction de la maison de Marion et Paul, avant de disparaître. Marion aussi la voit.

— Paul ! crie-t-elle.

Elle s'éloigne un peu de Judith, assez pour que votre fille se libère et fonce vers vous. Vous vous mettez devant elle et la faites reculer jusqu'à l'escalier.

— Monte !

— Non, *mum*, je te laisse pas !

— Monte !

Elle vous obéit à contrecœur et part à l'étage. Vous savez qu'elle est restée dans le couloir et qu'elle ne se cache pas, mais elle est déjà bien plus en sécurité là-haut.

Marion se tourne vers vous le visage déformé par la peur.

— Paul ! Martin le ramène à la maison... Il... Il va nous sauver, hein ?

Vous vous approchez encore, lentement, les mains en l'air pour lui montrer que vous ne lui voulez pas de mal, et vous jetez un œil à la porte d'entrée. Il n'y a plus de lumière dessous. Vous essayez de regarder par la fenêtre, mais le manque de lumière vous empêche de discerner quelque chose.

— Tu crois qu'il est parti ? vous questionne Marion.

— Je ne sais pas.

Et c'est vrai. Il vous a entendues parler de Paul. Il a entendu Marion crier. S'il est venu aussi préparé aujourd'hui, c'est également parce qu'il savait que Paul ne serait pas là, que Marion serait seule. Il sait que son temps est compté. Le vôtre aussi d'ailleurs, si vous ne récupérez pas votre arme. Plus jamais vous ne la laisserez sans surveillance.

— Donne-moi cette arme, Marion, ça suffit !

— Non !

— Marion, tu ne sais pas t'en servir ! Tu ne fais que nous mettre en danger depuis le début. Laisse-moi gérer...

Marion pointe le pistolet vers vous. Elle défait la sûreté et vous braque de nouveau avec.

— C'est toi qui vas sortir maintenant, Karen. Je ne ferai rien à Judith. Elle n'y est pour rien, la pauvre. Elle en a assez vu avec des parents comme vous. Mais toi, en revanche, toi, tu vas sortir de la maison et faire vite pour qu'il n'ait pas le temps de rentrer. Tu ne voudrais pas qu'il rentre et s'en prenne à Judith, hein ?

Elle est folle. Pourquoi fait-elle ça ? Que lui avez-vous fait ? Et pourquoi est-ce que vous avez ouvert la porte en premier lieu ? Vous auriez dû la laisser croupir dehors et se faire charcuter.

— Non, Marion ! hurle Judith, en haut de l'escalier.

Vous tournez la tête vers elle. Vous n'avez peur que pour elle. Vous n'avez pas peur pour vous. Vous lui faites signe de repartir se cacher, elle refuse et commence à descendre les escaliers.

— Remonte, *darling*.

Elle s'arrête au milieu de l'escalier et vous fixe de ses grands yeux sombres. Vous y lisez la détresse et la peur. Vous voulez la rassurer et la prendre dans vos bras, au moins une dernière fois, mais vous ne pouvez pas.

Vous reculez tout doucement vers la porte jusqu'à vous cogner contre elle. Marion ne bouge pas, elle se contente de vous fixer et de jeter de petits coups d'œil à Judith qui la supplie de vous épargner.

— Ouvre la porte et pars vite !

Vous déglutissez et sentez votre salive cogner et se coincer dans votre gorge.

Vous vous retournez et défaites le premier verrou, puis le second et ainsi de suite.

Vous tentez une dernière fois de la pousser à changer d'avis, mais elle vous fait signe de continuer.

— Marion, ne fais pas ça. Par pitié.

— Non.

Vous prenez une grande inspiration et ouvrez la porte d'un geste sec. Il n'y a personne.

— Sors !

Vous avancez sur le perron et la porte claque derrière vous. Le bruit des verrous que l'on ferme résonne dans le silence de la nuit.

Vous êtes seule à présent. Vous ne pouvez plus protéger Judith. Vous êtes dehors, seule, et vous n'avez plus d'arme.

18
6 MARS 2009

Quelqu'un toque à la porte.
15 h 25.
Vous levez la tête en alerte.

Peut-être avez-vous rêvé.

On frappe de nouveau à la porte.

Vous prenez une grande inspiration et lâchez l'éponge sur le plan de travail.

Vous espérez que la personne n'insistera pas, ou mieux encore, que vous avez rêvé.

Cependant, on toque de nouveau, et cette fois, vous en êtes sûre, ce n'est pas votre imagination.

Vous posez les gants de ménage dans l'évier et vous vous dirigez vers l'entrée. Sur le chemin, vous vous arrêtez devant le miroir sur le buffet bleu. Il vous renvoie l'image d'une femme voûtée et fatiguée, aux cheveux roux striés de mèches blanches. Ses yeux vairons sont gonflés et cernés de bleu, et sa peau blafarde lui donne un air malade.

Votre main remonte jusqu'à votre visage. Votre maquillage fait illusion. Pour le moment.

Après une dernière inspiration, vous ouvrez la porte. Paul se trouve derrière, un sourire gêné collé sur le visage. Il tient un bocal de confiture, son prétexte du jour pour vous rendre visite.

— Bonjour, Karen, comment tu vas ?

Vous masquez votre déception de le voir derrière un sourire de politesse.

— Bien et toi ? Ne me dis pas que tu m'as encore apporté quelque chose ?

Paul vous sourit et de petites rides se dessinent au coin de ses yeux. Sa moustache vibre sous son nez, elle est trop longue, il devrait la couper.

— J'ai pensé que ça te ferait plaisir, répond-il en se passant une main dans les cheveux.

Vous n'avez pas le choix, vous l'invitez à entrer. Paul inspecte tout le rez-de-chaussée discrètement. Pas assez discrètement pour que vous ne le remarquiez pas, mais vous ne dites rien.

Vous n'arrivez pas à apprécier ses visites. Vous adorez Paul, c'est un voisin parfait qui a toujours le mot qu'il faut pour faire plaisir et ses confitures sont véritablement délicieuses, ce n'est pas une corvée que de finir le pot. Sa femme, vous ne l'aimez pas, mais vous n'y êtes pas vraiment confrontée souvent. C'est toujours Paul qui passe vous voir à la maison, toujours lui que vous croisez lors de vos petites promenades de fin de matinée, toujours lui qui vous fait un signe de l'autre côté de la place du marché pour vous saluer. Pourtant, vous n'arrivez pas à apprécier ses visites, parce qu'elles signifient que Paul s'inquiète pour vous et vous ne voulez pas qu'il se mêle de votre vie. Une toute petite partie de vous le remercie de sa diligence à votre égard. Si Celynen apprenait que vous invitez votre voisin flic à prendre le café...

Non, vous ne pouvez même pas penser à ce qu'il vous ferait.

Oh, bien sûr, vous avez déjà tenté de parler de Celynen à des gens, à vos anciens amis, à votre famille, mais vous n'y arrivez pas. Votre journal est là pour vous rappeler chaque jour que vous ne rêvez pas, que ce n'est pas normal, que le jour précédent a vraiment existé. Il vous permet de lire ce qui s'est passé comme si vous étiez une personne extérieure à votre propre vie. Relire ses paroles, ses actes, sa violence... Vous avez conscience que ce n'est pas normal, mais vous savez aussi que vous ne pouvez rien faire. Vous n'avez rien sans lui. Vous devez rester, pour les filles, pour votre propre survie. Vous dépendez de lui. Alors votre journal, c'est votre ami, votre confident. Vous êtes votre propre confidente. Votre seule alliée.

C'est pour cela que vous ne voulez pas que Paul s'en mêle. Tous les matins, une fois Celynen parti au travail, et alors même que vous savez que vous n'allez pas sortir de la journée, vous vous maquillez pour cacher les bleus sur votre visage et sur votre cou. Juste au cas où Paul ou quelqu'un d'autre passerait. Le soir, avant que Celynen ne rentre, vous vous démaquillez. Il ne faut pas qu'il vous voie ainsi, il penserait encore que vous cherchez à plaire à d'autres hommes. Il vous traiterait de pute et de salope et s'assurerait qu'aucun homme ne veuille vous regarder ou poser la main sur vous.

— Comment vont les filles ? se renseigne Paul en déposant le pot de confiture sur l'îlot de la cuisine.

— Judith a la grippe, elle est à la maison pour la semaine, mais c'est bientôt la fin.

Paul a l'air inquiet.

— Elle est ici ? demande-t-il.

Votre estomac se serre. Vous comprenez qu'il ne partira pas tant qu'il n'aura pas vu qu'elle va bien.

— Oui. Tu veux la voir ? Elle joue dans sa chambre. La professeure à l'école a préféré qu'elle reste la semaine à la maison pour ne pas contaminer les autres enfants, mais elle va bien mieux.

— Oui, ça me ferait très plaisir, ça fait longtemps que je ne l'ai pas vue. Elle doit avoir grandi.

Vous hochez la tête et partez vers les escaliers. À l'étage, vous passez rapidement par la salle d'eau pour vérifier que le bleu sur votre visage ne se voit pas et vous rajoutez très rapidement un peu d'anticerne sur l'aile de votre nez.

Vous redescendez avec une Judith enthousiaste à l'idée de goûter à la confiture du voisin, mais une fois en bas, elle s'approche de lui, timide, sur la réserve. Elle n'a pas vu Paul depuis des mois.

— Salut, Judith. Tu vas bien ? Je suis Paul, le voisin derrière le bout de la forêt, tu te souviens de moi ? Ta maman m'a dit que tu avais été malade.

— Oui, mais c'était juste la grippe. Je peux rester jouer à la maison avec maman.

— Oh, ça, c'est bien, j'en suis sûr !

Les yeux de Judith glissent vers l'îlot de la cuisine.

Elle a le nez encore un peu rouge et les cheveux emmêlés. Vous avez honte, vous n'avez pas eu le temps de les lui brosser ce matin. Vous auriez dû trouver le temps. Que va penser Paul ? Vous devez la coiffer avant que Celynen ne rentre ce soir.

Paul vous regarde et vous sourit. C'est un sourire de pitié.

— Est-ce que je peux lui faire une tartine de confiture ? vous demande-t-il.

Vous hochez la tête, l'estomac noué.

Judith saute de joie en entendant le mot « tartine » et suit Paul aveuglément dans la cuisine. Elle en laisse tomber son doudou sale sur le sol. C'est le moment parfait pour le faire passer à la machine.

— Je te laisse faire, annoncez-vous à Paul. J'en ai pour deux minutes.

— Oui, bien sûr, vous répond-il depuis la cuisine sans même lever les yeux vers vous.

Judith a les mains posées sur le rebord du plan de travail et se hisse sur la pointe des pieds pour regarder Paul découper une tranche de pain de campagne.

Vous reculez jusqu'à la buanderie et jetez la peluche dans la machine à laver. Vous mettez la lessive qui ne sent rien, Judith n'aime pas les parfums de synthèse, surtout sur son doudou, et vous lancez le cycle de quinze minutes.

Quand vous ressortez de la buanderie, elle est assise sur un des grands tabourets de l'îlot et mange goulûment une tartine. Elle a toujours été gourmande, plus que Maggie. D'ailleurs, malgré leur différence d'âge et de taille, ces derniers temps, c'est Judith qui finit les assiettes de Maggie.

Paul allume l'eau à l'évier et attrape l'éponge pour nettoyer le couteau.

— Oh non ! Laisse ! Je vais laver la vaisselle !

Vous le rejoignez rapidement.

— Ah non, Karen ! C'est moi qui ai sali, c'est moi qui nettoie !

— Ne dis pas n'importe quoi ! Je t'ai invité à entrer et tu as fait une tartine à Judith ! Tu es bien trop gentil.

— J'insiste, Karen, répond Paul en rigolant.

Vous lui attrapez l'éponge des mains, tremblante.

— Non, voyons ! Un homme n'a pas à laver la vaisselle. C'est à moi de la faire !

Paul n'objecte plus et se laisse faire. Vous attrapez le couteau qu'il vient de laver et vous le repassez sous l'eau. Il vous scrute, inquiet, et un sanglot se bloque dans votre gorge. Vous le contrôlez et le bloquez, comme tous les autres.

— Oh, Karen...

Vous ne répondez rien, vous continuez de frotter le couteau déjà propre.

— On pourra regarder les dessins animés ? lance Judith qui a fini sa tartine.

Que cette enfant soit bénie !

— Oui, si tu veux, *darling*.

Paul aide Judith à descendre du tabouret et elle part en courant jusqu'au canapé où elle fouille sous les coussins pour trouver la télécommande.

Paul se tourne vers vous et pose une main sur votre bras. Vous n'arrivez pas à soutenir son regard, pourtant vous le devez, sinon il se doutera de quelque chose.

— Elle a l'air d'aller mieux, reconnaît-il.

Vos yeux retournent se fixer sur le pied de la table.

Paul vous lâche et soupire.

— Je vais vous laisser, finit-il par annoncer au bout de quelques minutes. Si vous aimez la confiture, n'hésite pas à venir me voir pour me le dire, j'en ferai d'autres. Marion les dévore à une vitesse folle, d'ailleurs, si tu peux me rapporter le pot dès que vous l'aurez fini, j'apprécierais. La prochaine fois, je ferai des coings.

— Des coings ? grimace Judith depuis le canapé. C'est de la confiture de canard ?

Paul rit.

— Non, c'est comme des poires rondes.

— C'est des pommes alors ?

— Non, pas vraiment. Mais si tu aimes la confiture de canard, je dois avoir du pâté à la maison.

Judith secoue la tête.

— Non, moi j'aime les canards, je veux pas les manger, c'est méchant.

Paul se tourne vers vous et vous haussez les épaules.

— Elle a un esprit vif, la petite.

— Ça, pour avoir un esprit vif ! Elle a été bien malade pendant deux jours, et pourtant, elle a réussi à m'épuiser.

— C'est parce que c'est la fille de sa mère, elle est toujours en train de s'activer à quelque chose... déclare-t-il avant de soupirer. J'espère juste qu'elle sera plus heureuse.

Vous ne savez pas quoi répondre. Paul hoche la tête et sort de la maison après avoir lancé un « *goodbye* » à Judith.

Vous le raccompagnez. Il se tourne vers vous une dernière fois sur le perron.

— Tu sais, Karen, la confiture, c'est pour les filles et toi, pas pour ton mari.

Vous observez la porte d'entrée se refermer derrière lui, hagarde.

— C'est vrai qu'il fait de la confiture de canard, le monsieur, *mummy* ?

Un petit rire vous échappe.

— On peut dire ça.
— Il est beau le monsieur en tout cas.
Vous la regardez, étonnée et amusée.
— Ah bon ?
— Oui. J'aimerais bien que papa, il soit beau comme lui.

19
13 MARS 2009

La voiture fait un drôle de bruit quand vous vous garez devant la maison, mais vous n'y prêtez pas vraiment attention. Vous êtes fatiguée, vous voulez juste ranger les courses et aller vous reposer. Vous avez acheté tous les ingrédients pour le gâteau d'anniversaire de Maggie demain. Son préféré. La tarte au citron. Votre bébé va avoir dix ans.

Un mois plus tôt, elle a eu ses premières règles. Elle est venue vous réclamer des serviettes pour dame et vous a demandé si ça faisait toujours mal comme ça. Vous avez été prise au dépourvu, vous saviez que certaines filles pouvaient avoir des règles précoces, mais vous-même les avez eues assez tard. Vous lui avez donné des paquets de serviettes et lui avez expliqué les différentes tailles et absorptions. Vous lui avez aussi donné un antidouleur après avoir appelé la pharmacie et lui avez interdit d'en prendre sans votre accord. Elle vous a écoutée, attentive et studieuse, comme toujours. Peut-être est-il temps de lui faire sa chambre à elle. C'est presque une adolescente. Dix ans déjà.

La portière claque sèchement et vous attrapez vos sacs de courses dans le coffre. En relevant la tête, vous jetez un œil furtif à la maison. Vous ne voyez pas grand-chose. La nuit s'écrase sur la campagne, sombre, menaçante, et elle engloutit tout avec elle. La vigne de Celynen grimpe par endroits jusqu'à la toiture et cela fait longtemps qu'elle n'a pas été entretenue. Elle s'étire sur la façade comme des mains crochues cherchant une nouvelle prise, et d'immenses branches, habitats d'insectes en tout genre, pendent devant les fenêtres.

Si de la route elle apporte une touche de verdure et un côté pittoresque, comme disent les passants qui s'arrêtent pour la contempler, sur les trois autres façades elle souffre du soleil et du manque d'entretien. Les feuilles jaunissent et les branches retombent sur elles-mêmes.

Elle vous en veut de ne pas vous occuper d'elle et abrite en son sein un nouveau nid de frelons dont vous n'arrivez pas à vous débarrasser sans appeler l'exterminateur.

Vous devinez les lumières à l'étage. Une ombre passe dans la chambre des filles. Maggie doit être en train de préparer les activités de son anniversaire.

La porte d'entrée n'est pas verrouillée, mais cela ne vous irrite plus. Cela fait longtemps que vous avez compris que le danger ne venait pas de l'extérieur.

Vous devriez avoir un chien pour les filles, et un chat aussi pour les souris et les mulots.

Vous frémissez en refermant la porte, vous avez l'impression que même vos os sont glacés. La température dans la maison ne cesse de tomber alors que vous montez le chauffage tous les jours en ce moment. Celynen s'est plaint des dépenses que cela engendrait et prétend que le problème vient uniquement de vous. Vous gardez votre manteau sur vous encore un peu, le temps de ranger les courses et de vous préparer un thé bouillant. Vous n'allumez que la lampe du couloir, le manque de sommeil vous irrite facilement et les lumières vous brûlent les yeux. Vous devriez porter des lunettes, mais Celynen dit que cela ne vous va pas et impossible pour vous de mettre des lentilles.

À l'étage, quelque chose tombe. L'écho résonne jusqu'à la cuisine et vous fait sursauter. Vous espérez que les filles n'ont rien cassé. Celynen est encore plus tendu et colérique que d'habitude cette semaine. Il a perdu un gros chantier et passe ses journées à tourner en rond à la maison. Heureusement, les filles sont à l'école et ne subissent pas ses humeurs la journée. Le soir, il est plus calme et donne le change avec elles, mais la journée... la journée, c'est différent. Il ne se lève que vers onze heures et se met tout de suite en colère si son café n'est pas prêt et à la bonne température quand il descend les escaliers. Il vous a fallu deux jours pour parfaire votre routine. Maintenant, il ne vous cogne plus pour ça ; il vous a même félicitée d'avoir aussi vite appris à le satisfaire. Un sourire s'étire sur vos lèvres rien qu'à repenser à ce moment de fierté.

Vous le laissez regarder la télévision et faire ce qu'il veut tandis que vous vous occupez de la maison et continuez de faire la secrétaire pour Dacey, son associé. Vous lui préparez le plus possible ses repas préférés et vous montrez disponible sexuellement quand il en aura envie. En prévision, vous avez acheté plus de lubrifiant, mais contrairement à ce à quoi vous vous attendiez, il ne vous touche pas. Vous ne vous en plaignez pas et priez pour qu'il trouve quelqu'un d'autre. Qu'il parte. Si au début cette pensée vous a fait culpabiliser, à présent elle est devenue une prière que vous souhaitez voir exaucée.

Celynen ne vous laissera jamais tranquille, même s'il vous quittait pour une autre femme, plus jeune, plus disponible, plus ferme. Vous serez toujours sous son emprise, il ne permettra jamais que vous lui échappiez.

Dacey est passé cette semaine pour lui remonter le moral, ils ont picolé toute la soirée et vous avez entendu Celynen proposer à Dacey de vous « sauter devant lui ». Heureusement pour vous, Dacey est parti en expliquant à Celynen qu'il était beaucoup trop saoul et qu'il regretterait ses paroles au petit matin. Vous en doutez. Le lendemain, vous avez écrit un message à Dacey, « *Thank you* », mais vous ne l'avez pas envoyé. Il s'inquiète, pour Celynen, pour vous aussi. Il voit bien que quelque chose n'est pas normal et il s'invite souvent ces derniers mois. Il a divorcé l'an passé, peut-être a-t-il seulement besoin de plus de compagnie.

Vous posez la bouilloire sur le feu, préparez votre tasse et finissez de ranger les courses.

Malgré tous vos efforts, l'idée que Celynen puisse faire du mal à Maggie ne cesse de vous hanter depuis des mois. Votre imagination vous tourmente et vous obsède, elle vous empêche de travailler efficacement, paralyse votre sommeil et entrave la moindre pensée positive. Vous ne dormez plus que par tranches de vingt minutes et vous vous réveillez en sursaut et en nage, alerte au moindre bruit, au moindre mouvement. Toutes les nuits, vous vous levez pour aller regarder les filles dormir.

Vous contacteriez bien vos amis, mais ceux qu'il vous reste encore sont aussi ceux de Celynen et vous savez très exactement toutes les atrocités que votre mari leur raconte sur vous. Pouvez-vous encore les appeler vos amis d'ailleurs ? Depuis combien de temps ne les avez-vous pas vus ? Ils ne viennent plus à la maison et ne vous appellent plus non plus. Seul Dacey passe, la majorité du temps parce qu'il insiste pour s'inviter. Celynen, lui, n'a pas de soucis de ce côté-là, bien au contraire, il sort plusieurs fois par semaine. Vous avez arrêté depuis longtemps de vous demander si les gens prennent de vos nouvelles.

Lasse de vous laisser consumer par vos délires malsains, vous attrapez la bouilloire et versez l'eau chaude dans votre tasse.

Celynen descend sans dire un mot et s'installe dans le canapé. Vous lui apportez une bière que vous ouvrez à côté de lui. Vous posez le reste du pack et le décapsuleur à côté de la table basse. Pas trop haut pour ne pas lui bloquer la vue sur la télévision et pas trop loin pour qu'il n'ait pas à se lever. Il ne vous remercie pas. Il ne daigne même pas vous accorder un regard. Il attrape sa bière et la porte à sa bouche. Il a l'air serein, apaisé, et vous hésitez à lui demander s'il a eu une bonne nouvelle au travail. Vous pensez à vos côtes douloureuses et vous abstenez. Vous savez à quoi vous en tenir. Vous ne le questionnez plus sur le travail.

Vous ne dites rien et montez à l'étage vous réfugier dans votre chambre. Vous n'allumez pas les lumières sur votre passage. Les filles ne font pas de bruit et vous voulez profiter de cet instant de répit avant de devoir aller préparer le dîner. Un instant à vous, rien qu'à vous. Avant la tempête.

Une fois la porte fermée, dans le noir, vous restez plusieurs minutes silencieuse, appuyée dos à la porte. Vous profitez de la chaleur de votre tasse dans vos mains. Vous ne boirez pas votre thé, vous vouliez juste vous réchauffer les mains. Vous ne profitez plus du goût des choses, vous avez oublié comment on fait.

Le quart de lune éclaire faiblement votre chambre. Quelque chose passe dans le ciel et vous frissonnez, vous n'aimez pas les chauves-souris. La chose repasse. Ce n'était pas une chauve-souris, c'est une étoile filante. Depuis combien de temps attendez-vous une occasion comme celle-ci ? Vous fermez les yeux et priez.

— Délivrez-moi, souhaitez-vous en anglais.

Quelque chose gratte derrière la porte. Vous retenez votre respiration, le manque de sommeil vous rend nerveuse. Vous vous éloignez d'un pas et vous vous retournez vers la porte.

De nouveau ce grattement, comme si un animal demandait à entrer. Vous prenez une grande respiration et ouvrez la porte. Une petite masse glisse au sol et un gémissement s'élève, plaintif. Elle pleure, tremblante.

Vous vous accroupissez et passez votre main dans une masse de cheveux emmêlés.

— Maggie ?

— *Mu... Mummy...*

Son gémissement de souffrance déchire votre cœur et affole vos sens. La tasse glisse de votre main. Elle éclate au sol et le liquide brûlant s'infiltre dans la moquette de la chambre. Vous relevez Maggie par les épaules. L'éclat de lune qui entre par la fenêtre illumine son visage. Une trace noire barre sa joue. Du sang.

— Qu'est-ce qui s'est passé ? chuchotez-vous.

Vous craignez la réponse et vos mains serrent ses petits bras.

Maggie se blottit contre vous, vous qui êtes désespérée et impuissante. Vous la sentez respirer plusieurs fois avant qu'elle ne vous réponde enfin.

— C'est pa... pa. Il m'aime trop.

Vous attrapez Maggie par la taille et la bloquez contre vous avant de vous relever et d'avancer vers la salle d'eau. Vous ouvrez la porte, posez la petite à terre et enclenchez la lumière. Vous vous retournez et manquez de vous évanouir.

Là, sous la lumière criarde des néons blancs, la réalité vous rattrape. Elle est encore plus violente, abjecte et tordue que ce que votre instinct vous avait poussée à entrevoir. Le pantalon de Maggie a disparu et ses petites jambes frêles sont recouvertes de sang. Sa culotte n'est plus là non plus et son t-shirt déchiré révèle un bleu en forme de main sur sa clavicule. Il ne peut pas être récent, il est sur le point de disparaître. Comment avez-vous pu le rater ? Comment avez-vous pu laisser passer ça ?

Les lèvres de Maggie tremblent et elle serre si fort ses poings que ses phalanges en deviennent blanches.

— Tu es en colère ? sanglote-t-elle.

Cela fait presque une minute que vous vous êtes figée. Vous tombez à genoux devant elle et la prenez dans vos bras pour la rassurer. La tiédeur de sa peau contre votre joue, la chaleur de son sang vous réveille. Elle ne sent pas Maggie. Elle ne sent pas le shampoing à la pomme et la crème Nivea. Elle sent le sang. Le sang et le sperme.

— Oh non, *darling* ! Je suis en colère contre celui qui t'a fait ça. C'est pas de l'amour, ça ! C'est pas de l'amour, tu m'entends ? Quand on aime, on ne fait pas de mal ! Quand on aime, on ne fait que du bien, on veut que l'autre soit heureux, qu'il soit bien ! C'est pas de l'amour, ça !

Vos mots vous frappent au moment où ils sortent de votre bouche. Ils craquellent l'armure de verre que vous vous êtes forgée toutes ces années. Celle qui vous empêchait d'agir. Celle qui vous a fait croire que vous étiez responsable, que vous le méritiez et que vous deviez vous soumettre. Elle se fissure et part en morceaux à mesure que vous prenez conscience de tout ce que cela implique.

— Maggie ? Est-ce que tu as vraiment eu tes règles ? Comme les dames ont ?

Maggie baisse les yeux et se met à pleurer.

— J'ai saigné et ça a fait mal comme toi.

Non. Elle n'a jamais eu de règles précoces. Elle vous a demandé des serviettes parce que Celynen l'a violée et qu'elle a voulu le cacher. Elle aussi avait honte. Elle a pris exemple sur vous, elle a cru que c'était normal.

Vous avez permis ça.

Vous avez appris à votre enfant que la violence était normale et qu'il fallait se soumettre.

C'est votre faute.

Votre faute.

Votre faute.

— Je vais m'occuper de toi, *darling*, d'accord ? Je vais m'occuper de toi, je te le promets. Je ne laisserai plus personne te faire du mal.

Vous lui enlevez le reste de ses vêtements et allumez l'eau chaude. Vous entrez avec elle sous la douche, encore habillée, et rincez le sang sur son petit corps délicat avec un gant, doucement, très doucement. Elle n'arrête pas de sangloter et vous réalisez enfin que vous aussi, vous êtes en train de pleurer.

Votre faute.

— Je suis là, mon amour. Je serai toujours là. Plus personne ne te fera de mal, promis, d'accord ? Maman te protégera.

Tandis que vous essuyez ses bras, ses jambes, ses joues, ses cheveux, vous commencez à lui chanter sa chanson.

— *Close your eyes. Have no fear. The monster's gone. He's on the run and your mummy's here. Beautiful, beautiful, beautiful, beautiful girl. Beautiful, beautiful, beautiful, beautiful girl. Before you go to sleep, say a little prayer. Every day in every way, it's getting better and better. Beautiful, beautiful, beautiful, beautiful girl. Beautiful, beautiful, beautiful, beautiful girl.*

Elle grimace et tremble, et il vous faut user de toute la maîtrise de votre corps pour ne pas vous mettre à hurler ou à vomir. Vous vous retenez d'une main contre le carrelage glacial de la douche et lui adressez un sourire rassurant.

— Tu me laisses regarder ? Je vais te soigner.

Elle vous croit, elle vous fait encore confiance. Vous vous dégoûtez. Cela fait des semaines, non, des mois que vous sentiez que quelque chose ne tournait pas rond. Vous ne vouliez pas le voir, mais vous le saviez. Aujourd'hui, vous ne pouvez plus fermer les yeux.

Vous finissez de rincer Maggie et lui apportez un pyjama, une culotte et une serviette hygiénique.

— Tu sais comment la mettre, n'est-ce pas ?

Elle hoche la tête.

Vous devez vous dépêcher.

Vous devez faire en sorte qu'il ne lui fera plus jamais de mal.

Il doit payer.

Vous ramenez Maggie à sa chambre et changez les draps. Vous roulez les anciens en boule sous le petit lit. À vos côtés, Maggie reste silencieuse et immobile.

— J'ai faim, murmure Judith depuis le fond de son lit.

Vous tournez la tête vers elle. A-t-elle vu ? Elle est dans la chambre à côté des draps ensanglantés.

Vous ne pensiez pas pouvoir ressentir une nouvelle bouffée de rage si fort et si vite.

Pourtant, elle vous traverse. Vous devez faire quelque chose. Vous avez envie de le détruire. À vrai dire, vous n'en avez pas vraiment envie, ce n'est pas de l'envie, c'est de la survie.

Vous mettez Maggie au lit et la bordez, les doigts tremblants.

— Je vais m'assurer que tout se passe bien, d'accord ?

Vous tournez la tête vers Judith.

— *Darling*. Tu vas fermer la porte derrière moi. À clef, d'accord ? Tu n'ouvres à personne, sauf à maman. Tu n'ouvres pas à papa. Juste à maman, d'accord ? D'accord, Judith ?

— Pourquoi je dois pas ouvrir à papa ? J'ai faim, moi. Quand est-ce qu'on mange ?

— Je te ferai ce que tu voudras à manger après, d'accord ?

— Mardonalde ?

— Oui. On ira au McDo. D'accord ? Tu fais ce que je te dis, OK ?

— Oui.

— À qui tu ouvres la porte ?

— À toi.

— À qui tu n'ouvres pas la porte ?

— Mais...

— C'est important, Judith... C'est... C'est un jeu, d'accord ?

Vous regardez Maggie. Elle s'est retournée contre le mur en position fœtale. Votre bébé. Votre merveilleux bébé. *Your beautiful girl*.

Vous vous concentrez de nouveau sur Judith.

— Tu comprends, Judith ? Si tu fais ce que je dis, on ira au McDo, d'accord ?

Judith soupire. Elle n'a jamais su patienter en ayant faim.

— À qui tu ouvres, Judith ?

— À toi.

— À qui tu n'ouvres pas ?

— À papa.

— Même s'il te promet tout ce que tu veux ! C'est important.

Vous guettez d'une oreille que Celynen ne monte pas, puis vous vous rappelez qu'il se saoule devant son match.

— Mais s'il me dit qu'on va au mardo ?

Vous soupirez. Vous devez faire vite.

— Tu n'ouvres pas ! C'est important. C'est pour Maggie. Elle est malade et il n'y a que maman qui peut la soigner.

— Mais je croyais que c'était un jeu, moi. Pourquoi elle est malade, Maggie ? Je vais tomber malade, moi aussi ?

Judith ne comprend pas, vous l'avez perdue. Elle n'y arrivera pas.

Maggie s'est assise sur son lit. Elle tient sa peluche préférée contre son cœur, le petit dinosaure rouge.

— Je vais fermer la porte, annonce-t-elle.

Votre brave petite fille. Si brave.

Vous l'aidez à se relever et vous l'accompagnez jusqu'à la porte avant de sortir dans le couloir.

Après quelques secondes, le verrou clique enfin. Vous posez une main sur la porte et laissez vos doigts glisser sur le bois blanc tandis que vous vous tournez vers l'escalier.

Vous lui aviez pardonné ce qu'il vous avait fait. Les viols répétés, les coups, les insultes et les humiliations. Vous étiez prête à tout supporter pour les filles. Votre naïveté et votre stupidité viennent de coûter l'innocence de votre enfant.

Vous descendez les marches de l'escalier étrangement sereine. Le voile qui s'était abattu progressivement sur vous depuis des années vient de disparaître et avec lui ce qu'il vous restait d'humanité.

La télévision diffuse le son d'un match de foot, et les cris des commentateurs enflammés s'élèvent dans tout le salon. Arrivée aux dernières marches, vous observez, sans ciller, la tête de Celynen dépasser du canapé.

Il ne vous voit pas. Il ne fait attention à rien. Il est hypnotisé par la télévision.

Vous avancez d'un pas lent vers la cuisine. Votre cœur bat si fort contre votre gorge que vous en avez du mal à respirer. Vous n'avez pas peur, non, vous avez hâte, hâte que tout soit fini. Votre main tremble. La rage vous dévore. Elle vous transforme. Vous n'êtes plus Karen. Vous êtes la mère de Maggie, la mère de Judith.

Vous ouvrez le tiroir.

Enfin, vous avancez vers le salon, les bras dans le dos et le manche du couteau à rôti fermement serré dans votre main droite.

Celynen ne vous voit pas au début. Il vous devine et vous tend sa bière vide.

— Va falloir en racheter !

N'a-t-il donc aucune conscience de ce qu'il vient de faire ? Si remords vous aviez, bien cachés au fond de vous, ils s'envolent à cet instant précis.

Agacé de votre silence, Celynen tourne la tête vers vous. Votre regard le transperce et le met à nu.

Il comprend que vous savez.

Son expression change. Il déglutit et recule dans le canapé.

— *Darling* !

Vous êtes recouverte du sang de Maggie et trempée jusqu'à l'os. À en croire l'expression de Celynen, vous êtes terrifiante.

— *Darling* ! Qu'est-ce qui se passe ?

Il radoucit sa voix, il vous appelle « *darling* ». Le salop. Vous allez le poignarder jusqu'à ce que plus aucune goutte de sang ne sorte de son corps maléfique. Vous allez le détruire, et lorsqu'il ne restera plus rien de lui, vous l'oublierez. C'est là le plus grand affront que vous pouvez lui faire. Le plonger dans l'oubli et le néant.

— Pourquoi ?

Il ne vous répond pas. Il se lève et essaie de voir ce qui se passe dans votre dos.

— POURQUOI ? hurlez-vous.

Un sourire sadique s'étire sur ses lèvres.

— Qu'est-ce que tu crois, Karen ?

Vous vous attendiez à tout, mais pas à ça.

Dans un geste vif, mais tremblant, vous dégainez votre arme et la lancez sur Celynen. Vous l'entaillez au ventre et il recule en étouffant un cri. Il titube et tombe assis sur le tapis. Il se relève en prenant appui sur le canapé, une main sur son ventre. Vous attaquez à nouveau, mais il attrape votre poignet de sa main libre. Vos yeux sont plantés dans les siens et vous priez pour qu'il meure d'une intervention divine à cet instant précis. Cependant, rien ne se passe. Vous tentez de vous débattre encore et lancez votre pied dans son tibia. Il ne bouge pas, c'est comme frapper dans un mur. Il serre et serre encore votre poignet et vous force à tomber à genoux. Il vous domine de toute sa hauteur. Vous vous êtes servie à lui sur un plateau.

Il lève sa main ensanglantée devant son visage et ricane. Vous essayez de vous dégager, vous le giflez de votre main libre. Vous n'arrivez pas à l'atteindre. Vous tentez même de le mordre, mais rien n'y fait. Il vous gifle et vous gifle encore. Vous tombez tête la première contre la table basse. Quelque chose résonne dans votre tête et votre vision se brouille. Vous avez l'habitude des coups, mais celui-là est différent. Vous perdez tous vos repères. Vous ne savez plus dans quel sens vous êtes, où est le plafond, où est le sol, si vous êtes allongée, debout ou bien assise. Quelque chose siffle.

Celynen profite de votre étourdissement pour vous attraper par les épaules et vous plaquer au sol. Il vous frappe au visage. Une fois. Deux fois. Une de vos dents se déchausse et du sang s'écoule dans votre gorge. Vous fermez les yeux, prête à renoncer, quand la vision du sexe déchiré de Maggie vous pousse à vous battre.

Vous vous débattez, vous donnez des coups de pied, des coups de bras, et même un coup de tête. Vous hurlez pour appeler au secours. Vous tentez de vous libérer. Pour Maggie, pour Judith. Pour vous.

Celynen s'appuie sur vous de tout son poids et plaque la paume de sa main sur votre bouche.

— Tout ça, Karen, c'est ta faute ! Tu t'es bien foutue de ma gueule avec ton joli petit cul et ta chatte étroite quand on était gosses ! Mais tout ça, c'était du vent ! Regarde-toi avec tes seins tombants et ta chatte dilatée, même pas capable de me faire jouir ! Regarde ce que t'es devenue ! C'est pas faute d'avoir essayé avec toi ! D'avoir tout fait pour te transformer ! J'ai cru pouvoir faire de toi une vraie femme !

Il vous attrape par le menton et vous sourit. Vous tressaillez de toutes les parcelles de votre corps. Il est fou !

— Je me suis trompé. Je l'avoue. J'ai cru que tu serais ma Galatée alors qu'en fait tu étais mon Aphrodite. Tu as donné vie à ma Galatée. C'est mon enfant, j'en fais ce que je veux, tu comprends ?

— Non...

— Si, Karen, si ! C'est ma fille, sans moi elle n'existerait pas. Je l'ai créée, j'en fais ce que je veux. Elle est bien plus heureuse avec moi qu'avec une mère hideuse et dépressive. Si seulement tu pouvais voir à quel point tu fais pitié, Karen...

Il pose sa main sur votre gorge jusqu'à bloquer votre respiration et vous tentez de le supplier.

— Non... Non...

Des points blancs dansent devant vos yeux, et dans votre esprit se ravive l'image de Maggie en sang.

Dans un dernier élan de force, vous plantez vos ongles dans la peau de son bras et levez votre jambe pour vous défaire de son emprise. La prise de sa main libère votre gorge assez longtemps pour que vous arriviez à inspirer une grande bouffée d'air. Elle vous brûle la gorge et un râle s'échappe de votre bouche.

— Espèce de salope !

Il vous gifle à nouveau et votre tête s'écrase sur le carrelage.

— Celynen, soupirez-vous, laisse-la... par pitié...

Cette fois, ce sont ses deux mains qu'il plaque sur votre gorge. Le poids de son corps vous empêche de bouger.

Quelque chose se brise dans votre poitrine.

— Non...

Vous posez vos mains sur les siennes, persuadée que vous pouvez encore vous délivrer, mais vos forces diminuent, et au bout d'une dizaine de secondes seulement, vos doigts lâchent.

C'est son visage déformé par la haine et la folie que vous voyez avant que votre vision se brouille une dernière fois et que l'obscurité se fasse.

20
20 AVRIL 2019

Vos yeux s'habituent progressivement à l'obscurité. Vous avancez vers la voiture garée devant la maison, jusqu'à vous rappeler que vous n'avez pas les clefs. En penchant la tête vers les roues, vous constatez que cela n'aurait servi à rien ; il a crevé les pneus.

Les oies sont étrangement silencieuses et vous remarquez enfin qu'elles n'ont pas fait de bruit depuis longtemps.

Vous marchez sur quelque chose. Vous baissez la tête. C'est la queue de SaChat. Son corps décapité gît sur le gravier et une auréole sombre se dessine sous lui. Vous relevez vite la tête de cette vision d'horreur et vous vous forcez à l'ignorer.

Autour de vous, il n'y a aucun mouvement, aucun bruit.

Où est-il ?

Que fait-il ?

Pourquoi n'est-il pas là à vous attendre ? À vous attaquer ?

Disait-il la vérité quand il affirmait qu'il ne vous ferait pas de mal à vous ?

Vous avancez prudemment jusqu'à l'enclos des oies. Vous n'avez pas besoin de beaucoup vous approcher pour constater qu'il les a toutes tuées. Elles gisent dans la mare de leur propre sang.

Vous ravalez un cri et faites demi-tour, la poitrine oppressée et la gorge serrée.

Vous entendez des bruits en provenance de la maison. Quelque chose s'est brisé au sol. Un vase ? Un verre ? Une assiette ?

Vous retournez à la porte et posez vos deux mains dessus.

— Qu'est-ce qui se passe ?

Il n'est pas là, dehors avec vous. Et s'il était entré ? Mais comment ? Par où ?

Dos à la porte, vous regardez tout autour de vous. Où est-il ? Le jardin est désert, il n'y a aucun signe de sa présence. Vous ne l'avez pourtant pas rêvé, vous n'avez pas fait une hystérie collective, les cadavres de SaChat et des oies sont là pour en témoigner.

Vous décidez de faire le tour de la maison. Arrivée sur la terrasse et malgré l'obscurité, vous ne voyez rien d'étrange. Les chaises sont à leur place, la table aussi. Il n'y a rien sur le petit ponton. Vous êtes seule. Tout est normal, comme si rien ne s'était passé.

Vous vous tournez vers la forêt derrière laquelle se trouve la maison de Paul et de Marion. Est-il allé là-bas ? Est-il allé attaquer Paul pour l'empêcher d'appeler du secours et de nous sauver ?

Vos yeux dérivent comme toujours sur la pointe d'arbres qui protègent Maggie. C'est pour ça que vous n'avez pas pu partir après. Vous ne pouviez pas la laisser et vous ne pouviez certainement pas l'emporter avec vous.

Hugo aboie à l'intérieur de la maison. Que se passe-t-il ? Il aboie encore. Et encore.

Vous frappez aux volets électriques de la baie vitrée. Elles doivent vous ouvrir. Vous seule avez assez de force pour les sauver. Vous seule savez ce qu'il faut faire pour tuer cet homme. Si jamais. Et ici, dehors, vous n'avez aucune arme qui vous permettra de vous défendre.

Vous frappez de nouveau aux volets.

— Laissez-moi entrer ! Il est parti ! Laisse-moi entrer, Marion ! JUDITH !

Toujours aucune réponse. Vous regardez tout autour de vous. La faible maigreur de la lune se reflète sur le lac et quelque chose saute hors de l'eau.

Vous avisez la chaise en bois à côté de la table en fer forgé. Vous pourriez briser un des pieds et vous en servir comme arme, mais cela ferait beaucoup trop de bruit. De plus, vous ne savez pas si vous en avez la force.

Vous posez une main sur la vigne, désespérée.

Le déclic du volet vous redonne de l'espoir. Vous vous tournez et posez vos deux mains dessus. Vous le sentez monter sous vos doigts et entendez quelqu'un ouvrir la porte-fenêtre à l'intérieur. Vous vous accroupissez, prête à passer et à vous réfugier à l'intérieur dès que vous aurez assez de place.

Vous regardez une dernière fois vers la forêt et le voyez enfin. Il vous fixe au loin, la main posée sur une pelle, une silhouette sombre seulement éclairée par sa propre lampe torche. Vous hésitez à rentrer à présent. Il va déranger Maggie. Vous vous relevez et l'observez. Vous n'avez pas peur. Vous cherchez juste à comprendre ce qu'il veut. Pourquoi vous regarde-t-il ? Pourquoi veut-il déranger Maggie ? Elle est si paisible là où elle est.

— *Mum !*

Judith vous appelle en criant depuis l'intérieur de la maison.

Vous êtes torturée. Vous ne pouvez pas le laisser faire, mais vous ne pouvez pas laisser Judith non plus. Que vous veut-il à la fin ? Comment vous connaît-il si bien ?

— *Mum !*

Vous faites un pas en arrière.

— *MUM !*

Vous faites demi-tour, rampez sous le volet et entrez dans la maison.

Judith active la fermeture du rideau tandis que vous vous relevez.

— Où est Marion ? lâchez-vous. Qu'est-ce qui s'est passé ?

— Oh, je suis désolée, Karen ! Pardonne-moi !

Marion vous tend votre arme. Vous la saisissez et reculez de plusieurs pas. Au sol, le vase que vous avez rapporté d'Espagne deux ans auparavant gît brisé, et les tulipes qu'il contenait ont été piétinées.

— Tu es complètement folle !

Marion tombe à genoux et plonge son visage entre ses mains. Judith pose une main sur votre bras.

— Je pense qu'il faudrait l'attacher encore.

Vous regardez son innocence s'étioler et votre cœur se serre.

— Va chercher la corde.

Elle se dirige vers la cuisine et vous vérifiez votre arme.

— On n'a pas le choix, Marion, lui dites-vous sans la regarder, c'est soit on t'attache, soit on te met dehors.

— Attache-moi ! Oui, je t'en prie ! Je deviens folle ! Je sais que je deviens folle ! Je... Je ne sais pas quoi faire ! Il a Paul ! Je suis sûre qu'il est avec Paul et qu'il essaie de... Oh, mon Dieu, pourquoi nous ?

— Non. Il est à l'orée de la forêt.

— Quoi ?

Judith arrive et vous rangez votre arme à la ceinture de votre pantalon.

Vous aidez Marion à se redresser et lui tenez fermement le bras. Vous allez l'attacher au pilier qui sépare la cuisine du salon. Judith a l'air éteinte, son visage ne témoigne d'aucune émotion.

— Qu'est-ce qu'il fait à la forêt ? demande Judith en se relevant.

Vous secouez la tête. Vous ne pouvez pas lui dire.

— Je ne sais pas. Il me regardait de loin. Il n'a pas bougé, il m'a juste fixée. Comme s'il me mettait en garde.

— C'est là que tu l'as enterré ? vous questionne Marion.

Vous baissez les yeux vers elle. Vous ne répondez pas, vous vous contentez de la scruter. Elle n'est pas agressive. Ce n'est pas une accusation, simplement une demande.

— Je comprends, Karen, vraiment. Je n'ai rien dit. Ce n'était pas un homme bien, Celynen. Tout le monde le savait ! Il n'arrêtait pas de dire des horreurs sur toi à qui voulait l'entendre. Que tu étais folle et qu'il allait te faire enfermer. Que tu ne savais pas t'occuper des filles, mais qu'il ne voulait pas les priver de leur mère. On voyait tous bien que c'était lui le fou. Tout le monde a vu les marques sur ton visage. Tout le monde t'a vue boiter. Personne ne le croyait ! Personne. Et ces cicatrices sur ton visage... Oh, Karen...

Oui. Personne ne croyait Celynen à l'époque, mais cela, vous ne le saviez pas. Vous étiez persuadée que personne ne vous croirait, c'est pour cela que vous n'avez rien dit, que vous n'avez pas demandé de l'aide ni jamais appelé au secours. Ses mensonges sur la femme de Franck, le boucher, vous les avez aussi appris plus tard. Franck n'avait jamais rien dit de tel à Celynen, ils n'étaient même pas amis, ils n'avaient jamais pris d'apéro ensemble, encore moins discuté de leur vie sexuelle. Celynen vous manipulait comme une marionnette, et vous, vous gobiez toutes ses paroles. Il vous a transformée en pantin docile et obéissant. Il vous a détruite pour vous refaçonner.

Vous les avez vus, les regards pleins de compassion et de pitié quand il a disparu. Vous avez aussi vu les accusateurs et ceux qui vous félicitaient. Pour autant, aucun de ces gens-là ne savait ce qui s'était vraiment passé. Aucun, sauf Paul.

— Et qu'est-ce que vous avez fait ? crachez-vous la voix tremblante. Hein ? Alors que vous saviez soi-disant tous ? Qui a envoyé la police chez nous pour nous protéger ? Personne ! Vous saviez tous, mais personne ne nous a protégées ! J'ai perdu Maggie à cause de ça ! C'était quoi votre excuse à vous ? Vous aviez peur qu'il vienne vous cogner, vous aussi ? Ou...

— *Mum ?* vous appelle Judith, inquiète.

— Je suis tellement désolée, Karen ! sanglote Marion. Je ne savais pas comment réagir à l'époque... On ne savait pas quoi faire ! C'est pour ça que Paul venait souvent vous apporter des légumes ou des confitures, tu sais ? Il voulait vérifier comment tu allais, mais parfois tu ne répondais pas alors qu'il savait que tu étais à la maison et...

— Stop, soufflez-vous à Marion. Assez !

— Mais je n'ai rien dit, tu sais... Jamais.

Vous vous tournez et posez vos mains sur vos hanches pour reprendre votre respiration.

Marion hoche la tête et déglutit.

— Tu as tué ton mari, tu peux tuer cet homme aussi, non ?

Vous ne répondez pas à ça. Vous vous retournez et la regardez avec le reste de haine qui vous habite.

— Si tu ne te tais pas, je te bâillonne. Est-ce que tu comprends ?

Marion hoche la tête.

— Oui, mais...

— STOP !

Vous allez à la cuisine et ouvrez violemment un tiroir, au point d'en arracher la poignée que vous jetez à terre. Vous récupérez un torchon et revenez vers Marion. Vous lui passez autour de la tête et vous assurez qu'elle ne pourra plus parler avec ça dans la bouche. Vous le serrez assez fort pour lui faire comprendre qu'elle aurait dû vous écouter la première fois où vous le lui avez demandé.

Derrière vous, Judith s'est accroupie et a pris Hugo dans ses bras. Elle se balance d'avant en arrière en cherchant du réconfort dans la chaleur de son meilleur ami. Hugo, lui, lui donne un coup de langue sur la joue et efface ses larmes. Ses pattes tremblent.

Un bruit provient de la route. Vous vous rapprochez de la petite fenêtre et voyez une voiture devant le portail. Elle s'arrête et les phares s'éteignent. Quelqu'un descend et avance en tanguant vers le portillon. Vous entendez les pas dans le gravier quand il pénètre dans la cour.

— C'est Paul, rapportez-vous à voix haute sans vous en rendre compte.

À quelques mètres de vous, Marion s'agite pour se libérer de ses liens.

Vous sautez presque sur la porte et regardez par le judas. Vous ne voyez rien. L'inconnu n'est pas là. À moins que... À moins que cette forme à côté de l'enclos des oies soit... Non... Ça ne peut pas être lui, n'est-ce pas ?

Vous vous mettez sur la pointe des pieds et vous accrochez à la fenêtre brisée.

— PAUL, VA-T'EN ! C'EST DANGEREUX ! VA CHERCHER DU SECOURS !

Mais Paul ne vous écoute pas. Vous vous souvenez des paroles de Marion. Martin devait le ramener. Paul, après s'être rendu compte que quelque chose clochait, est venu ici avec sa voiture. Paul est saoul et ne vous écoutera pas.

Vous commencez à défaire le premier verrou tout en regardant par le judas et vous vous arrêtez. Cela serait bien trop dangereux d'ouvrir maintenant. Il n'est pas loin, vous le savez, et Paul, lui, n'est pas encore assez près. Vous déverrouillez tous les verrous sauf un, un de ceux qui ne peuvent pas s'ouvrir de l'extérieur, et vous guettez par le judas.

Paul avance vers la porte en chancelant. Il toque à la porte.

— Karen ?

Sa voix tremble.

— Karen ? C'est Paul, Marion a disparu et je n'arrive pas à la joindre. Est-ce que tu as entendu quelque chose ? Je n'ai pas de réseau. Je suis super inquiet.

Vous hésitez. Votre main tressaille contre le verrou. Derrière vous, Marion hurle dans son bâillon et Judith serre Hugo de plus en plus fort.

Vous êtes sur le point de tourner le verrou quand une ombre approche. Paul est projeté contre la porte et vous n'y voyez plus rien. Vous sursautez en laissant échapper un cri et faites plusieurs pas en arrière.

— *Mum ?* sanglote Judith.

Vous reculez de quelques pas et regardez tour à tour Judith et Marion. Un autre bruit sourd parvient de derrière la porte. Puis un autre. Ils se battent. Pourvu que Paul ait contacté quelqu'un avant de venir ! Pourvu qu'il ait appelé les secours !

Vous vous souvenez qu'il vient de vous dire qu'il n'avait pas de réseau. Il n'a appelé personne. Personne ne viendra vous sauver.

Marion arrive à faire glisser le torchon le long de son visage et se met à hurler.

— Mais ouvre-lui ! Il est en train de se faire tuer ! Ouvre cette putain de porte et troue-lui la peau à ce connard !

Vous attrapez votre arme à votre ceinture et vous approchez de nouveau du judas.

— Ouvre-lui ! supplie Marion.

Dehors, vous ne voyez personne. Ni Paul ni l'homme. Soudain, vous entendez quelque chose glisser contre la porte.

Vous vous retournez vers Marion et accourez vers elle. Vous posez votre arme au sol et vous empressez de la détacher. Une fois qu'elle est libérée, vous reprenez votre arme et vous penchez vers elle pour chuchoter à son oreille.

— Tu vas ouvrir la porte tandis que je braquerai l'arme devant nous, d'accord ? On fera entrer Paul et on refermera la porte, OK ?

Elle hoche la tête. Le blanc de ses yeux est strié de vaisseaux éclatés et ses narines battent vite et fort. Vous l'aidez à se relever et elle vous suit. Arrivée à la porte, elle regarde la petite flaque de sang. Elle doit s'étendre tout autant de l'autre côté.

— Judith ? Tu vas aller t'enfermer aux toilettes, OK ?

— Mais, *mum*...

— TOUT DE SUITE !

Vous l'entendez traverser en courant le salon.

Vous faites signe à Marion et elle avance ses mains vers le verrou et la poignée.

Vous vous concentrez et pointez votre arme devant vous, là où son torse devrait se trouver... s'il apparaît.

Marion déverrouille la porte et l'ouvre rapidement. Paul est allongé au sol, un couteau planté entre les côtes. Il tourne la tête vers vous, surpris et apeuré. L'homme se tient debout sur les derniers centimètres du perron. Vous le reconnaissez. Il s'agit bien de l'homme du marché. Celui qui buvait son café tout seul avec un chocolat à la cannelle devant lui. Il tient un autre couteau dont la lame recouverte de sang reflète la lumière de la lune. Il vous sourit et lève les mains à côté de sa tête. Il ne lâche pas le couteau et plusieurs gouttes coulent sur son visage.

Marion se jette sur Paul et commence à le tirer par les épaules pour le faire rentrer. Malgré tous ses efforts, Paul est bien plus lourd qu'elle. Elle l'attrape sous les aisselles et plie les genoux pour se donner plus de force.

Vous ne bougez pas. Vous passez la pulpe de votre doigt sur la détente, prête à tirer. Peut-être le devriez-vous. Vous pourriez en finir dès maintenant.

Marion finit de tirer Paul à l'intérieur avec l'aide de Judith qui est revenue. Hugo commence à s'approcher de la porte et grogne sur l'homme qui se tient à présent adossé à la poutre en bois. Il n'a pas peur. Cette assurance vous déroute, vous savez que vous devriez tirer, mais vous n'y arrivez pas. Vous n'êtes pas une meurtrière.

— Tu ne peux pas tirer, Karen. Ça ne serait pas de la légitime défense et tu en as déjà fait assez. Tu ne voudrais pas qu'on t'enlève Judith ou Maggie, si ? Tu devrais justifier pourquoi tu as une arme et pourquoi tu ne l'as pas déclarée. La police pourrait rouvrir une enquête. Franchement, je suis super surpris qu'ils n'aient jamais fouillé le petit bois. C'est la première chose à laquelle j'ai pensé. Enfin, pensé en te suivant plusieurs fois t'y rendre. C'est mignon, ces petites choses que tu as plantées sur sa tombe. Des jonquilles, c'est ça ? Et sur l'autre tombe, c'est de la vigne, n'est-ce...

Vous faites un pas en arrière et claquez la porte. Vous refermez les verrous aussi vite que vous le pouvez et reculez jusqu'à la cuisine. Vous manquez de glisser sur quelque chose. Vous baissez les yeux. Le sang de Paul.

Marion est agenouillée au sol et a posé la tête de son mari sur ses genoux. Il est faible.

— Chut, lui murmure-t-elle. Garde tes forces, mon amour. Tout va s'arranger.

Vous saisissez votre téléphone sur le buffet en espérant que le brouilleur de signal aura arrêté de faire effet, mais vous n'avez toujours aucun réseau.

Vous vous tournez vers Judith qui ne sait pas quoi faire. Elle regarde les blessures de Paul et le couteau dans son flanc. Ses doigts tremblent et elle mord sa lèvre inférieure jusqu'au sang.

En anglais, vous lui dites d'aller chercher une bassine et d'y tremper une serviette dans de l'eau brûlante.

Marion passe une main dans les cheveux de Paul et lui murmure des paroles apaisantes.

En vous approchant, vous remarquez une autre blessure au niveau de l'épaule. Vous vous accroupissez et souriez à Paul.

— On va te soigner. Je vais juste devoir couper tes vêtements.

Vous allez à la cuisine et revenez vite avec des ciseaux. Vous débarrassez Paul de son manteau grâce à l'aide de Marion et vous attelez à découper son pull et sa chemise. Vous concentrer sur Paul vous aide à ne pas penser à ce que l'homme a dit à l'instant.

— Il ne faut surtout pas enlever le couteau, cela créerait une hémorragie.

Marion fait ce que vous lui dites, docile, elle ne vous contredit pas. Elle ne vous reproche rien non plus, pourtant vous avez de quoi culpabiliser. Vous auriez pu ouvrir à Paul avant. Vous auriez aussi pu tuer cet homme, vous délivrer tous. Pourquoi ne l'avez-vous pas fait ? Pourquoi n'avez-vous pas appuyé sur cette saleté de gâchette ? Vous auriez pu aller chercher du secours, mettre Judith en sécurité, sauver Paul d'une hémorragie.

Parce que je ne suis pas une meurtrière, voilà pourquoi !

Vous êtes si farouchement accrochée à l'idée de ne pas être une meurtrière que vous avez raté une occasion peut-être unique de vous en sortir.

Judith revient avec la bassine débordante d'eau. De la vapeur s'en échappe. Elle tombe à genoux et éclabousse Paul. Il frémit et serre les dents.

— Ça va aller, Paul ! Ça va aller !

Vous plongez vos mains dans l'eau bouillante et vous vous retenez de crier. Vous essorez méticuleusement la serviette et l'avancez vers le torse de Paul pour nettoyer le sang. La peau de vos mains vous brûle, mais vous reléguez la douleur en arrière-plan. C'est fou à quel point c'est devenu un réflexe pour vous. Vous faites ça avec une facilité qui ne vous étonne même plus.

Vous vous concentrez sur la plaie à l'épaule de Paul et passez le linge délicatement dessus. Il grimace et se tend, mais vous continuez. Vous devez voir l'étendue de la blessure, voir si vous êtes en mesure de faire quelque chose.

— Oh, mon chéri, ça va aller, ça va aller.

Marion passe sa main recouverte de sang sur le visage de son mari. Ses larmes dégringolent le long de ses joues jusqu'au front de Paul.

— Je suis content que tu ailles bien, bégaye Paul, j'ai eu peur quand je suis arrivé à la maison.

— Chut... Ne dis rien, mon amour. Garde tes forces.

— Je suis venu ici parce que je savais que... que... Ah !

Vous continuez de nettoyer son torse et vous vous concentrez sur la blessure ouverte qui saigne encore. Vous devez faire un point de compression. Vous posez le linge sur la plaie.

— Marion, tu vas plaquer ta main comme ça et ton autre main par-dessus.

Vous lui montrez comment faire : la main droite à plat sur la plaie et la gauche par-dessus. Elle vous écoute.

— Bien. Et maintenant, tu appuies. Pas trop. Oui... voilà. Je crois que là, c'est bien.

— D'accord. D'accord. Tu vois, Paul, tout va bien se passer. On va survivre, hein ?

Paul sourit tristement sous son masque de douleur. Vous vous en voulez encore plus.

— Si tu survis, continue Marion, on fera tout ce que tu voudras ! On partira en vacances en Bretagne rendre visite à ta mère, ou bien en Allemagne visiter les châteaux ! On fera vraiment tout ce que tu voudras. On fera un enfant ! Promis ! D'accord ? Tu as toujours voulu un enfant, hein ? Eh bien, voilà ! Je ferai tout ce que tu veux, mais il faut que tu tiennes le coup, parce que je ne pourrai pas le faire sans toi, tu sais !

— Je ne sais pas si je suis prêt à souffrir d'être père.

Son regard glisse jusqu'à vous.

Avec beaucoup de délicatesse, vous vérifiez que la plaie sur son flanc n'est pas en train de saigner. La lame empêche le sang de s'écouler vers l'extérieur et vous espérez qu'il ne fera pas une hémorragie interne.

— Si tu manques de force, Marion, dis-le-moi, OK ? Il ne faut pas relâcher la pression. Je te remplacerai s'il le faut.

— Ça va aller. Je peux faire ça. Je peux faire ça pour lui.

Elle vous étonne. La perspective de perdre Paul, son mari, le centre de sa vie, la transforme. Elle est plus calme, pas plus réfléchie, mais plus calme, elle a arrêté de crier et de menacer. Elle ne pense plus à l'homme dehors, seulement à Paul.

Il est tout ce qu'elle a. Vous regardez Judith, elle est tout ce que vous avez.

— Comment tu sais faire tout ça, *mum* ?

— J'ai pris des cours de premiers secours, lui expliquez-vous.

— Quand ?

Vous inspirez. Elle sait quand.

— Après Maggie.

— Elle est morte, c'est ça ? C'est de ça qu'il parlait, n'est-ce pas ?

Un flot de larmes vous monte aux yeux. Vous ne pensiez plus être capable de pleurer.

— *Darling...*

— Tu ne réponds pas !

— Je... Je...

Une main se pose sur votre poignet. Vous tournez la tête vers Paul.

— J'ai soif, dit-il.

Vous ne savez pas si vous pouvez lui donner à boire, mais vous comprenez que Paul tente de distraire Judith. Vous partez lui chercher un verre d'eau.

Alors que vous remplissez le verre au robinet, une pensée ne vous quitte plus.

Que s'est-il passé pendant que vous étiez dehors ? Qu'est-il arrivé entre Marion et Judith ?

— **Marion ?**

Vous sursautez et laissez glisser le verre de votre main. Il s'écrase sur le sol et les morceaux de verre s'éparpillent sur tout le sol de la cuisine.

Marion tourne la tête vers vous.

— Continue d'appuyer, lui ordonnez-vous en revenant dans l'entrée.

Elle vous obéit. Judith ne vous regarde pas, ses yeux ne quittent plus la porte d'entrée.

— **Marion ? Tu vois ce qui se passe quand tu ne m'écoutes pas ?**

Vous vous asseyez à côté de Paul et vous vous penchez vers lui.

— Est-ce que tu as pu appeler quelqu'un ? Est-ce que quelqu'un sait qu'il est ici ? Que tu es ici ? Qu'on est en danger ?

Il secoue la tête tandis qu'une larme coule le long de sa joue.

— Je ne me sens pas très bien.

Vous lui souriez comme vous souriiez à Maggie et à Judith lorsqu'elles étaient malades enfants.

— Ça va aller. Tout va bien se passer.

— **Allez, Marion ! Viens !**

— Mais qu'est-ce que je vous ai fait à la fin ?! hurle Marion. Pourquoi moi ?

Ses mains tremblent sur l'épaule de Paul et vous la poussez pour prendre le relais. Il ne faut pas arrêter la compression.

Hugo grogne de nouveau devant la porte.

— **Oh, ne joue pas à la petite menteuse ! Ça te va si mal ! Tu ne leur as pas dit ? Tu ne leur as pas raconté pour nous ?**

— Il n'y a rien à raconter !

— **Tss tss tss ! Allez, reviens, Marion. On finira ce qu'on a commencé. Je ne te ferai pas souffrir, promis, et je laisserai les autres tranquilles. Je laisserai Paul tranquille.**

— Vous mentez !

— **Non, je ne mens pas. Je ne suis pas un saint, c'est vrai, mais non, je ne mens pas. Si tu viens maintenant, tout se passera bien pour les autres.**

Marion regarde Paul et passe le dos de sa main sur sa joue. Il pâlit à vue d'œil. Il a besoin de soins.

Oh, vous auriez dû tuer cet homme quand vous en aviez l'occasion !

— N'y va pas, gémit Paul. N'y va pas.

Marion hésite et ses yeux passent de la porte à Paul. Elle se lève, effrayée.

— Non ! lancez-vous. Il ment. Il ne nous laissera jamais. Il cherche à nous manipuler depuis le début, il sait ce qu'il fait. Ne le crois pas ! Il a tout prévu, tu comprends, Marion ? Tu as bien entendu tout à l'heure, il connaît mon prénom et celui de Judith. Il ne t'a pas laissée partir par hasard.

Marion pleure sans bruit. Dans vos bras, Paul est maintenant inconscient. Vous essayez toutes les deux de le réveiller, mais il est déjà ailleurs. Marion prend son pouls, il est très faible, mais son cœur bat encore.

Vous devez trouver un moyen de le sortir de là. Vous devez distraire l'homme dehors et rejoindre la voiture de Paul. Sans Paul, vous auriez perdu Judith aussi, vous lui devez bien ça.

— Marion, remplace-moi !

Marion repose ses mains sur la blessure de Paul et vous regarde vous agiter et fouiller les poches de Paul.

— Qu'est-ce que tu fais ? demande Marion, presque sans vie.

— Je cherche les clefs de la voiture. Il faut qu'on l'emmène à l'hôpital.

— Mais... et ta voiture ?

— Il a crevé les pneus.

Marion secoue la tête.

— Il ne nous laissera jamais passer.

— On a une arme.

— Et il est cinglé.

— Les balles traversent les cinglés, pas l'inverse !

— Alors, pourquoi on n'est pas sorties plus tôt ? Si on a cette arme, pourquoi on ne s'est pas échappées avant ?

— Parce qu'on était en sécurité tant qu'on ne sortait pas, là...

Vous regardez Judith et votre gorge se serre. Pouvez-vous vraiment prendre le risque ? Oui, vous avez une arme à feu, mais qu'est-ce qui vous assure qu'il n'en a pas une, lui aussi ?

Vous lisez la peur dans ses yeux.

Vous continuez de chercher les clefs en espérant ne pas les trouver. Vous ne pouvez pas abandonner Paul, mais vous ne pouvez certainement pas lui sacrifier Judith.

— Je ne les trouve pas, ragez-vous.

— Il les laisse souvent sur le contact...

Vous secouez la tête. C'est trop risqué. Le temps que vous arriviez, il aura peut-être crevé les pneus ou volé les clefs. Comment savoir ? Comment prendre le risque ?

— Maman ? On ne peut pas le laisser mourir...

Non, vous ne voulez pas, mais vous n'avez pas le choix.

— Si... Si on n'a pas de véhicule... on ne pourra rien faire.

— Et si quelqu'un part à vélo ?

— À vélo ? bredouille Marion. Mais il est venu en camionnette ! Il nous rattraperait en quelques minutes !

— Elle a raison, comprenez-vous. Même si l'une d'entre nous prenait de l'avance, il nous... Mais attends...

Vous braquez vos yeux dans ceux de Marion.

— Comment est-ce que tu sais qu'il a une camionnette ?

Ses épaules se mettent à trembler et ses lèvres s'ouvrent et se ferment à plusieurs reprises.

— Il... Elle... Elle était devant la maison... C'était forcément la sienne.

— Marion !

— Je... Je te jure !

— Et tu n'as pas vu une camionnette approcher de ta maison ? Tu aurais entendu le portail, non ?

— Mais je sais pas, non, non, je n'ai rien vu.

— Marion !

Ses épaules tremblent si fort que Judith reprend la compression. Elle lui jette un regard inquiet et suspicieux. Le vôtre ne l'est plus, il est accusateur. Il n'a pas menti lorsqu'il a parlé de leur histoire.

— Marion, est-ce que tu as invité cet homme chez toi ?

Vous avez entendu des rumeurs, bien sûr, selon lesquelles Marion prendrait des amants de passage. Vous vous demandiez si c'était vrai et si Paul était au courant. Cet homme n'est pas d'ici...

— Marion !

Elle ne vous répond pas et ferme les yeux. Elle prend une grande inspiration et hoche la tête.

— Mais pourquoi tu ne nous l'as pas dit plus tôt ?

Un sanglot la traverse et elle vous apparaît dans toute sa laideur.

— Parce que je ne voulais pas que vous me jugiez !

Vous en savez beaucoup sur le jugement et sur le regard des autres.

— Si on avait su pourquoi et comment il était arrivé ici, on aurait peut-être, peut-être...

— Mais peut-être quoi ? Ça n'aurait rien changé ! Il serait quand même venu me chercher ici et il aurait quand même attaqué Paul. Et je ne l'ai pas invité chez moi... Enfin... Il m'a raccompagnée, c'est tout.

— Il t'a raccompagnée ?

— Oui ! Il m'a raccompagnée et il est reparti. On s'est vus en ville et il ne s'est rien passé, je te le jure ! J'ai bien compris qu'il ne voulait pas. C'est après, après m'avoir déposée, il est revenu en disant que sa camionnette était tombée en panne quelques kilomètres plus loin. Il n'avait pas de réseau sur la route.

Vous saisissez.

— Et tu l'as fait entrer pour appeler une dépanneuse...

Marion baisse la tête.

— Je ne savais pas.

Vous soupirez et vous vous levez pour faire les cent pas. Hugo vous suit et s'assied quand vous commencez à lui donner le tournis.

— Tu ne pouvais pas savoir.

— *Mum !*

Vous vous tournez vers Judith qui appuie toujours sur la blessure de Paul.

— Qu'est-ce qu'on fait ?

Vous vous approchez de Paul et prenez son pouls. Il est faible, trop faible.

— Je... Je ne sais pas. Il mourra si on ne le soigne pas.

— Alors, soigne-le ! hurle Marion.

— Je ne peux pas !

— **Je suis patient, mais j'ai mes propres limites. Je vous entends... Marion, si tu ne veux pas que Paul**

meure, tu dois venir avec moi. On retournera chez toi et Karen pourra aller chercher du secours. Je n'ai pas crevé les pneus de la voiture de Paul. On aura tout juste le temps de faire notre petite affaire. Je repartirai avant que Karen revienne avec les secours.

Marion se tourne vers vous puis se dirige vers la porte.

— Il ment ! hurlez-vous.

Vous vous jetez sur elle pour la retenir.

— C'est ma faute ! Je ne peux pas le laisser mourir pour mes fautes !

— Mais qu'est-ce que tu racontes ? Ce type, c'est... Tu ne l'as pas cherché ! Tu n'es pas responsable, d'accord ? Il s'est joué de toi. Il t'a manipulée !

Comme Celynen vous a manipulée.

Elle se penche vers vous et attrape votre arme à votre ceinture. Vous essayez de la reprendre, mais Marion recule et vous menace avec.

— C'est pas toi la cheffe, Karen ! C'est pas à toi de dire ce qu'il faut faire !

— Rends-moi cette arme, Marion ! Tu vas... Non !

Elle se rapproche de vous et vient vous chuchoter à l'oreille.

— Je vais ouvrir la porte et tu vas lui tirer dessus, d'accord ?

Elle cherche à leurrer votre agresseur.

Elle vous rend l'arme et commence à défaire les verrous. Elle pose sa main sur la poignée et vous regarde les yeux écarquillés de terreur.

— Ça va aller, chuchotez-vous. Ça va aller.

Elle hoche la tête et déglutit bruyamment. Elle prend une grande inspiration et appuie sur la poignée.

En un bond, vous vous décalez derrière elle tandis que Marion se jette contre le mur. Vous avez ôté la sûreté de l'arme et vous visez droit devant vous, là où il devrait se trouver.

Une fois de plus, il n'y a personne.

21
13 MARS 2009

Trente minutes plus tard

Quand vous ouvrez les yeux, Celynen n'est plus là. Il fait noir. Vous êtes soulagée, ce n'était qu'un cauchemar.

Votre visage est engourdi et douloureux, et une migraine lancinante bat dans votre tête.

Votre gorge aussi vous fait mal, comme si une très mauvaise angine l'avait écrasée de l'intérieur.

Vous n'êtes pas dans votre lit, vous êtes allongée sur quelque chose de dur. Le sol du salon, comme dans votre rêve. Le goût de sang dans votre bouche vous ramène à la réalité. Vous passez votre langue contre vos dents. Il vous en manque une.

Ce n'était pas un cauchemar.

Vous vous relevez sur vos avant-bras et regardez tout autour de vous. Le couteau dont vous vous êtes servie pour attaquer Celynen gît sur le sol, un filet de sang sur la lame. Malgré l'obscurité, vous ne pouvez pas le manquer.

Maggie.

Vous regardez partout. Aucun signe de Celynen. La maison est silencieuse et plongée dans le noir. Depuis combien de temps êtes-vous dans les vapes ?

Judith.

Où est-il ?

Les filles !

Votre corps est transi de froid, vos orteils sont gelés et vous n'arrivez pas à les bouger. Votre visage boursouflé est douloureux, votre œil gauche est presque fermé tant il est enflé.

Vous relever est éprouvant, mais vous y parvenez. Vous saisissez le couteau au passage.

Maggie.

Vous courez en boitant vers l'escalier. Vous montez les marches en ignorant votre corps et ses suppliques de repos. Un vertige vous fait chanceler, mais vous vous retenez de toutes vos forces. Tant que vous êtes debout, vous pouvez avancer. Vous essayez de tendre la tête pour regarder par la fenêtre de l'entrée si la voiture est toujours là, mais vous êtes trop loin et il fait trop noir dehors.

Vous reprenez votre ascension. Vous devez retrouver vos filles.

Un pied après l'autre, vous gravissez les marches, silencieuse et déterminée.

Enfin, vous êtes en haut et vous passez dans le couloir sombre. Vous vous arrêtez. La lumière des veilleuses des filles éclaire le couloir par la porte ouverte.

La porte ouverte.

Il l'a forcée.

Vos pieds accélèrent alors que votre esprit vous conjure de ne plus avancer, de rester en arrière, de ne pas regarder à l'intérieur. Vous vous agrippez au cadre de la porte pour ne pas vous effondrer.

Judith est assise sur son lit et pleure. Elle lève la tête vers vous, les lèvres tremblantes.

— C'est pas moi qui ai ouvert, je te jure !

Votre main glisse et vous vous écroulez au sol. Judith se redresse et s'approche de vous. Si elle voit le couteau dans votre main, elle ne dit rien.

— C'est Maggie. Je te jure, maman.

— Pourquoi elle a ouvert, Maggie ?

— Papa, il a dit que si elle ouvrait pas, il jouerait avec moi à la place. Il a dit qu'il m'aimerait plus qu'elle. Pourquoi il veut pas jouer avec moi, maman ? Pourquoi il aime plus Maggie ? Et toi ? Qu'est-ce que t'as au visage ? C'est pour un costume ?

Votre cœur vacille dans votre poitrine.

Non !

Vous devez la retrouver.

— Ferme... Ferme la porte et n'ouvre qu'à moi, d'accord ? Promets-le-moi, mon ange.

— Pourquoi tu as encore plein de peinture sur toi ? Vous jouez à peindre ? Pourquoi, moi, je joue pas ? Vous m'aimez pas, c'est ça ? Je le sais. C'est toujours Maggie qui part jouer avec papa... Jamais moi.

Elle croit que c'est de la peinture. Vos sanglots s'échappent de votre bouche sans que vous puissiez les contenir. De petites larmes perlent à ses yeux. Elle est si triste. Elle ne sait pas à quel point elle a de la chance.

— Pourquoi tu pleures, maman ?

Vous levez une main vers elle pour tenter de la rassurer. Vous prenez plusieurs grandes respirations. Vous devez trouver Maggie.

— Tu n'ouvres qu'à moi, OK ? Sinon, je serai encore plus malheureuse, d'accord ?

— D'accord, maman.

— Je t'aime.

— J'aime pas ce jeu, on pourra jouer à autre chose après ?

— Promis, *darling*.

Lorsque vous sortez, Judith ferme le verrou à clef.

Adossée à la porte, vous soupirez et reprenez votre respiration.

Où est-il ? Où sont-ils ?

Vous regardez à droite et à gauche dans le couloir.

La porte de votre chambre est entrouverte.

Non.

Vous ne voulez pas y aller.

Vos pieds se mettent en marche automatiquement.

Vous ne pouvez pas y aller, mais il le faut.

Vous avancez lentement et resserrez votre couteau dans votre main. Cette fois, vous ne le laisserez pas vous le prendre. Vous le tuerez. Vous mourrez en le faisant s'il le faut, mais vous ne le laisserez plus jamais vous faire de mal, à vous et aux filles.

Vous êtes à un pas de votre chambre.

Peut-être a-t-il emmené Maggie à l'hôpital ? Il l'aime tellement, il sait qu'il lui a fait du mal. Ils sont forcément à l'hôpital ! Pas dans cette chambre. Tout ça n'est qu'un cauchemar après tout.

Vous passez à l'intérieur. Il fait trop sombre pour que vous y voyiez quelque chose. Vous tendez votre main vers le vieil interrupteur et appuyez dessus.

Celynen n'est pas là.

Maggie si.

Elle est allongée sur le lit, inerte, une jambe dans le vide d'où pend, à la cheville droite, son pantalon de pyjama rose. Vous guettez ses respirations sur sa poitrine nue et sanglante. Vous cherchez un mouvement sous ses paupières. Vous refusez de voir la marque sur son front.

Vous tombez devant le lit à genoux. Votre main tremblante se pose sur sa joue encore chaude.

— Noooon !

Le hurlement vous traverse de part en part comme la douleur qui ne fait plus qu'une avec chaque cellule de votre corps. Vous ne vous reconnaissez pas. Ce n'est pas vous qui hurlez.

Reprendre votre souffle est encore plus dur que d'accoucher. L'air vous brûle de l'intérieur et arrache de petites parties de vous en sortant de votre corps. Un sanglot inhumain vous échappe.

Vous lâchez le couteau et vous vous laissez tomber sur le corps de Maggie.

Là, le visage dans le sang de votre enfant, alors que vous inspirez des cellules de son être, vous vous laissez partir en hurlant. La douleur est toujours là, elle enflamme chacun de vos organes et chacune de vos cellules, votre poitrine menace d'imploser. Votre souffle se creuse au point que vous sentez vos côtes s'affaisser et tenter de se retourner sur elles-mêmes.

Quelqu'un approche de vous. Vous ne bougez pas. Qu'il en finisse ! Qu'il vous laisse partir avec votre petite fille ! Que le cauchemar s'arrête. Vous voulez qu'il vous délivre ! Qu'il soit votre bourreau et votre sauveur en même temps. Vous ne supporterez pas de ressentir cette souffrance plus longtemps. Vous levez les yeux vers la fenêtre. Peut-être pourriez-vous sauter.

Il pose sa tête contre votre épaule et se met à pleurer. Il tremble et s'accroche à vos vêtements comme à une bouée de sauvetage. Vous sentez l'odeur du sang sur lui. Comment ose-t-il pleurer ?

— Je ne voulais pas ça. Je suis tellement désolé. Pardonne-moi ! Je ne sais pas ce qui m'a pris ! Je... Oh, mon Dieu... Ma petite fille ! Qu'est-ce que j'ai fait ?

VOTRE petite fille ! C'est la vôtre ! Vous l'avez portée, vous l'avez fait naître et il vous l'a enlevée !

Vous ne pouvez plus bouger.

Les larmes se tarissent sur vos joues.

Vous ne pouvez plus bouger.

Votre respiration se pose à nouveau.

Vous n'êtes plus.

À partir de ce moment, vous n'êtes plus et vous ne serez jamais vraiment plus.

22
20 AVRIL 2019

Constatant que vous ne bougez pas, Marion passe la tête par la porte.

— Mais il est où ?

Vous ne répondez pas. Vous savez qu'il n'est pas allé loin, il doit avoir compris ce que vous fomentiez. Mais comment ? Il vous a avoué tout entendre. Et s'il voyait tout ? Il avait prévu de venir ici, il aurait pu poser des caméras et vous espionner.

Vous refermez la porte d'un coup de pied et activez les verrous avec empressement.

— *Mum* ? vous appelle Judith, toujours occupée avec Paul.

— Ça va aller, *darling*, il est parti.

Vous prenez Marion dans vos bras et imitez des sanglots avec vos épaules.

— Il entend tout et je crois qu'il voit tout, chuchotez-vous.

Marion se tend, mais vous rend votre étreinte.

— Et ?

— Et s'il a placé des caméras, elles sont forcément connectées à quelque chose. Peut-être son téléphone...

— Donc il sait tout ce qu'on fait, comprend Marion.

— Oui. Je crois que c'est pour ça qu'il est parti quand tu... quand tu m'as jetée dehors.

— Oh... Je suis tellement désolée, Karen, je...

— On s'en moque ! S'il a mis une ou plusieurs caméras, il ne les a pas connectées avec des fils, on les aurait vus.

— Donc elles sont connectées... Par... Par sans fil, quoi ?

— Oui, sans fil.

— Ça ne va pas nous aider à les retrouver, ça.

La bêtise de Marion vous afflige, mais vous ne dites rien, ce n'est pas sa faute au fond, elle n'a jamais eu à se battre pour survivre.

— Si les caméras ne sont pas connectées par fils, elles le sont par réseau, Bluetooth ou autre.

Marion ne répond pas. Elle ne comprend pas.

— Marion, il a mis un brouilleur pour couper nos téléphones et nous empêcher d'appeler à l'aide.

— Oui, mais s'il a mis des caméras, alors elles ne devraient pas marcher.

— Précisément.

— Je ne te suis pas.

— Je pense qu'il nous observe avec une ou plusieurs caméras et que quand il voit qu'on s'approche de nos téléphones, il active le brouilleur. Ou bien il n'active la caméra que lorsqu'il en a besoin. Judith aurait dû recevoir au moins une cinquantaine de messages. On est samedi soir, avec ses amis... Bref... Il ne doit pas regarder longtemps, ou... Enfin, je ne sais pas.

Vous vous embrouillez toute seule.

— Ça paraît faisable, mais comme tu dis, ta fille, c'est une ado, ils sont accros à leur téléphone à cet âge-là. Il aurait dû sonner s'il avait arrêté le brouilleur, non ?

Elle a raison. Un sentiment d'échec et de déception vous traverse et pèse alors sur vos épaules. Vous vous décollez l'une de l'autre. Le regard de Marion sur vous est presque tendre. Elle a pitié de votre espoir. Vous aussi, vous avez pitié de vous. Vous y avez vraiment cru.

Vous pensiez qu'il ne vous restait plus qu'à guetter les barres de réseau afin d'appeler au secours. Quelle folie !

Judith vous fixe, inquiète. Vous tentez de la rassurer.

— Ça va. Juste un petit coup de mou. Tout va bien se passer.

Vous lui souriez, mais vous voyez bien dans ses yeux que vous ne la trompez pas.

Marion se rapproche et s'accroupit près de Paul.

— Je vais te remplacer.

Judith hoche la tête et lui laisse sa place.

Vous vous laissez glisser contre le mur et entourez vos genoux de vos bras quelques secondes. Judith arrive vers vous, s'assied à vos côtés et pose sa tête contre votre épaule.

— Ça va, maman ? vous demande-t-elle en anglais.

— Ça va.

— Qu'est-ce que vous disiez ?

Vous la regardez. Vous ne voulez pas la décevoir, mais elle a le droit de savoir. Ce n'est plus une enfant.

Vous posez votre tête sur son épaule et chuchotez.

— Je pensais qu'il avait une caméra et que pour pouvoir voir les images, il devait couper son brouilleur. J'ai cru qu'on pourrait utiliser les téléphones à ce moment-là, mais Marion a raison. Ton téléphone aurait sonné si le réseau était revenu. Tu reçois toujours plein de messages de tes amis et toutes ces notifications aussi...

Elle hoche la tête et prend votre main entre les siennes.

— Mais tu sais, maman, aujourd'hui on peut pirater des téléphones. S'il a prévu un brouilleur et surtout s'il a prévu de le couper, il aurait aussi pu prévoir de pirater nos téléphones par Internet. S'il faut, il a mis mon téléphone en mode avion ou il a fait autre chose dessus.

Vous levez la tête vers elle. Sa main glisse vers son pantalon doucement.

— Pas maintenant, la prévenez-vous.

Elle acquiesce.

Devant vous se dresse la cuisine. Le dimanche précédent, vous y avez chargé votre téléphone de secours. Vous aviez prévu de le ramener au bureau plus tard, mais vous l'avez laissé avec son chargeur dans le tiroir fourre-tout de la cuisine.

Votre cœur recommence à battre plus vite dans votre poitrine. Un nouvel espoir naît et grandit en vous. Et si jamais cela marchait ? Si vous pouviez appeler à l'aide ? Si vous pouviez sauver Paul ? Protéger Judith ?

Vous devez faire semblant, il ne doit se douter de rien.

Alors, vous vous mordez la langue au point de sentir des larmes monter et vous retombez contre l'épaule de Judith en imitant une crise de sanglots. Elle vous serre contre elle et vous dit que tout va bien se passer.

— Ne dis rien, chuchotez-vous. Ne dis rien. Tu vas me laisser là et tu vas expliquer à Marion tout doucement, d'accord ? Tu vas lui dire qu'on doit créer une distraction. Qu'il faut qu'elle s'énerve contre moi et qu'elle m'insulte. Il faut qu'elle crie, qu'il ait envie de voir ce qui se passe à l'intérieur, OK ? À la cuisine, oui, à la cuisine, j'ai un téléphone, un très vieux, pas d'Internet, mais il est actif, je vais m'en servir pour appeler la police. D'accord ?

Judith vous serre.

— Tout va bien se passer, *mum*. Tu verras.

Vous vous relevez en tanguant et en imitant des vertiges. Judith, en bonne fille attentive, vous propose de vous soutenir, mais vous la repoussez.

— Stop ! criez-vous. J'en peux plus ! Je... Je...

Judith fait semblant d'avoir peur et se dirige vers Marion, elle se penche vers elle et parle tout bas.

— Qu'est-ce que vous dites ? hurlez-vous en mélangeant le français et l'anglais comme lorsque vous êtes vraiment en colère. Qu'est-ce qu'il y a ? Vous voulez me jeter dehors encore ? Pourquoi nous ?

Marion lève les yeux vers vous, les sourcils froncés. Elle lance un coup d'œil à Judith.

— Remplace-moi, je vais calmer ta mère.

— Mais... tente de protester Judith.

Marion se lève et se rapproche de vous. Vous reculez et secouez la tête. Vous vous mordez une nouvelle fois la langue et poussez un petit cri.

— Karen ? Karen, je crois que tu fais une crise de panique, comme moi tout à l'heure. C'est rien, ça va aller. Tu as raison, on est en sécurité ici et...

— De quel droit tu me parles ?! C'est ta faute, tout ça. Oui, t'avais raison, c'est ta faute ! Si t'avais pas voulu tremper ton cul partout, on n'en serait pas là !

Marion se redresse et se braque.

— C'est toi qui dis ça ? Toi qui as tué ton mari ?

— **Intéressant !**

Vous ne savez pas si elle dit ça pour continuer dans les insultes qu'elle a proférées précédemment et paraître vraie ou si elle cherche à savoir quelque chose au passage.

— Tu ne sais rien ! Tu ne sais rien !

— Je sais rien ? Vraiment ? Tu crois qu'on t'entendait pas hurler ? Tu crois que Paul ne m'a pas avoué qu'il t'a couverte ? Tu n'imagines pas tout ce qu'on a fait pour toi, tous les mensonges qu'on a racontés !

— **De plus en plus intéressant !**

Vous savez que ce n'est qu'une ruse, mais elle va trop loin ! En tout cas, cela fonctionne. Il est intéressé, il a forcément activé sa caméra, où qu'elle soit.

— Stop ! Ferme-la !

Vous sortez votre arme et la pointez vers elle. Vous faites mine d'enlever la sûreté, mais vous ne l'aviez pas remise tout à l'heure. Vous vous assurez juste de ne pas la blesser par accident.

— NON, KAREN !

— *MUM !*

— Taisez-vous ! hurlez-vous. Taisez-vous, toutes les deux !

Vous avancez droit devant à la cuisine et plus particulièrement vers l'évier où vous vous forcez à vomir. Cela fait longtemps que vous n'aviez pas fait ça, depuis le lycée, ou bien était-ce à la fac ? Peu importe, vous contractez votre ventre et poussez autant que vous le pouvez. Un premier réflexe se bloque dans votre gorge tandis que le deuxième vous permet de rendre votre dîner et de faire illusion.

Vous vous redressez et vous vous retournez avec brusquerie. Marion et Judith vous fixent, visiblement inquiètes. Est-ce que vous allez trop loin ? Est-ce que Marion pense qu'elle est allée trop loin ? Est-ce que Paul lui a vraiment dit quelque chose ou cherche-t-elle juste à vous pousser à avouer ? Prêche-t-elle le faux pour savoir le vrai ?

Vous tanguez et déambulez jusqu'au tiroir où vous avez laissé le téléphone dimanche dernier. Vous l'ouvrez d'un geste sec et regardez à l'intérieur. Vous faites mine de chercher quelque chose et le laissez ouvert pour passer au suivant. Alors que dans l'autre tiroir vous attrapez un torchon pour vous essuyer le visage, vous baissez la tête vers le téléphone. Les barres de réseau sont revenues.

Vous aviez raison !
— *Mum* ? Ça va ?
— Karen ?
— Ta gueule ! hurlez-vous. J'avais raison ! Depuis le début !

Vous plantez vos yeux dans les siens et hochez légèrement la tête, assez pour qu'elle comprenne et pas assez pour qu'il se doute de quelque chose. Enfin, c'est ce que vous espérez. Vous devez lui donner envie de vous observer plus longtemps, ainsi vous pourrez appeler la police. Il faut que quelqu'un vienne vous aider !

Vous ne devez pas céder à l'excitation de la panique, vous ne devez pas vous précipiter. Mais il est là, devant vous. Vous n'avez qu'à le saisir et à composer le 17 pour être sauvées.

Votre main avance malgré vous et vous oubliez de rester dans votre rôle le temps de quelques secondes.

— Karen ! Reprends-toi, voyons !
C'est Marion qui a crié. Elle a raison.

Vous levez la tête et lui lancez un regard noir.

— Tu ne... Tu n'as rien à me dire !

Vous mettez votre main dans le tiroir et glissez vos doigts sur les petites touches. Vous repérez le 1 puis le 7 et cherchez celle avec le petit téléphone vert.

— Pourquoi tu es venue ici ? Hein ? Tu... Tu ne pouvais pas aller te faire sauter ailleurs ?

Marion fronce les sourcils.

Vous secouez la tête et baissez les yeux sur le téléphone.

Vous avez tapé 117.

FUCK !

Vous effacez ce que vous avez tapé et posez votre main gauche sur le plan de travail pour faire mine de perdre l'équilibre. Vous baissez la tête et regardez ce que vous faites cette fois. Les barres de réseau sont toujours là et vous tapez rapidement le 17 avant d'appuyer sur la touche téléphone. L'écran s'éclaire, vert et noir, signalant l'appel en cours. Votre cœur se met à espérer. Vous vous bénissez d'avoir oublié de le remettre à sa place la semaine dernière quand vous l'avez chargé. Sans cette scène entre Marion et vous, il n'aurait jamais réactivé les réseaux.

FUCK !

Vos yeux glissent sur la petite pile qui indique le niveau de batterie de l'appareil. Il ne reste qu'une demi-barre, le téléphone peut s'éteindre à tout moment.

— *Gendarmerie nationale*, prononce une voix grave et fatiguée depuis le téléphone.

Vous la devinez à peine.

Comment faire passer le message sans alerter l'homme derrière la porte ? Vous ne pouvez pas tout raconter ou il réactivera le brouilleur.

— *Allô ?*

Il va raccrocher.

Vous levez la tête vers Marion.

— Mais je t'en prie, continue ! criez-vous. Continue tes insultes ! Qu'est-ce que tu crois que ça me fait ?

Marion semble comprendre puisqu'elle se rapproche de vous. Ses yeux glissent sur Paul, inconscient au sol, et vous la voyez déglutir et retenir ses larmes.

Vous laissez tomber votre tête entre vos bras sur le plan de travail pour être plus proche du téléphone. Les barres de réseau sont encore là et la personne n'a pas raccroché.

— C'est à cause de toi, Marion, qu'on en est là ! C'est ta faute si Paul vient de se prendre deux coups de couteau et qu'il est inconscient. C'est un gendarme et regarde-le ! Regarde ce que tu as fait de lui !

— *Où êtes-vous ? Qui ai-je à l'appareil ?*

— Karen Priddy, hurle Marion, tu n'es rien, tu n'as pas à me juger, tu ne sais rien !

Vous n'auriez jamais imaginé cela possible auparavant, mais en cet instant, vous bénissez Marion.

— *Qui vous attaque ? Où êtes-vous ? Ce n'est pas une blague, n'est-ce pas ?*

— Ça ne m'amuse pas du tout ! Je n'ai pas demandé à te voir débouler recouverte de sang et de pisse chez moi ! Je n'ai pas demandé à voir mes animaux massacrés et à voir ma fille de seize ans essayer de sauver ton mari !

— Je n'avais pas le choix, Karen. Tu es ma voisine la plus proche !

Vous baissez les yeux l'espace de deux secondes. La dernière barre de batterie a disparu... Le téléphone va s'éteindre.

Vous grimacez et tentez le tout pour le tout.

— Mais c'est qui, ce type qui débarque avec des couteaux chez moi ? Qu'est-ce qu'il vient faire à Saint-Antonin ? Qu'est-ce que tu lui as promis ?

— Mais rien, pleurniche Marion et vous comprenez qu'elle ne fait pas du cinéma, qu'elle est honnête. Je voulais juste plaire. Il m'a dit qu'il s'appelait Marc, mais maintenant, je crois qu'il m'a menti. Je ne voulais pas, je n'ai même pas pu tromper Paul, tu vois bien que je ne suis pas une mauvaise personne ! Il m'a suivie jusqu'à chez toi. On est à la campagne, je n'avais pas le choix. Les Vainson sont de l'autre côté du lac... Je ne pouvais pas le traverser... Je... J'ai juste pensé que ça serait plus facile ici !

— **Allez, les filles, arrêtez de vous disputer !**

— *Est-ce que c'était lui ?*

— Oui, soupirez-vous. On est à court de jus... On n'a plus d'énergie.

Et c'est vrai, vous n'avez accès à aucune source d'énergie, même si vous le vouliez, vous ne pourriez pas recharger le téléphone.

— *Je pense que j...*

Le téléphone s'éteint.

Marion tape sur le plan de travail en face de vous et crie de douleur.

Judith sursaute et lâche la pression sur Paul. Un peu de sang s'écoule le long de sa gorge et sur le sol.

— Merde, rage Judith.

Et elle appuie de nouveau.

Vous fermez le tiroir en le claquant violemment alors que des larmes de colère vous montent aux yeux. C'était votre dernier espoir. Pourvu que l'homme au bout du fil ait compris. Pourvu qu'il ait compris qu'il ne s'agissait pas d'une blague et qu'il ait bien pris toutes les informations.

Marion s'approche de vous.

— Tu crois que ça a marché ?

Vous haussez les épaules. Comment savoir ?

— Il faut attendre.

— **Qu'est-ce que vous faites, les filles ? C'est pas le moment de fomenter un plan, vous savez ? Vous n'avez aucune chance de sortir de là ! Marion ? Tu veux vrai-**

ment rester avec cette femme alors que tu la suspectes d'avoir tué son mari ?**

Et s'il savait que la police arrivait ? Ne partirait-il pas ? S'il avait un doute ?

Vous regardez le tiroir puis Marion. Votre main s'en approche et se pose sur la petite poignée. Le bluff, c'est tout ce qu'il vous reste comme espoir.

Vous ouvrez le tiroir et sortez le téléphone. Marion hoquette de surprise.

— Qu'est-ce que tu fais ?

— Je sais ce que je fais.

— Qu'est-ce que c'est que ça, Karen ?

Vous aviez raison, il vous voit.

Vous fixez la porte.

— Ça, dites-vous en levant le téléphone, ça, c'est le téléphone avec lequel je viens d'appeler la police. J'ai compris que vous nous observiez et qu'il vous fallait une caméra branchée avec une sorte de réseau, mais votre brouilleur l'aurait bloquée. Ça veut dire que pour nous observer, il vous fallait éteindre le brouilleur.

Personne ne vous répond. Vous commencez à jubiler. La partie touche à sa fin.

— C'est un vieux téléphone. Il n'a pas Internet, il fait appels et SMS, pas plus ! Vous ne pouviez pas le pirater celui-là ! Vous ne saviez même pas que je l'avais, n'est-ce pas ?

— Qu'est-ce que tu racontes, Karen ?

— C'est très simple. Notre petite dispute à Marion et moi, ce n'était que de la comédie pour donner des indications à la police. Ils vont arriver !

— Peut-être... ou peut-être pas.

Vous ne répondez rien. Sa voix est si assurée, si posée.

— On a tout dit ! Ils ne vont pas tarder !

— Peut-être... ou comme je viens de dire... peut-être pas.

— Bien sûr qu'ils arrivent !

— **Oh oui, ils arriveront bien un jour. Peut-être dans une heure, si Paul les a prévenus, peut-être dans trois jours, quand vos disparitions paraîtront inquiétantes. Ou peut-être dans une semaine, si la puanteur de vos cadavres atteint la route. Peut-être que j'accrocherai la dépouille de Judith pendue par les chevilles à un arbre sur la route nationale. Je lui enfilerai une jupe, comme ça tout le monde pourra voir à quel point j'aurai dévasté sa petite chatte vierge !**

Vous jetez le téléphone sur la porte de toutes vos forces.

— Ta gueule !

— **Oh ! Tu passes enfin au tutoiement, Karen ! C'est bien. Je me sens plus proche de toi comme ça ! On a tellement de choses en commun, si tu savais !**

Une main se pose sur votre bras, elle est recouverte de sang. C'est Judith, elle a changé de place avec Marion.

— *Mum ?* Il essaie de t'énerver. Comme il a fait avec Marion.

Elle a raison, vous ne devez pas l'écouter. Vous vous détournez de la porte et rejoignez Marion.

La colère coule dans vos veines et vous devez fournir un effort herculéen pour ne pas la laisser éclater. Vous inspirez profondément en fermant les yeux.

Soudain, quelque chose frappe dans la porte au point de la faire trembler.

— Qu'est-ce que c'était ? s'écrit Judith.

Vous ne répondez pas.

La porte tremble de nouveau.

23
14 MARS 2009

Celynen a enveloppé le corps de Maggie dans son plaid favori. Celui avec des dinosaures. Elle adorait se pelotonner dans ses couvertures épaisses. Elle repose dans la forêt à présent. Pour toujours.

Debout, devant la porte de la chambre des filles, vous attendez. Judith est à l'intérieur et n'a pas conscience de ce qui vient de se passer.

Vous êtes en piteux état, vous ne savez même pas comment vous tenez encore debout. Vous entendez Judith à travers la porte et vous aimeriez lui dire que vous allez la consoler, que vous voulez la prendre dans vos bras et l'emporter loin d'ici, mais vous ne pouvez plus bouger.

Vous refusez de prendre conscience de ce qui vient de se passer, comme si vous veniez de vous réveiller d'un rêve étrange.

Celynen vous tend quelque chose. Un verre. Il y a quelque chose dedans. De l'eau ? Qu'importe. Vous l'avalez et priez pour que cela soit du poison. Vous ne méritez que ça après tout. Vous ne pouvez pas affronter ce qui se prépare.

— Dis-lui d'ouvrir la porte, Karen. Je te promets que je m'en occuperai bien. Je m'occuperai bien de toi aussi, comme tu le mérites, comme tu l'as toujours mérité. Ma reine.

La porte vacille et devient floue.

Celynen passe un bras autour de votre taille pour vous soutenir, vous ne tenez plus debout.

Si Judith n'ouvre pas la porte, elle mourra de faim. Vous trouverez un moyen, mais...

— *Darling...* ouvre la... la... porte.

... mais pas tout de suite.

Le verrou clique et la poignée s'abaisse. Un fin rayon de lumière passe par la porte entrouverte. Une petite main se tient au chambranle...

Mais...

Où êtes-vous ?

Où est Mag...

Oh, mon Dieu...

...

Maggie.

∼

Celynen a donné des calmants à Judith aussi, assez pour l'assommer et lui faire oublier la nuit précédente.

Vous vous réveillez vaseuse. Vous ne ressentez rien. Vous ne pensez à rien. Vous ne devez pas penser ou tout vous reviendra et vous ne pouvez pas l'affronter.

Où êtes-vous ?

Sur votre lit.

La lumière du soleil passe à travers les fins rideaux de la chambre et caresse votre jambe qui s'échappe des couvertures.

Quel jour sommes-nous ?

Vous refermez les yeux et vous vous rendormez.

∼

Celynen a brûlé les draps, les pyjamas, les serviettes, tout. Il a nettoyé le sang aussi.

Il a appelé les parents des amis de Maggie pour leur dire que l'anniversaire était annulé et l'école en prétendant que Maggie et Judith étaient malades et qu'elles ne viendraient pas jusqu'à la fin de la semaine.

Alors, vous vous mettez à prier que Maggie guérisse bientôt. Puis, vous vous souvenez et, quelques secondes après, vous recommencez à hurler.

Celynen arrive en trombe dans la chambre et vous force à avaler quelque chose. Vous tentez de vous débattre, mais vous êtes à bout de force. Pourquoi ne vous achève-t-il pas ? Pourquoi vous torture-t-il ?

∽

Dans votre état vaseux, vous entendez Celynen vous promettre qu'il se fera soigner, qu'il vous aimera toutes les deux comme vous le méritez, que Galatée, c'est terminé. Il vous raconte quelque chose d'incompréhensible à propos d'un site Internet ou bien d'un forum. Pendant tout ce temps-là, il vous tient la main. Quelqu'un lui en veut de partir comme ça, mais vous ne comprenez rien d'autre.

Tout est étrange.

Vous n'avez pas conscience de l'endroit où vous êtes ni de ce qui se passe. Il y a juste cette main sur la vôtre, chaude et rassurante.

— Je te promets que tout sera comme avant. Je vais te faire un nouveau bébé. On va faire une nouvelle princesse. Tu verras, ma reine, tout sera comme avant.

Il est fou. Si vous avez bien une seule certitude dans cet état étrange dans lequel vous vous trouvez, c'est bien ça. Il est fou.

Il ne vous reste que deux solutions : sortir de cette torpeur léthargique et vous battre, ou mourir.

Vous choisissez la seconde option, quand soudain vous entendez un sanglot. Ce n'est pas Celynen. C'est Judith. Votre bébé. Votre dernier bébé. Qui la protégera quand vous ne serez plus là ? Vous avez promis que vous alliez prendre soin d'elle. Vous devez la sauver.

24
19 MARS 2009

Il vous a encore enfoncé une pilule dans la bouche, mais celle-là, vous l'avez cachée sous votre langue. Vous faites semblant d'être apathique tandis qu'il vous viole sans miséricorde. Il répète sans cesse qu'il va vous faire un nouvel enfant, que la vie va recommencer comme avant. Il se décharge en vous comme un animal et vous prend dans ses bras avant de s'écrouler et de s'endormir sur vous. Il vous étouffe et vous fait mal, mais vous restez immobile. Vous trouvez un moyen de respirer par petites brises d'air. Il doit croire que vous êtes dans les vapes.

Finalement, après ce qui vous a paru être des heures, il se décale puis se relève.

Vous attendez.

De toute façon, le temps n'a plus vraiment de notion pour vous.

Enfin, il part. Vous entendez la porte d'entrée claquer et la voiture démarrer.

Quelle heure est-il ?

Quel jour sommes-nous ?

Depuis combien de temps êtes-vous là ?

Dehors, le soleil s'est couché, mais impossible de savoir depuis combien de temps.

Vous vous levez avec peine, une migraine tape avec violence contre votre front et descend jusque dans votre mâchoire. Il vous faut quelques instants pour trouver votre équilibre. Vos jambes sont faibles. Depuis combien de temps n'avez-vous pas marché ?

Vous saisissez un short dans votre commode et l'enfilez rapidement.

La terre tremble et vous manquez de tomber. Vous vous rattrapez de justesse à votre commode.

Non, la terre n'a pas tremblé, ce sont juste vos jambes qui ne veulent plus vous porter.

Vous crachez le cachet dans votre main. Vous n'en avez jamais vu de comme ça ici. D'où sort-il ? Vos jambes vacillent et vous prenez appui contre le mur pour avancer. Puis contre le cadre de la porte. Vous devez le faire, vous devez délivrer Judith.

Dans le couloir, vous faites tomber un cadre au sol. Il s'écrase et des dizaines d'éclats de verre se dispersent sur le parquet.

Impossible de les éviter, ils vous entaillent et vous transpercent la peau des pieds. Vous grimacez, mais ne vous arrêtez pas. Vous ne pouvez pas, il vous faut protéger Judith.

Dans la salle d'eau, vous jetez le cachet dans le lavabo et ouvrez le robinet. Le tourbillon d'eau l'emporte et le fait disparaître dans le siphon. Sur le carrelage blanc immaculé, vos empreintes sanglantes vous hypnotisent.

Vous êtes seule.

Que pouvez-vous faire ?

Personne ne sait ce qui se passe ici et personne ne vous croira. Tout le monde aime Celynen. Vous, on vous aime moins, ou pire encore, on ne vous connaît pas. Celynen a réussi à vous couper du monde ces dernières années. Depuis combien de temps n'êtes-vous pas sortie de la maison pour autre chose que pour faire les courses ou amener les filles à l'école ?

Vous pensez à Maggie dans la forêt. La douleur est trop forte, vous ne pouvez tout simplement pas l'évacuer avec des larmes. Elle se répand dans toutes vos cellules comme un cancer. Vous ne pouvez plus être sauvée.

Judith, si.

Vous relevez la tête et observez votre reflet dans le miroir. Le bleu sur votre gorge est en train de disparaître. Vous passez vos doigts dessus lentement. Il a failli vous tuer, il aurait pu... Pourquoi s'est-il arrêté ?

Il a promis. Promis qu'il ne ferait pas de mal à Judith. Promis qu'il ne vous ferait plus jamais de mal à vous non plus.

Peut-il vraiment changer ? Est-ce que tout peut redevenir comment avant ?

Vous soupirez.

Non.

Il vous avait déjà promis qu'il changerait, qu'il fournirait des efforts, qu'il ne vous ferait plus jamais de mal. Il vous l'a promis un nombre incalculable de fois. Vous l'avez cru. À chaque fois.

Votre main remonte sur votre gorge pour se placer sur l'empreinte de celle de Celynen. Vous serrez un peu.

Non. Rien ne redeviendra comme avant. Vous ne le permettrez pas.

Le reflet dans le miroir vous juge. Il juge ce que vous avez enduré et permis, par votre silence, par votre lâcheté.

Vous vous redressez et hochez légèrement la tête.

— Il ne fera pas de mal à Judith. Personne ne fera jamais de mal à Judith.

Et vous sortez de la salle d'eau.

Le chemin jusqu'à la chambre des filles est court, mais il vous paraît si long. Vos jambes tremblent, et de nouveau vous devez prendre appui sur le mur. Dans votre poitrine, votre cœur s'emballe. Vous savez que vous n'allez pas réussir à conduire, mais vous devez bien faire quelque chose. Peut-être pourriez-vous traverser le bout de forêt qui vous sépare de la maison de Paul. Il ne vous renverra pas chez vous.

Pas sans Judith. Vous ne l'avez pas vue depuis la veille, mais vous savez que Celynen s'en occupe et la nourrit. Enfin, c'est ce qu'il vous dit. Elle est venue vous voir hier et vous a demandé pourquoi vous étiez malade. Quand elle a demandé où était Maggie, Celynen l'a grondée et l'a enfermée dans sa chambre.

Votre pauvre bébé.

Votre main se pose sur la poignée tremblante. Qu'allez-vous faire ? Prendre Judith avec vous et l'emmener loin ? Combien de temps arriverez-vous à vous cacher de lui ? Que se passera-t-il quand il vous retrouvera ? Parce que, bien sûr, il y arrivera.

Est-ce que vous allez vraiment rester là ? Non.

Est-ce que vous allez vous enfuir et laisser Maggie seule dans la forêt ? Non.

Est-ce que vous allez appeler la police ? Non. Personne ne vous croira et on vous enlèvera Judith. Non.

Votre seul espoir, c'est Paul. Quelque chose vous dit qu'il sait et qu'il vous croira. Non, vous savez qu'il sait. Sinon, pourquoi viendrait-il vous voir aussi souvent ? Il sait. Vous vous raccrochez à cet espoir de toutes vos forces. Il faut que Paul vous croie. C'est votre seule chance.

Dans la petite chambre, vous êtes surprise par l'obscurité qui règne. Judith est en train de jouer, sage et silencieuse, dans le noir presque complet.

— Hé, murmurez-vous la voix enrouée, tu fais quoi, *darling* ?

Vous lui parlez en anglais, vous êtes trop cassée pour parler en français.

Judith se tourne vers vous et lâche sa poupée. Elle porte sa robe préférée, la jaune qui lui tombe jusqu'aux chevilles.

— Tu vas mieux, *mummy* ?

— Oui. Comment tu vas, toi ?

Elle hausse les épaules et ses lèvres commencent à trembler.

— Papa, il m'a grondée, j'ai pas le droit d'aller jouer avec Maggie.

— Pourquoi est-ce qu'il t'a grondée, chérie ?

Judith soupire et frotte ses yeux avec ses poings pour s'empêcher de pleurer.

— Parce que j'ai pas été sage.

— Qu'est-ce que tu as fait ?

Vous vous approchez d'elle et glissez vos doigts dans ses cheveux. Quelque chose colle à vos doigts, vous les relevez, c'est du sang. Vous attrapez Judith et la forcez à se tourner vers vous.

— Qu'est-ce qui s'est passé ? Qu'est-ce que tu t'es fait ?

Judith baisse les yeux, honteuse.

— C'est parce que j'ai pas été sage.

— C'est papa qui t'a fait ça ?

Elle hoche la tête.

— J'ai pas été sage.

— Attends... Qu'est-ce que tu racontes ? Pourquoi ? Raconte-moi tout, chérie, s'il te plaît ! Je vais tout arranger, je te le promets.

Vous entendez résonner dans votre tête les mêmes paroles rassurantes que vous avez dites à Maggie, les mêmes promesses, les mêmes mensonges.

— Papa... Il a dit que je l'aimais pas assez. Qu'il préfère Maggie. Parce que, elle, elle l'aime vraiment.

Votre gorge se serre et vous avez du mal à respirer. L'horreur recommence.

— C'est pour ça qu'il t'a punie ?

— Oui.

— Pourquoi est-ce qu'il a dit ça ?

Et vous ? Pourquoi n'êtes-vous pas en train de partir ? Pourquoi n'êtes-vous pas en train de traverser le bois avec votre fille dans les bras ? Qu'importe que les gens vous croient, vous devez sauver Judith !

Vous avez besoin d'une confirmation. Une confirmation que tout ceci n'a pas été qu'un cauchemar, mais Judith ne répond pas.

— Chérie ? Qu'est-ce qu'il a dit ? Qu'est-ce qu'il a fait ? Il t'a frappée ?

Judith hoche la tête. Elle ne vous regarde pas, elle fixe le sol et tortille sa peluche dans sa main.

— Oui. Je voulais pas qu'il me touche.

Un coup de poignard dans le ventre, c'est à ça que ressemble votre douleur à présent.

Vous prenez une grande inspiration. Judith ne doit pas vous voir flancher, elle a besoin de vous.

— Qu'il te touche ? arrivez-vous enfin à demander les mains tremblantes.

— Comme il touche Maggie. Elle aime pas ça, et moi non plus, j'aime pas. Et puis moi, je veux jouer avec Maggie, pas avec papa. Pas comme ça. Je veux juste jouer aux dinosaures avec Maggie.

Vous prenez Judith contre vous et la serrez dans vos bras. Celle-là, il ne lui fera plus de mal. Il ne la touchera plus. Vous regardez sa plaie au front. Ce n'est pas profond, mais elle aura peut-être une cicatrice.

— Quand est-ce que Maggie, elle revient ? pleure-t-elle. Elle est chez mamie ?

Vous ne savez pas quoi répondre, alors vous mentez. Vous devez la rassurer, car après tout, elle ne peut pas comprendre. Pas encore.

— On va y aller toutes les deux aussi. Rien que toutes les deux, d'accord ?

Vous emportez Judith sous la douche et la nettoyez comme vous avez lavé Maggie il y a peu de temps. Votre lâcheté et votre faiblesse vous rattrapent. Le deuil et l'échec vous terrassent. Judith vous regarde pleurer, tout habillée dans la douche, et passe une main dans vos cheveux pour vous consoler.

— Ça va aller, maman. Je pourrai être sage avec papa. Je veux pas que tu pleures, je ferai ce qu'il voudra.

∽

Vous êtes à l'étage quand vous entendez la porte d'entrée claquer. Il est rentré.

Vous courez presque jusqu'à la chambre des filles et dites à Judith de s'enfermer à clef. Vos jambes tremblent encore.

— Tu ne dois pas ouvrir. Même à papa. D'accord ? Même s'il te promet de belles choses. OK ?

— Mais c'est pas moi qui ai ouvert la dernière fois. Je te jure. C'est Maggie.

— Je sais, *darling*, je sais. Cette fois, tu fais pareil. Tu n'ouvres pas à papa, OK ?

— Il te fera mal encore sinon ? J'ai compris que c'était pas de la peinture, maman, tu sais.

Vous ne savez pas quoi lui répondre. Comment une enfant aussi jeune peut-elle comprendre aussi bien ce qui se passe ?

— Promets-moi juste que tu n'ouvriras pas.

— OK.

Vous l'embrassez sur le front et faites demi-tour.

À peine la porte fermée, Judith enclenche le verrou.

Les marches de l'escalier grincent et votre cœur s'accélère.

D'un pas lent, mais assuré, vous avancez vers l'escalier où vous l'attendez.

Il vous fixe à deux marches de vous. Ses cheveux sont bien coiffés et il porte des vêtements propres et repassés. Il est parfaitement rasé et les effluves de son parfum remontent jusqu'à vous.

Vos mains tremblent et vous êtes obligée de serrer les poings pour le lui cacher.

— Tu es réveillée ? Tu devrais aller te recoucher. Je vais te faire à manger.

Son ton est si doux et calme, totalement à l'opposé de l'homme qu'il est devenu ces dernières années. Vous vous revoyez dix-sept ans plus tôt, en train d'arpenter les rues de votre ville natale à son bras, heureuse et innocente.

Vous secouez la tête.

— Ça ne va pas ? vous interroge-t-il.

Il a presque l'air honnête.

— Tu ne t'approches plus de mes enfants.

Quelque chose change sur son visage. Il pose son coude sur la rampe de l'escalier et prend une grande respiration. Vous le connaissez bien, vous savez qu'il contrôle sa colère, elle peut prendre possession de lui en seulement quelques secondes. Vous avez envie de reculer et de vous rouler en boule au sol pour vous protéger, comme vous l'avez fait tant de fois, mais cette fois-ci, vous restez droite. Vous ne bougez pas. Vous ne le laisserez plus toucher à Judith.

— Tu pleures, remarque-t-il.

Oui, vous pleurez. Vous pleurez parce que vous savez ce qu'il vous reste à faire.

Il monte les deux marches qui vous séparent et vous prend dans ses bras.

— Laisse-moi, murmurez-vous.

Vous commencez à vous débattre. Vous posez vos deux mains sur son torse et vous poussez. Il vous retient, resserre ses deux bras puissants autour de vous. Ceux que vous aimiez tant autrefois.

— Karen, arrête maintenant ! Laisse-toi faire ! Tu vas retourner te coucher ! Tu ne vas pas bien, tu le vois bien ! Je vais m'occuper de toi !

— Laisse-moi ! criez-vous. Laisse-moi !

— Non !

Vous le mordez dans le cou et il recule d'une marche.

— Tu m'as mordu, sale pute ! Tu vas voir ! Je vais te le faire payer !

Vous le regardez, lui, puis l'escalier. Pour la première fois de votre vie, vous n'hésitez pas. Vous faites un petit pas en arrière et vous vous élancez sur lui de toutes vos forces. Vous vous moquez bien de savoir si vous allez tomber avec lui ou si vous allez vous relever. La seule chose qui compte, c'est Judith.

Vous, vous n'êtes plus.

Vous posez vos mains contre son torse et vous le poussez.

Sur son visage, la surprise et la colère défigurent ses traits.

Comment avez-vous pu un jour l'aimer ?

Il attrape votre poignet. Il chute en arrière et vous partez avec lui.

Votre autre main s'accroche à la rampe et vous tombez sur le dos contre les marches. Celynen vous lâche et crie. Vous relevez tout de suite la tête et le voyez dégringoler les marches en roulant, se taper la tête dans l'angle de l'escalier et faire une chute jusqu'au sol.

Quelques instants plus tard, vous êtes en bas des escaliers, tremblante.

Il ne bouge plus.

Vous approchez de lui lentement, sur la pointe des pieds.

Une douleur sifflante vous transperce les poumons. Vous êtes en train d'étouffer. La chute dans l'escalier a bloqué votre respiration.

Vous inspirez et l'air vous brûle la trachée et les poumons. Vous tombez à genoux et toussez à plusieurs reprises en reprenant votre souffle. Vous ne quittez pas Celynen des yeux.

Vous vous relevez, une main sur la poitrine.

Il ne bouge toujours pas. Son corps n'a pas une forme bizarre et il ne saigne pas.

Vous devriez aller vérifier s'il est en vie, mais vous n'arrivez pas à vous rapprocher de lui.

Alors, vous reculez et vous vous asseyez sur la dernière marche de l'escalier. Vous l'observez. Vous guettez un signe de vie.

Au bout d'une dizaine de minutes, la porte d'entrée s'ouvre.

Quelqu'un approche.

Vous vous contentez de fixer Celynen, la peur au ventre qu'il se réveille. Vous seriez capable de rester là à le fixer jusqu'à ce qu'il se décompose complètement, si vous n'aviez pas Judith.

— Karen ?

Un courant d'air froid traverse la maison.

— Karen ?

Vous levez la tête.

C'est Paul, il porte un manteau sur son pyjama débraillé.

Celynen n'avait pas fermé la porte d'entrée.

Vous ne savez pas quoi lui dire. Son regard passe de Celynen, étendu sur le carrelage, à vous.

— Karen ? Tu vas bien ?

Vous ne vous attendiez pas à ce qu'il vous demande si, vous, vous alliez bien.

— Je... Je... Il...

Paul s'accroupit devant Celynen.

— Oui. Je sais. Judith m'a appelé.

Judith ?

Paul pose ses doigts dans le cou de Celynen et secoue la tête, visiblement déçu.

Vous vous redressez et vous approchez.

— Il est encore en vie.

Vous ne comprenez pas. Pourquoi Judith ? Et quand ? Comment ?

— Il est juste inconscient, continue Paul, son pouls est faible, mais il est là.

Il lève les yeux vers vous et vous tombez à genoux.

— Qu'est-ce que tu veux faire, Karen ?

Qu'est-ce que vous voulez faire ? Comment ça ?

— Quoi ?

— Est-ce que tu veux appeler le SAMU ?

Vouloir ? Vous n'avez pas le choix, n'est-ce pas ? Vous êtes tellement perdue. C'est Paul le gendarme, pourquoi n'appelle-t-il pas le SAMU, lui ? Ou ses collègues ? Pour vous enfermer et vous éloigner de Judith à jamais. Vous avez tenté de tuer votre mari après tout.

Paul pose sa main sur votre avant-bras et vous sursautez. Il la retire et vous fait un sourire d'excuse.

— Karen, j'ai compris. J'ai compris ce qu'il te faisait. Je m'inquiète pour les gosses. Est-ce que tu veux prendre le risque d'appeler le SAMU et de le sauver ? Ou... Ou prendre le risque qu'il se réveille ?

Vous ne pouvez pas parler. Vous pensez à Maggie dans la forêt et votre cerveau menace de s'éteindre à nouveau.

— Karen ? Karen ?

— Yes ?

— Qu'est-ce qui s'est passé ? Il t'a attaquée ?

Vous secouez la tête.

— Il est tombé seul ?

Vous secouez de nouveau la tête.

— Tu l'as poussé ?

Vous acquiescez.

— D'accord. Est-ce qu'il t'a menacée ? Toi ou les filles ?

— Oui.

— Où sont les filles ?

Vous ne bougez plus. Vous fixez le visage de Celynen. Vous l'avez tant aimé autrefois. Que s'est-il passé ?

— Karen ? Où sont les filles ? J'ai demandé à Judith où était Maggie et elle ne savait pas. Karen ?

Paul vous attrape par les épaules et vous secoue.

— Karen ? Karen, réveille-toi ! Où sont les filles ?

— Judith est... dans sa chambre. Je lui ai dit de s'enfermer dedans.

— Et Maggie ?

Vous frappez le dos de Celynen de vos poings et vous hurlez. Vous le haïssez ! Il vous a pris Maggie. Il vous a pris votre enfant !

Paul vous entrave les poignets.

— Karen ! Karen, arrête ! Qu'est-ce qui s'est passé ? Qu'est-ce qu'il a fait à Maggie ?

Des sanglots violents et douloureux s'emparent de vous et vous arrivez à peine à respirer. Paul vous prend dans ses bras et vous réussissez enfin à reprendre votre respiration.

— Il m'a dit qu'il était désolé. Qu'il ne recommencerait pas, qu'il serait bon... mais je savais qu'il allait faire pareil à Judith !

Paul se tend contre vous.

— Oh, mon Dieu, Karen... Qu'est-ce qu'il a fait ?

Votre vision devient floue.

— Il l'aimait trop... Tu comprends... Il disait que c'était lui qui l'avait faite et qu'il pouvait lui faire ce qu'il voulait... mais c'est faux ! C'est moi qui l'ai faite et je n'ai jamais voulu qu'il lui fasse tout ça. Ce n'était qu'une enfant...

Vous ne parlez pas, vous criez. Votre visage entier est déformé par la haine et la douleur. Vos lèvres sont recouvertes de larmes et de morve.

— C'était ? Oh, mon Dieu, Karen... C'est... Où est-elle ?

Vous vous reprenez un peu, assez pour lui répondre.

— Dans la forêt.

Alors, il comprend. Il comprend ce que Celynen lui a fait. Il comprend qu'elle est enterrée dans la forêt. Il comprend pourquoi vous l'avez poussé et pourquoi vous ne l'aviez jamais poussé avant. Parce que ce n'était qu'à vous qu'il faisait du mal, jusqu'alors.

— Elle est venue me voir il y a quelques semaines. Elle m'a demandé des serviettes pour dames, je croyais qu'elle était précoce, qu'elle allait juste avoir ses règles très jeune... Et il y a... Je ne sais même pas quand c'était... Il m'a droguée... Je ne sais pas quel jour on est...

— Jeudi.

Sa voix est basse et son souffle saccadé. Lui aussi ne veut pas y croire.

Vous fermez les yeux.

— C'était vendredi.

— Le lendemain du jour où je suis venu...

Sa voix est emplie de culpabilité. Une culpabilité qu'il ne devrait pas affronter, ce n'est pas sa faute.

— Elle est venue me voir le soir, dans ma chambre. Elle était recouverte de sang. Je l'ai nettoyée, j'ai essayé de la soigner, mais son vagin était tellement... tellement... Oh, mon bébé... Mon Dieu. Pourquoi moi ? Pourquoi elle ?

Paul frémit contre vous puis se lève. Vous retombez assise sur le sol et le regardez se diriger vers la cheminée. Il attrape le tisonnier et s'approche de Celynen. Son visage est déformé par la haine et des larmes coulent sur son visage jusque dans sa moustache.

— Non ! hurlez-vous.

Ses bras tremblent alors qu'il les lève au-dessus de sa tête.

— Je n'ai pas d'enfant, je n'ai pas cette chance, et lui… lui… lui, il a tué une de ses filles. Il l'a violée et il l'a tuée ! Il ira en prison, tu sais… mais toi, tu pourrais ne pas pouvoir garder Judith. Oh, mon Dieu, je savais et je n'étais pas le seul. Mais je ne pouvais rien faire tant que tu ne me parlais pas, tu comprends ? Enfin, c'est ce que je pensais. Parce que je n'étais pas sûr d'avoir les preuves, et j'avais peur que ça te retombe dessus. C'est pour ça que je venais te voir si souvent. J'attendais que tu me parles, que tu me confirmes que je ne me trompais pas et que tu recherchais une protection pour les filles et toi. Je ne pouvais pas faire autre chose. C'est ce que je croyais, mais je me trompais, j'aurais dû faire plus ! J'aurais dû faire ouvrir une enquête ! J'aurais dû venir le tuer avant qu'il ne tue Maggie, j'aurais dû…

Vous vous levez et saisissez le tisonnier. Paul ne vous en empêche pas.

— Karen ?

Vous soupesez l'objet dans vos mains et laissez vos yeux dériver jusqu'à Celynen.

— La première fois qu'il m'a violée, c'était un mois après la naissance de Maggie.

— Oh, mon Dieu, gémit Paul.

— La première fois qu'il m'a frappée, c'était parce qu'il y avait une coquille dans un document que j'avais tapé pour le travail. Une autre fois, parce qu'il a vu que j'avais mis un faux ongle sur celui que je m'étais arraché en essayant de me raccrocher à la commode alors qu'il me frappait. Une autre, parce que j'avais appelé mes parents pour leur dire que j'étais souffrante. La dernière… La dernière, parce que j'ai tenté de le tuer en découvrant ce qu'il avait fait à Maggie.

Vous passez une main sur la marque à votre cou avant de lever le tisonnier au-dessus de votre tête.

— Je n'ai pas parlé à mes parents depuis deux ans.

Et vous l'abaissez sur la tête de Celynen.

Vous entendez quelque chose craquer et vous vous sentez plus légère.

— Je n'ai pas eu de contacts avec mes amies depuis la naissance de Judith.

Vous tirez le tisonnier et le crâne de Celynen craque de nouveau.

— J'ai des marques de brûlures de cigarettes sur la poitrine et le ventre qui ne partiront jamais.

Cette fois, du sang gicle contre vos jambes nues.

— Il m'a violée et il m'a sodomisée de force !

Vous levez encore une fois le tisonnier au-dessus de votre tête. Vous êtes recouverte de sang.

— Il a abîmé ma petite fille !

Vous frappez encore.

— Il a détruit Maggie… Il me l'a enlevée… Mon bébé !

Et encore.

— Ma Maggie !

Et encore.

— Mon enfant ! MA MAGGIE !

Et encore.

Vous frappez jusqu'à ce que Paul vous attrape les mains de force et vous arrête. Vos bras tremblent et Paul doit forcer sur vos doigts pour vous arracher le tisonnier.

— Ça va aller, Karen. Ça va aller.

Vous baissez les yeux sur Celynen. Vous lui avez défoncé le crâne. Un de ses yeux pend de son orbite et des morceaux de cervelle se mélangent au sang sur le sol. Il ne peut pas avoir survécu à cela.

— Ça va aller, Karen…

Vous laissez Paul vous emmener jusqu'au canapé. Il vous laisse quelques instants et revient avec un verre d'eau. Vos jambes et vos avant-bras sont recouverts de sang.

— On va… commence Paul. On va… On va trouver une solution. Oui, c'est ça, une solution.

— Ils vont m'enlever Judith.

Paul se tourne vers le cadavre de Celynen.

— Non. Je ne le permettrai pas.

— Ils vont me l'enlever, je vais aller en prison.
— Non, Karen, c'est de la légitime défense.
— Vraiment ?

Paul vous fixe, mais ne répond pas.

— Est-ce que c'est de la légitime défense de tuer un homme à terre ? demandez-vous.
— On n'aura qu'à dire qu'il t'a attaquée.
— Et que c'est pour ça que je lui ai défoncé le crâne ?

Vous comprenez que vous avez perdu. Même en mourant, Celynen vous aura tout pris. C'est lui qui vous a transformée en ce que vous êtes. Vous étiez toutes les deux ses Galatées.

Paul secoue la tête.

— C'est de la légitime défense, quoi qu'en disent les textes. Tu ne pouvais pas te défendre quand il t'attaquait. Tu n'as pas pu protéger Maggie. Ta seule défense, c'était d'attendre qu'il soit inconscient. La justice est foutue comme de la merde. Ce n'est pas normal que tu sois incriminée de quoi que ce soit... Ce n'était qu'un monstre.
— J'irai en prison.

Paul hoche la tête.

— Peut-être.
— Tu es gendarme, tu dois le savoir.
— Je suis gendarme dans un petit village perdu dans la campagne ! Mais oui, j'ai peur que s'ils l'apprennent, tu ailles en prison. Tu as maquillé le meurtre de ta fille, et tu t'es acharnée sur le cadavre de ton mari... Je... Oui, j'ai peur pour toi, Karen. Et même si tu n'es incriminée de rien, tu ne verras pas Judith pendant plusieurs semaines, le temps que tout se règle.
— *S'ils* l'apprennent ? relevez-vous sans quitter des yeux le cadavre de Celynen.
— Oui. Si. On va se débarrasser du corps. Personne ne le retrouvera, je te le jure.

Un rire nerveux sort de votre bouche. Vous n'êtes pas prête à cacher de nouveau un cadavre. Vous secouez la tête.

— Je ne peux pas le mettre près de Maggie.
— Elle est où, Maggie ?
Votre regard dérive vers la baie vitrée.
— Dans la pointe du bois.
— Alors on le mettra loin. On le mettra de mon côté du bois. D'accord ?
Il faut que vous le fassiez. On ne doit pas vous enlever Judith. Vous ne pouvez pas la laisser se faire trimbaler de famille en famille. Il n'y a que vous qui savez, que vous qui pouvez comprendre et la protéger. Personne d'autre ne le peut.
Vous hochez la tête.
— C'est vraiment Judith qui t'a appelé ?
— Oui. Je lui ai donné mon numéro la semaine dernière, je lui ai dit de m'appeler si Celynen te faisait du mal.
Vous imaginez Judith sortir de sa chambre, apeurée et pieds nus. Vous la visualisez se hisser sur la pointe des pieds pour attraper le téléphone du couloir, un petit papier à la main, et réfléchir pour ne pas se tromper en tapant le numéro. Vous entrevoyez sa panique en comprenant que son père fait du mal à sa mère.
— Merci. Je dois aller voir Judith !
Vous vous levez, mais Paul vous retient.
— Tu devrais aller prendre une douche d'abord, pour ne pas l'inquiéter. Je vais réfléchir à ce qu'on va faire pour… pour lui.
Vous vous tournez tous les deux vers le cadavre de Celynen.
Comment tout cela a-t-il pu arriver ?
Quand votre vie a-t-elle basculé dans un tel cauchemar ?
Vous soupirez et allez à la salle d'eau.
Tout est tellement irréaliste. Vous vous sentez libre à présent, mais la douleur de Maggie vous hante et vous hantera jusqu'à la fin.
Sous la douche, le gant de crin peine à ôter toutes les traces du sang de Celynen. Vous frottez jusqu'à ce que votre peau rougisse et brûle, puis vous enfilez des vêtements propres avant d'aller toquer à la porte de Judith.

— *Darling* ? Tu m'ouvres ? C'est maman, tout va bien, *darling*.
— *Mummy* ?
— Oui, *darling*.
— Il est parti ?
— Qui ?
— *Daddy*.
Elle a peur. Une enfant ne devrait pas craindre son père.
— Oui.
Le cliquetis du verrou résonne dans le silence du couloir et la petite figure de Judith passe à travers l'entrebâillement de la porte. Elle a les yeux rouges, elle a pleuré.
— Tu vas bien, *mummy* ?
Vous vous accroupissez devant elle et vous la prenez dans vos bras.
— Oui, *darling*. C'est grâce à toi. Tu as été très courageuse.
— Tu m'en veux pas alors ?
— De quoi ?
— D'avoir appelé le monsieur qui fait des confitures de canard ? Il a dit qu'il fallait que je l'appelle si papa, il était méchant avec toi. Qu'il viendrait te protéger !
Votre poitrine se serre. Que se serait-il passé si Judith avait été malade une semaine plus tôt ? Si elle lui avait téléphoné avant que Celynen ne s'en prenne à Maggie ? Et si Paul n'était jamais venu ? S'il n'était jamais passé toutes les semaines ?
Et si vous aviez appelé à l'aide, vous ?
— Non, *darling*. C'est très bien, il faut toujours protéger les gens qu'on aime. Je t'aime encore plus.
— Elle est où Maggie ? J'arrive pas à dormir si elle est pas là.
— Papa est parti avec Maggie. Je suis sûre qu'ils vont bientôt revenir.
Que pouvez-vous lui dire d'autre pour l'instant ? La vérité ?
Pendant plus d'une minute, vous restez toutes les deux dans les bras l'une de l'autre.

— Ça veut dire qu'il reviendra pas me faire des choses s'il est parti avec Maggie ?

Vous vous reculez et replacez une mèche de ses cheveux derrière son oreille.

— Comment ça ?

— Je veux pas qu'il fasse mal à Maggie encore. Et à moi non plus. Tu pourrais pas divorcer ?

— Divorcer ?

— Oui. Papa, il est pas beau.

Votre gorge se serre.

— Pas beau ?

— Oui. On serait mieux que toutes les trois.

Judith passe de nouveau ses petits bras autour de votre cou et enfouit son visage dans vos cheveux encore humides. Pour elle, beauté est synonyme de gentillesse. Voilà pourquoi elle trouvait Paul beau.

— T'es toute mouillée, *mummy*, tu vas être malade.

Une larme coule sur votre joue. Judith est en train de dire et de faire exactement ce que vous n'avez pas réussi à faire. Elle cherche à vous protéger.

Vous l'embrassez une dernière fois et la mettez au lit. Vous lui promettez de lui apporter quelque chose à manger. Cela fait des jours que vous êtes toutes les deux complètement décalées. Elle croit que c'est l'heure de dîner.

En descendant les escaliers, vous voyez Paul faire glisser ce qu'il reste de la tête de Celynen dans un grand sac de congélation. Oui, il va falloir vous occuper de lui maintenant. Vous préparez un plateau-repas pour Judith et passez par la salle d'eau pour prendre le quart d'un somnifère. Vous vous assurez qu'elle ait bien mangé et vous le lui donnez. Quelques minutes après, ses yeux commencent à papillonner.

— J'ai sommeil, *mummy*.

— Alors, dors, *darling*. Il est tard.

— J'ai... J'ai la tête qui... qui... qui...

Elle s'endort, la tête posée sur votre cuisse. Vous la mettez au lit délicatement et remontez la couverture jusqu'à son menton. Vous passez une main dans ses cheveux et faites glisser une mèche derrière son oreille.

Vous devez prendre soin d'elle, vous devez la protéger, elle est tout ce qu'il vous reste.

Vous sortez de sa chambre et restez appuyée dos à la porte une minute. Le temps de vous préparer psychologiquement à ce que vous allez devoir faire.

25
20 AVRIL 2019

La porte tremble de nouveau.
— Il essaie de la défoncer !
Judith attrape vos bras et se met instinctivement derrière vous.
— Ne t'inquiète pas, la rassurez-vous, la porte est blindée.
— **J'ai tout prévu, Karen, je vais entrer dans ta maison si tu ne me donnes pas ce que je veux !**
— La police arrive !
— **C'est ce que tu crois ! Tu penses vraiment que j'aurais été assez idiot pour vous laisser une chance de contacter qui que ce soit ?**
— On a eu quelqu'un au téléphone !
— **C'est à moi que tu as parlé, Karen ! Si vous vous étiez vues ! Votre espoir était magnifique à voir ! Et le voir dégouliner de ton visage comme ça l'est encore plus ! Tu le mérites tellement, Karen ! Tu me l'as enlevé !**
Vous ne voulez pas y croire.
Ce n'est pas possible !
Ce n'était pas la même voix, n'est-ce pas ? Vous ne savez plus. Il

aurait pu la maquiller, faire semblant... Équipé comme il paraît l'être, il aurait pu prendre quelque chose pour la modifier.

— Tu es intelligente, Karen. Je n'avais pas envisagé que tu comprendrais, mais je m'étais préparé au cas où. Je t'apprécie d'autant plus. On ferait de grandes choses, toi et moi, tu sais. Oh oui ! Je les vois déjà ! On serait les nouveaux Bonnie and Clyde !

Vos mains tressaillent. Derrière vous, Judith se tend.

La porte tremble et vous fermez les yeux quelques secondes. Il faut que vous trouviez une solution. Il faut que vous trouviez une solution. Il faut que...

La porte tremble de nouveau, plus fort encore, et vous n'avez pas de solution. Tant qu'il voit ce que vous faites, vous êtes piégées, parce que vous, vous ne savez pas ce qu'il fait. Votre seul avantage était le fait que vous étiez enfermées dans la maison, mais à présent, avec Paul blessé, il faut que vous sortiez.

Vous devez trouver cette caméra. Vous devez la trouver et la détruire.

— Judith, on va chercher la ou les caméras, d'accord ?

Elle hoche la tête. Son visage ne reflète pas ses seize ans, elle en paraît presque vingt de plus. L'angoisse contracte ses muscles et des cernes bleu-violet s'étirent sous ses jolis yeux.

Hugo tourne en rond dans le salon, il a besoin d'aller dehors. Qu'importe ! Vous vous moquez bien de nettoyer demain si vous survivez à cette nuit.

— Il faut réfléchir. Il nous voyait dans l'entrée et à la cuisine. Il nous a sûrement vues aussi dans le salon, il faut un angle qui permette de voir tout ça.

— Mais, *mum*, il nous entend.

— Qu'importe. Il ne faut plus qu'il nous voie.

— Ne joue pas à ça, Karen ! Ce n'est pas ce qui était

prévu ! J'aime bien vous voir, je me sens plus près de toi.

Vous ne répondez pas. Vous commencez à chercher partout où il aurait pu cacher des caméras. Vous essayez de ne pas penser à sa présence dans votre maison un jour où vous n'étiez pas là, ou pire, un jour où vous étiez là, mais cette pensée ne vous quitte plus.

À côté de vous, Judith se fige et se met à pleurer.

— Ça va aller, *darling*. On peut les trouver, même sans les lumières.

Elle secoue la tête et frotte ses mains sur son visage.

— Non. *Mum*, tu ne comprends pas, s'il a mis des caméras, c'est qu'il est entré, et s'il est entré une fois... il peut entrer de nouveau.

Il aurait pu rentrer un jour où la baie vitrée était ouverte et que vous étiez à l'étage, pensant que rien ne pouvait vous arriver. Pas à vous, pas encore une fois, pas en plein milieu de la campagne...

Personne n'est à l'abri. Personne.

— **Allez, les filles ! Épargnez-vous du temps et de l'énergie. Donnez-moi Marion !**

Vous regardez tout autour de vous. Judith a raison.

— Oui, mais non, dites-vous en vous rapprochant de l'entrée. Parce que si c'est ce qu'il a prévu, pourquoi n'est-il pas entré chercher Marion depuis le début ? Pourquoi nous demande-t-il de lui ouvrir ? Pourquoi a-t-il dit qu'il allait enfoncer la porte ? Non ! Non ! S'il nous voit, s'il y a vraiment des caméras... elles ne sont pas dedans.

— Elles ne peuvent pas être dehors, tous les volets sont fermés.

Vous avancez dans l'entrée et vous vous arrêtez à un mètre de la fenêtre, celle qu'il avait recouverte de boue, puis brisée à l'aide d'une pierre, celle qui porte encore les traces de sang de SaChat.

— Elle est là. Par là. C'est pour ça qu'il a cassé la vitre et a masqué le reste avec de la boue. C'est pour ça qu'il a jeté la tête de SaChat par là. Il a voulu nous convaincre de ne pas nous approcher, que c'était dangereux. Il a bouché la vue pour qu'on ne puisse pas voir ce qu'il faisait !

Vous levez votre majeur droit vers la fenêtre.

— Salut, connard !

— **Karen ! Tu es encore plus maligne que je ne le pensais ! Fantastique, on va tellement bien s'amuser tous les deux, tous les trois, voire tous les quatre ! Allez ! Ouvre-moi maintenant, je commence à perdre patience !**

Vous faites un pas vers la fenêtre, mais Judith vous retient par le bras.

— Non ! C'est trop dangereux ! Lui aussi, il a peut-être une arme.

Votre arme. Oui. Vous la sortez et la braquez vers la fenêtre.

— Judith, il y a d'autres chargeurs dans le tiroir du buffet dans le garage. Le premier, à... à droite, je crois.

Vous l'entendez partir en courant et déverrouiller la porte qui mène au garage. Elle l'ouvre avec tant de force que la porte se referme en claquant derrière elle.

Vous tournez la tête vers Marion quelques secondes. Elle pleure, la tête baissée, mais ne relâche pas la compression sur Paul.

Alors que vous tournez la tête de nouveau vers la fenêtre, vous apercevez une silhouette passer. C'est votre chance, vous ne réfléchissez pas et vous tirez. Une fois. Deux fois. Trois fois. Les trois balles traversent la vitre et disparaissent dans le jardin. Vous ne savez pas si vous l'avez touchée.

Vous reprenez votre respiration et croyez voir une autre ombre passer. Vous tirez encore une fois. Vous n'entendez pas la porte du garage se rouvrir et vous tirez encore. La dernière balle ricoche contre le montant en métal de la fenêtre et part derrière vous.

— HA !

Le cri de Judith est suivi d'un bruit sourd.

Vous fermez les yeux et lâchez votre arme.

— Karen ! hurle Marion. Karen ! Judith !

Non.

Non.

NON !

Vous vous retournez et voyez Judith étendue au sol sur le dos, les yeux rivés au plafond et une plaie sanglante en haut du bras.

Vous accourez auprès d'elle. Plus rien n'existe à présent sauf elle. Vous touchez son visage pour voir si elle réagit et ses yeux se tournent vers vous. Elle déglutit et essaie de parler, sans succès. Ses pieds tremblent.

Vous inspectez son bras. Elle saigne beaucoup, mais la plaie n'a pas l'air profonde. Vous devriez pouvoir faire un garrot au-dessus, au-dessus de l'épaule.

— Oh, *darling* ! Je suis désolée ! La balle ! La balle ! Elle a ricoché et... Je... *Oh my God* !

Derrière vous, Hugo gémit et tourne encore en rond.

Vous détachez la ceinture de votre pantalon et l'utilisez pour lui faire un garrot juste au-dessus de l'épaule. Vous savez qu'une compression est meilleure, qu'un garrot pourrait lui faire perdre l'usage de son bras, mais vous ne pouvez pas comprimer la plaie alors qu'il est probablement encore dehors. Vous n'avez pas le choix. Vous serrez de toutes vos forces et Judith hurle. Son hurlement traverse la maison et résonne comme un écho macabre.

— Pardon, pardon, pardon... Je suis désolée.

— Karen, vous appelle tout bas Marion.

Vous tournez la tête vers elle. Vos yeux sont exorbités et votre corps entier n'est plus que douleur, votre cœur menace d'exploser et vos poumons de s'arrêter.

— Karen, vous appelle encore Marion.

Vous portez de nouveau votre attention sur Judith. Vous passez une main sur son visage pour l'apaiser. Vous y laissez des traces de sang.

— Ça va aller. La plaie n'est pas profonde. Ça va aller. Je... Je vais aller chercher du secours... Je n'ai pas le choix... Je...

— Karen, tu ne peux pas partir ! s'écrie Marion.

Vous vous relevez et courez vers le canapé. Vous attrapez un coussin et le placez sous la tête de Judith délicatement. Ses forces diminuent et elle a du mal à garder les yeux ouverts.

— Je dois trouver une solution.

— **Elle est simple, la solution, Karen. Tu me laisses Marion, et je te laisse aller chercher du secours pour Judith. Regarde ce que tu as fait. Rah là là... Karen, tu ne peux pas la laisser comme ça !**

Il se moque de vous.

Vous savez que vous ne devriez pas le croire, mais l'espace de quelques instants vous le croyez. Le visage de Marion se décompose.

— Non, Karen ! Tu sais qu'il ment. Tu as vu tout ce qu'il avait préparé. Tu... Tu sais bien qu'il ne te laissera pas y aller. Et tu ne pourras pas prendre Judith avec toi ! Il la... Il pourrait abuser d'elle ! Karen, reprends-toi, voyons ! Ne le crois pas !

Vous hésitez. Vous ne pouvez pas ne pas hésiter. Votre fille, votre dernier bébé, est blessée. Par votre faute, c'est à cause de vous et de votre erreur. Vous avez fait ça.

— **Allez, Karen ! Mon offre ne tiendra que deux petites minutes. Ensuite, j'enfoncerai cette porte et je vous tuerai toutes les trois. Mais avant, je commencerai par violer Judith, elle n'a pas l'air en forme, ça sera plus facile. On n'a qu'à dire que ça sera un échauffement...**

— STOP !

Vous ne pouvez pas vous enfuir tant qu'il est là et vous devez aller chercher du secours. Pour Judith.

Vous vous rapprochez d'elle et vous penchez pour embrasser son front.

— *Mum*, murmure-t-elle, les lèvres tremblantes. J'ai froid.

— Ça va aller. Tout va bien se passer. Je suis là. Je vais aller chercher du secours, d'accord ?

— *Mum* ?

— Oui ?

— Je suis désolée...

— Chut... C'est ma faute, pas la tienne...

— Non... Avant... Cette nuit-là... J'ai pas appelé... Le monsieur aux confitures... pour Maggie... Je l'ai appelé pour toi... Je savais pas. J'avais pas compris... J'ai compris que pour toi... C'est ma... faute.

— Quoi ? Je ne comprends pas, *darling*. Et c'est pas grave, tu...

Ses yeux se ferment et vous la secouez doucement pour la tenir éveillée.

— Judith ?

Elle rouvre les yeux. Son teint est pâle, elle perd ses forces. Vous devez faire quelque chose. Vous êtes sur le point de la laisser et de vous lever quand elle pose une main tremblante sur la vôtre.

— Je m'en souviens... Je me souviens de tout... Je voulais juste pas le voir... pas reconnaître que j'aurais pu sauver Maggie... J'ai hésité... Il avait dit... de l'appeler... s'il te faisait du mal à toi ou à nous... Et moi, j'ai rien dit... Je l'ai pas appelé... Alors que j'ai... tout... vu.

Ses mots « tout vu » résonnent en boucle dans votre esprit. Vous saviez qu'il s'agissait d'une possibilité, elle ne vous en avait jamais parlé, ni à vous ni aux trois psychologues que vous l'aviez emmenée voir. À personne. Vous étiez soulagée toutes ces années, mais seulement pour tomber de plus haut aujourd'hui. Pendant dix ans, Judith s'est sentie coupable de la mort de Maggie, pendant dix ans, elle a cru que c'était elle la responsable parce qu'elle n'avait pas appelé Paul plus tôt.

— Oh non, ce n'est pas toi qui dois être désolée... C'est lui ! C'est lui ! Et je te jure qu'il a payé pour ce qu'il nous a fait !

Judith a toujours su. Depuis ses six ans, elle n'a jamais rien dit. Jamais. Ni à vous ni à personne d'autre. Et vous êtes bien placée pour savoir ce qu'un secret comme celui-là peut faire. À quel point il peut vous ronger de l'intérieur et vous faire perdre ce qui vous reste de joie de vivre, d'humanité.

À ce moment-là, vous comprenez que l'éclat de vie que vous voyiez dans les yeux de Judith était aussi factice que celui que vous vouliez bien montrer en public.

Vous regardez le bras de Judith et la blessure qui continue de saigner. Quelque chose vous interpelle dans la poche de son pantalon. Vous approchez votre main et attrapez une page de votre journal dont les bords sont un peu brûlés. De votre autre main, vous compressez la blessure de Judith. Elle a récupéré ce qu'elle pouvait du journal quand elle est allée rallumer le feu. Vous lisez la page écrite en anglais dans votre tête et vous vous retrouvez plongée dix ans en arrière.

« J'ai réussi à me lever ce matin. Paul est venu m'apporter à manger. Il m'a dit que Marion l'avait préparé pour moi, mais je ne le crois pas, je pense que c'est lui qui l'a fait. Elle ne m'aime pas, et après tout, avec tout ce que Celynen a bien pu raconter sur moi, comment lui en vouloir ? Je l'ai encore vue à la télé hier parler de Maggie et de Celynen. Elle profite de cette histoire pour se mettre en avant, c'est pathétique. Elle assure que Celynen pourrait être le genre d'homme à faire ça, qu'il lui a souvent fait des avances qu'elle a refusées et qu'il n'était pas net. Si elle savait... Si elle savait que les femmes adultes ne l'intéressaient plus depuis longtemps et que c'étaient les petites filles qu'il aimait. Les petites filles comme Maggie, comme Judith. Ma Maggie. Comment ai-je pu être aussi aveugle et le laisser lui faire autant de mal ? Comment ai-je pu abdiquer en la voyant étendue sur le lit ? Comment ai-je pu le laisser l'enrouler dans cette couverture ?

Comment ai-je pu le laisser s'approcher de Judith après ça ?

Ça a pourtant été si facile. De le tuer. De l'enterrer dans la forêt, loin de Maggie. Peut-être parce que je n'étais pas toute seule.

Je ne mérite pas Judith, mais elle est tout ce qu'il me reste. Je dois la protéger de tout ça. Elle ne doit jamais savoir ce qu'il lui a fait. Elle a assez souffert. »

Le dos de la page est illisible. Vous la froissez dans votre main.

— Je suis désolée, gémissez-vous. Tellement désolée.

Elle ne vous répond pas, elle se contente de vous fixer. Elle a compris que tout ce qui est arrivé est arrivé parce que vous n'avez rien fait. Vous pardonnera-t-elle ?

— **KAREN ! Tu ne veux pas enterrer une autre fille, n'est-ce pas ? Peut-être que si je menace d'aller chercher Maggie et de te la ramener, tu me donneras ce que je veux !**

— Maggie ? s'étrangle Marion.

Pas Maggie. Pas votre bébé. Il ne peut pas aller la déranger. Personne ne le doit.

— Oh, Karen, souffle Marion au-dessus de Paul. Maggie... Judith... Qu'est-ce que tu as fait ?

Vos mains tremblent et vous vous levez d'un bond. Vous attrapez les cartouches que Judith a rapportées. Vous chargez le flingue et le coincez dans votre ceinture.

Vous allez sortir pour aller chercher du secours et vous savez comment !

Vous courez jusqu'au garage et empoignez votre vélo. Vous vous apprêtez à rejoindre le salon quand vous apercevez dans le noir les affaires de chasse de Celynen. Vous les avez gardées pour ne pas éveiller les soupçons, comme si vous espériez vraiment qu'il revienne. Vous ramassez un couteau double lame et le calez dans votre chaussette sous votre pantalon. La lame entaille votre peau et vous priez pour ne pas trop saigner. Il ne doit se douter de rien.

De retour dans le salon, vous voyez que Judith s'est relevée et s'est adossée contre le mur. Son bras blessé pend à côté d'elle et elle tient la page du journal dans son autre main. Elle est en train de la lire quand elle lève les yeux vers vous. Son regard vous transperce. Elle sait que c'est vous la responsable, que c'est à cause de vous que tout cela est arrivé. Ce qui est arrivé à Maggie. Ce qui lui est arrivé à elle. Elle vous hait. Vous le comprenez, mais cela n'a pas d'importance pour l'instant. Vous lui expliquerez tout plus tard, quand vous l'aurez sauvée. Peut-être vous pardonnera-t-elle. Qu'importe, du moment qu'elle vit !

Votre pied tape dans quelque chose. Vous baissez les yeux sur Hugo qui dort en face de Judith. Il ne bouge plus. Vous le repoussez du pied délicatement et toujours rien. Judith pleure et tend sa main vers le cadavre de son chien.

— Oh non, gémit Marion au-dessus de Paul. Oh, Karen...

— Ça va aller, Judith, dites-vous. On pleurera après. Je vais aller chercher du secours, d'accord ? Et quand on sera sorties de là, je te raconterai tout, je te le promets. On s'occupera d'Hugo après.

Vous voyez Judith hocher faiblement la tête et sangloter en gémissant. Vous devez faire vite.

— Karen, vous appelle Marion, qu'est-ce qui t'arrive ?

Vous l'ignorez. Vous portez le vélo jusqu'à l'entrée et le bloquez contre le mur.

— Vous avez crevé les pneus de la voiture de Paul ? criez-vous à la porte.

— **Oh, pourquoi le vouvoiement de nouveau, Karen ? Je croyais qu'on s'était rapprochés !**

— Est-ce que je peux prendre sa voiture ? hurlez-vous.

— **Malheureusement non. Oui, j'ai crevé les pneus. Le seul véhicule qui fonctionne aux alentours, c'est ma camionnette, et tu comprends bien que je ne peux pas te la prêter.**

— Vous allez me laisser sortir, d'accord ? Vous allez récupérer Marion et vous ressortirez avec elle. Je fermerai la maison et j'irai chercher du secours. D'accord ?

— **Ça me paraît honnête. Tu es sûre que tu as confiance en moi, Karen ?**

— KAREN ! hurle Marion. TU NE PEUX PAS FAIRE ÇA ! NON !

Non, vous n'avez pas prévu de faire ça. Vous avez prévu de le tuer au moment où il passera la porte. Mais c'est parfait si Marion croit que vous avez pété un plomb et que vous êtes prête à la sacrifier pour sauver Judith, il le croira aussi.

— KAREN ! NON ! Tu ne peux pas me faire ça ! Pas après tout ce que j'ai fait pour toi ! Pas après t'avoir aidée à garder Judith !

Vous tournez la tête vers Marion. Qu'est-elle encore en train de raconter ?

— Tu crois que Paul ne m'a rien avoué ? Je lui ai dit que je t'avais vue au beau milieu de la nuit avec la voiture de Celynen, alors qu'il n'était pas à la maison. Il m'a tout raconté ! Il m'a tout dit, tout ce que Celynen t'a fait, ce qu'il a fait à Maggie, il m'a dit que Celynen avait tué Maggie. Il m'a aussi raconté qu'il t'avait aidée à l'enterrer... DE NOTRE CÔTÉ DU BOIS ! Tu crois que ça me faisait plaisir de parader devant les journalistes ? À dire que Celynen me draguait ? Je l'ai fait pour qu'ils ne se concentrent pas sur toi ! Je l'ai fait pour qu'ils ne t'enlèvent pas Judith !

Vous secouez la tête. Cela ne peut pas être vrai ! Marion vous a toujours détestée, et le sentiment était réciproque. Pourquoi aurait-elle fait ça pour vous ?

Paul.

C'est grâce à Paul.

Vous regardez votre voisin, étendu au sol, dans la mare de son propre sang. Il vit encore, mais sa vie ne tient qu'à un fil et vous l'avez entre vos mains.

— Ne fais pas ça, Karen ! N'ouvre pas la porte ! C'est trop tard, maintenant ! Tu sais très bien qu'il veut juste qu'on lui ouvre. Tu ne pourras rien faire de plus ! Ni moi !

Vous baissez la tête et essuyez du dos de la main les larmes qui coulent sur vos joues. Vous n'avez pas le choix, vous devez le tuer. Mais en aurez-vous la force cette fois ? Il n'est pas inconscient à terre.

— Je suis désolée, Marion. Je te remercie de tout ce que tu as fait, mais je dois sauver ma fille...

— KAREN !

Vous déverrouillez tous les verrous et ouvrez la porte. Vous braquez votre arme devant vous. Il vous regarde, serein et sûr de lui, appuyé contre le mur. Lui aussi braque une arme vers vous, et ça, vous ne l'aviez pas envisagé. Vous n'avez pas regardé par le judas avant d'ouvrir. Vous n'avez pas vérifié, et vous avez perdu.

— Bien. Tu me laisses entrer maintenant ?

Vous hochez la tête et reculez sans toutefois baisser votre arme. Vous le tenez bien en joue. Vous devriez tirer maintenant. Vous devriez tirer, il n'aura peut-être pas le temps de tirer lui aussi, mais votre doigt tremble sur la gâchette. Vous n'y arrivez pas.

— Bien, dit-il en entrant. Je vois qu'on a aussi les mêmes goûts en matière d'armes. Tant de points communs, tant de points communs, Karen. À commencer par ton mari.

De quoi parle-t-il ?

Il s'avance dans la maison et se dirige vers Marion, son arme toujours braquée sur vous. Il regarde Judith et Hugo. Vous ne pouvez rien faire, pas encore, vous ne voulez pas risquer une autre balle perdue.

— Quel dommage ! Je l'aimais bien.

Votre doigt tremblote sur la gâchette. Vous pourriez le manquer et il pourrait vous tuer ou, pire, tuer Judith.

Il fait de nouveau un pas vers Marion qui implore sa pitié.

— Je vous en prie ! Non ! Ne me faites pas de mal ! Je... Je... Non ! Prenez Karen ! Prenez-la elle !

Il rit. Il rit et tourne la tête vers vous.

— Elle a raison. C'est toi que je vais prendre. C'était toi depuis le début.

Il vous fait un clin d'œil, se tourne vers Marion et lui tire une balle dans la tête.

Le corps de Marion tombe à la renverse et sa colonne vertébrale craque sous le choc.

La surprise vous rend muette. Vous n'arrivez pas à y croire.

Il vous braque de nouveau.

— Elle avait raison. Je cherchais juste des indices, mais elle n'a rien lâché. Je l'ai vue aux infos pour le flash des dix ans, elle a raconté exactement, au mot près, ce qu'elle avait dit à l'époque. Je le sais, j'avais tout enregistré. Tu avais remarqué, toi ? J'ai trouvé ça louche, suspect, et j'avais de quoi ! Elle t'a couverte avec son Paul, là. C'est fou ce que la culpabilité peut pousser les gens à faire. Tout ça parce qu'ils n'ont pas dénoncé Celynen avant. Et puis, franchement, tu l'as vue ? Non. Toi. Toi, Karen ! Ça a toujours été toi. Je dois continuer ce qu'il a commencé. Je le comprends mieux maintenant.

Vous secouez la tête. Vos joues sont humides. Vous pleurez ?

— Non. Laissez-moi partir ! Laissez-moi protéger Judith !

— Je suis désolé, mais je ne peux pas faire ça. Et puis, ça ne sert à rien maintenant. C'est déjà trop tard.

— Mais vous...

— J'ai menti, Karen. Comme toi aussi, tu as menti ! Tu avais prévu de me tuer, n'est-ce pas ? Pas de me laisser entrer.

Vous ne répondez pas.

— Je le sais, Karen, c'est normal, c'est parce que tu es une survivante ! Tu es forte ! Tu es comme moi ! On pourrait faire de grandes choses ensemble... si je n'étais pas obligé de te tuer.

— Qu... Quoi ? Mais, mais pourquoi ?

Vous devez gagner du temps, le faire parler.

— Pourquoi quoi ?

— Pourquoi ? Vous pourriez me laisser aller chercher du secours, vous échapper.

— Non, ça ne m'intéresse pas. Je cherchais ça depuis si longtemps. Toutes ces années.

Vous secouez la tête en reculant. Il vous sourit et vous observe avec tendresse. Vous lui faites pitié. Il vous étudie comme on étudie un chiot qui tombe en courant.

— Je comprends, admet-il, c'est comme ma femme qui a failli se noyer. Je comprends pourquoi tu l'as fait, mais il avait raison, tu sais. C'était sa fille, c'était lui qui l'avait faite.

Vous reculez d'un pas. Il parle comme Celynen.

— Vous le connaissiez.

Il hoche la tête.

— On s'est rencontrés sur Internet, lui et moi. On a beaucoup parlé, beaucoup échangé, sur beaucoup de choses.

Vous déglutissez. Vous vous souvenez des photos et des vidéos. De celles de Maggie et des autres. Toutes ces petites filles. Le dossier « Galatées ». « Galatées » avec un S. Les forums d'échanges. Le réseau.

Il est l'un d'entre eux.

— Tu me l'as enlevé, Karen. Tu comprends ? Je n'avais que lui !

Il parle de Celynen comme d'un amant, comme s'il avait perdu son âme sœur. Il est celui qui en voulait à Celynen de tout arrêter.

— Ce n'est pas facile de trouver des gens comme nous, tu sais. Ce n'est pas sûr, surtout avec tous ces flics déguisés. Celynen... Celynen, c'était le seul en qui j'avais confiance. Je n'ai retrouvé personne d'autre comme lui après ça.

Comment a-t-il su ?

— Mais... comment ?

Il hausse les épaules.

— J'ai vraiment cru qu'il s'était enfui avec la gosse. J'ai cru que tu l'avais découvert et menacé, qu'il s'était enfui pour éviter la prison. Il m'avait dit qu'il voulait arrêter, mais je savais bien que c'était impossible, on ne peut pas arrêter quelque chose d'aussi bon. Il avait l'impression que tu comprenais, à la fin, tu sais. Et puis, comme tu ne disais rien de tout ça à l'époque, j'ai pensé qu'il avait vrillé et qu'il avait voulu profiter de la gosse à fond avant qu'elle soit trop grande. Je m'en veux un peu d'y avoir cru d'ailleurs. Je savais bien au fond de moi qu'il ne m'aurait pas écarté comme ça, qu'il aurait trouvé un moyen de me retrouver.

Vous avez la nausée. Votre doigt frôle la gâchette, mais vous devez en savoir plus. Vous devez comprendre.

— Alors pourquoi vous êtes venu ici ? Pourquoi maintenant ?

Au moment où vous posez votre question, vous vous trouvez idiote. Il vous a dit pourquoi.

— Le flash des dix ans... murmurez-vous.

Il sourit.

— Dix ans d'absence, c'est long. Je te l'ai dit, on était très proches. On avait prévu de partager Maggie, puis de voyager ensemble après ça. Ce n'était pas logique qu'il soit parti sans même me prévenir. Il me manque, tu sais ?

Vous ne pouvez pas retenir une grimace de dégoût.

Il secoue la tête. Il vous sourit toujours. Dans la pénombre du salon, vous voyez les flammes de la cheminée se refléter dans ses yeux. C'est un démon.

— Tu ne peux pas comprendre. Personne ne le peut. C'est pour ça que j'ai mené ma petite enquête. Je t'ai suivie, observée. J'ai observé tes voisins aussi. Puis un jour, tu es allée sur la tombe de ta fille et j'ai compris. J'ai fouillé le bois et je l'ai trouvé, lui. J'ai failli être surpris par ton voisin d'ailleurs.

Il fait un signe de tête vers Paul.

— Je l'ai vu se recueillir sur la tombe de ta fille. De la petite Maggie. Quel gâchis, quand même ! Je n'arrive pas à croire qu'il ait fait ça, pas alors qu'il l'aimait tant. Les autres... Oui... Bien sûr. Moi non plus, je ne laisse pas de traces. Mais bon... La première est toujours spéciale.

Vous devriez appuyer sur la gâchette. Vous devriez le tuer maintenant, mais vous avez si peur d'une balle perdue. Et s'il tirait sur Judith au moment où vous lui tirez dessus ?

— Laissez Judith. Laissez-la et je vous suivrai. D'accord ?

Il regarde Judith et soupire.

— Elle ne m'intéresse plus. Toi, toi, tu es si spéciale. J'ai envie de t'ouvrir le crâne et de voir ce qu'il y a à l'intérieur. Peut-être y reste-t-il un peu de Celynen.

— Laissez-la !

— Voilà ce qu'on va faire. On va sortir tous les deux. Tu vas fermer la porte à clef et tu vas la jeter, la clef. Tu sais quoi ? Tu pourras même aller la balancer dans le lac. Ça te va comme ça ? Je me moque de Judith, regarde-la, que veux-tu que j'en fasse ?

Vous hésitez. Si vous la jetez dans le lac, personne ne pourra entrer sauver Judith. Personne.

Vous secouez la tête.

Vous voyez Judith se lever en prenant appui contre le mur, sa main droite appuyée sur sa blessure. Ses jambes tremblent et ses yeux ont du mal à rester ouverts. Elle arrivera peut-être à ouvrir le garage quand les secours arriveront. Ou peut-être la baie vitrée. Il a raison, le lac, c'est le meilleur endroit pour jeter la clef. Il ne pourra pas revenir pour elle.

Vous la voyez vous rendre votre sourire. Une larme coule le long de sa joue. Elle est si pâle, il lui faut un médecin.

Vous le suivez hors de la maison. Quand vous passez la porte, vous entendez la voix de Judith qui vous appelle.

« *Mum ! Mum !* »

Vous fermez les yeux et claquez la porte. Il passe une main sur votre joue. Son doigt glisse le long d'une de vos cicatrices.

— Allez, Karen, on y va.

Vous tournez la clef dans la serrure et le suivez jusqu'au lac.

Là, sur le ponton, vous vous revoyez des années en arrière, en train d'apprendre à Maggie, puis à Judith, à faire des ricochets. Vous étiez heureuse, sereine, surtout avec Judith, parce que vous pensiez que plus personne ne viendrait vous faire du mal. Vous aviez tort.

— Allez, Karen, il faut y aller.

Vous regardez la clef dans votre main et la soupesez une seconde. La lune se reflète sur la surface du lac.

Vous prenez une grande inspiration et, enfin, vous la jetez de toutes vos forces. Elle ricoche une fois sur l'eau avant de disparaître dans la noirceur de celle-ci.

— Bien, entendez-vous derrière vous, maintenant, on y va.

26
19 MARS 2009

Une fois au rez-de-chaussée, vous découvrez que Paul a emmailloté le haut du corps de Celynen dans du Cellophane. La vision est horrifique.

Il lève les yeux vers vous. Ses mains sont enduites de sang.

— Je... J'ai pensé qu'il valait mieux éviter de répandre du sang partout.

Il a raison. Vous avez envie de courir dans ses bras et d'y rester blottie, comme une enfant, jusqu'à ce que l'horreur passe.

— Il faut aller creuser une tombe, énoncez-vous à la place.

— Oui. Je vais y aller.

Vous secouez la tête.

— Je vais t'aider, ça va être long.

— Comment va Judith ?

— Elle dort maintenant.

— Très bien.

Après être allés chercher la brouette du jardin, vous et Paul mettez le corps de Celynen dessus et vous dirigez vers la forêt. Paul pousse la brouette tandis que vous portez les bêches dont vous allez avoir besoin.

Il vous faudra plus de deux heures à deux pour creuser une tombe assez profonde. C'est Paul qui fait le plus gros du travail. Il passe sa colère et sa haine sur la terre qui recouvrira bientôt Celynen.

Alors que vous vous apprêtez à le couvrir de terre, il vous arrête.

— Attends.

Et il part en courant vers la maison. Il en revient avec le tisonnier dans la main, quelques minutes plus tard.

— Pas de preuve. Aucune.

Il jette le tisonnier sur le corps de Celynen.

Paul s'assure que personne ne puisse se douter qu'un corps repose ici. Il recouvre la terre meuble de branches et de feuilles, puis tire une racine qui sort du sol afin qu'elle passe par-dessus.

Vous reculez tous les deux de quelques pas et contemplez votre travail. Puis, Paul se tourne vers vous.

— Ça va aller ?

— Je crois. Oui, vraiment, ça va aller maintenant.

Vous êtes libres. Il vous manque Maggie, mais vous êtes enfin libres. Judith et vous allez pouvoir recommencer une nouvelle vie.

Paul vous prend les bêches des mains et les porte jusqu'à la maison. Une fois que vous êtes revenus, il passe un coup de tuyau d'arrosage dessus pour éliminer les traces de terre et les met à sécher derrière la cabane de jardinage.

Vous entrez dans la maison et allez tout de suite vous assurer que Judith dort paisiblement.

Vous retournez dans le salon avec vos vêtements tachés dans les bras. Vous les jetez dans le feu de cheminée que vous ravivez.

Le sol du salon est recouvert de sang. Il va falloir nettoyer ça aussi.

Paul referme la baie vitrée derrière lui.

— Bien.

— Je dois nettoyer, annoncez-vous.

— Je vais t'aider.

— Non. Tu en as assez fait. Tu es venu, tu... tu m'as aidée à enterrer Ce... à l'enterrer. Non. C'est à moi de nettoyer. C'est moi qui l'ai tué. C'est à moi de le faire.

Paul s'approche de vous.

— Écoute-moi bien, Karen. Je vais t'aider. Ce n'est pas une demande, ce n'est pas une chose à laquelle tu peux dire non, OK ? C'est comme ça ! Je resterai avec toi jusqu'au petit matin s'il le faut.

— Mais tu dois rentrer chez toi. Marion va s'inquiéter.

— Marion dort comme un loir. Elle n'a même pas entendu mon téléphone sonner. Elle ne se lèvera pas avant 9 heures du matin. On a le temps. On va faire les choses ensemble et on va les faire bien.

Paul vous prend dans ses bras. Au début, vous ne savez pas comment répondre à ses bras chaleureux qui vous encerclent, vous n'avez plus l'habitude, puis, après plusieurs respirations, vous vous laissez aller. Vos épaules se détendent et vous passez vos bras autour du large torse rassurant. Vous laissez votre tête reposer contre son cœur et vous vous laissez bercer par ses battements. Pendant quelques instants, plus rien au monde n'existe en dehors de cet homme qui vous protège et prend soin de vous. Plus rien n'existe à part cette sensation de sérénité que vous n'avez pas ressentie depuis des années.

Vous vous détachez de lui à contrecœur et allez chercher de quoi nettoyer.

Ensemble, vous passez le sol au peigne fin. Les grosses taches sont faciles à nettoyer et les morceaux aussi, vous les jetez dans le feu pour les faire disparaître. L'odeur de brûlé s'élève autour de vous, piquante et nauséabonde, mais derrière s'en cache une autre, une que vous appréciez. Celle de la chair grillée de Celynen qui signe son trépas.

Paul s'assure qu'aucune tache de sang ne se soit cachée. Si la police venait à fouiller la maison, ils chercheraient partout, ils passeraient tout au crible. Le salon doit être immaculé. Vous prenez le tapis du bureau pour le mettre dans le salon. Vous y répandez des miettes de pain pour faire croire qu'il est là depuis plus longtemps.

Après avoir tout nettoyé à plusieurs reprises et avec plusieurs détergents, comme de la javel, de l'ammoniac ou encore de l'eau oxygénée, vous nettoyez tous vos ustensiles et allez les ranger. Vous recommencerez le lendemain, et le surlendemain, jusqu'à être sûre qu'aucun test ne pourra relever la présence de sang. Paul vous confirme que cela ne sera pas suffisant si la police lance une enquête scientifique, mais que dans un premier temps cela devrait faire l'affaire. Vous passez une lessive très parfumée sur le sol et ouvrez les fenêtres pour vous débarrasser de l'odeur.

Vous proposez à Paul de prendre une douche ici et de brûler ses vêtements. Vous lui prêtez un vieux jogging de Celynen qu'il mettra dans une benne de don de vêtements le lendemain.

C'est enfin terminé.

Vous vous fixez longtemps dans les yeux. Aucun de vous ne sait quoi dire. Ce que vous venez de vivre est bien trop fort. Il n'y a aucun mot pour le décrire. D'ailleurs, après cette nuit, vous n'en parlerez plus jamais. Vous ne parlerez presque plus. Votre secret est bien trop lourd.

Dans l'âtre de la cheminée, vos vêtements à tous les deux ont disparu. Ne restent d'eux que des cendres. Il n'y a plus aucune preuve.

— Karen ?

— Oui ?

— Qu'est-ce que tu comptes faire maintenant ?

Vous n'y avez pas pensé. Vous n'arrivez pas à imaginer quelque chose.

— On va te questionner sur Maggie et Celynen, et si tu ne dis rien, tu...

— Ils m'enlèveront Judith.

— Oui.

— Qu'est-ce que je dois faire alors ?

— Tu vas aller à la police, et tu vas leur dire que Celynen t'a encore frappée, qu'il était plus... plus violent que d'habitude et qu'il est parti avec Maggie. Tu leur diras que tu as peur qu'il lui fasse du mal et que tu as aussi peur qu'il revienne pour te faire du mal ainsi qu'à Judith. Il vous a droguées toutes les deux. Tu devrais avoir des traces dans ton sang, tu leur diras ça aussi. Et également que ça fait presque une semaine qu'il vous enferme à la maison et que tu as peur pour ta vie et celle de tes filles.

— Et toi ?

— Moi, je vais t'emmener à la police. Je dirai la vérité, que Judith m'a appelé. Je dirai que j'ai vu la voiture de Celynen passer devant la maison en me rendant chez toi et que je vous ai emmenées, toi et la petite, à la gendarmerie.

— Alors, il faut se débarrasser de la voiture.

— Oui.

Vous passez vos mains sur vos joues.

— Je vais la garer sur le parking du supermarché, il n'y aura personne à cette heure-là. Je reviendrai à pied. J'en aurai pour trente minutes.

Et c'est ce que vous faites. Vous n'avez pas voulu que Paul vous accompagne. Vous ne vouliez pas qu'il puisse être reconnu complice de tout cela. En attendant, il reste à la maison et veille sur Judith.

Vous rentrez à pied et le froid vous revigore. Vous avez mal partout et votre estomac gronde de faim, mais il vous reste encore une chose à faire.

Vous retournez voir Judith dormir. Vous l'observez dix minutes avant de redescendre.

— C'est un bon plan, tente de vous rassurer Paul alors qu'il vous tend votre manteau.

Un détail cloche, vous y avez pensé sur la route. Si Celynen vous a violée à de multiples reprises ces derniers jours, il ne vous a pas frappée. Vous n'avez que les restes de ses coups de la semaine précédente et un bleu dans le dos dû à votre chute dans l'escalier.

— Je n'ai pas assez de bleus. Ils sont vieux de plusieurs jours.

— Oui, eh bien, tu n'auras qu'à dire que tu t'es enfermée dans la chambre avec la petite.

Vous avez une meilleure idée. Une idée qui rendra encore plus plausible toute cette histoire.

— Frappe-moi.

Paul sursaute et fait un pas en arrière.

— QUOI ? Mais non ! Non, Karen !

— Tu dois le faire, Paul, quelques coups au visage, ça suffira. Ça sera plus réaliste ! Frappe-moi ! Mais pas avec tes mains, tu ne dois pas avoir de marques.

Paul recule et vous tourne le dos.

— Non, Karen, tu ne peux pas me demander ça !

Vous le voyez secouer la tête, les mains posées sur les hanches.

— Non, répète-t-il. Non.

Vous passez devant lui et prenez ses mains entre les vôtres.

— Paul, je t'en prie ! J'ai besoin de toi une dernière fois. Tu sais très bien que ça marchera mieux si j'arrive blessée et en sang.

Paul secoue la tête, mais vous voyez sa volonté flancher.

— *Please*, Paul. Je t'en supplie. Pour Judith !

Il baisse la tête et des larmes tombent au sol. Il pleure. En d'autres circonstances, jamais vous n'auriez demandé à qui que ce soit de faire quelque chose d'aussi fou, d'aussi malade pour vous, surtout après que cette personne a déjà autant fait, mais la situation est différente. Vous risquez de perdre Judith, et ça, vous ne pouvez pas le tolérer.

— Je ne veux pas te faire de mal, Karen.

— Si je perds Judith, j'aurai bien plus mal encore.

Il prend une grande respiration et hoche rapidement la tête.

— OK. OK... D'accord.

— *Thank you*.

Ses mains tremblent. Il regarde tout autour de lui à la recherche de quelque chose pour l'aider, mais ne trouve rien.

Vous vous tournez vers le couloir et vous approchez du buffet. Le miroir renvoie l'image d'une femme âgée, fatiguée et misérable, votre reflet depuis des années. Après une grande inspiration, vous tapez avec votre bras dedans.

Derrière vous, Paul sursaute alors que des éclats de verre s'envolent tout autour du meuble.

— Qu'est-ce que tu veux...

Vous ne répondez pas et posez votre visage contre le miroir brisé. Le verre lacère votre peau et vous vous retenez de crier alors que vous bougez de haut en bas contre le miroir. Du sang chaud coule le long de votre joue et dans votre cou. Paul vous attrape par les épaules et vous fait reculer.

— Mais qu'est-ce que tu fais ? Tu n'as pas besoin de faire ça !

— Jette-moi contre le mur !

— Quoi ?

— Jette-moi !

Il vous regarde quelques secondes, ferme les yeux et vous pousse contre le mur. C'est douloureux, mais pas encore assez, et puis ce n'est rien par rapport à Celynen.

— Plus fort !

— Non ! Non ! Pas plus fort ! Ça suffit !

— Plus fort ! criez-vous.

Paul vous rattrape par les épaules et vous lance de toutes ses forces contre le mur. Votre tête tape et rebondit. Quelque chose craque à l'arrière de votre crâne, mais vous en redemandez.

Et il s'exécute.

Votre tête tourne et vous peinez à rester debout.

Paul saisit votre visage dans ses mains.

— Allez, on y va ! Ça suffit !

— Judith...

Paul court à l'étage et revient avec Judith endormie dans ses bras.

Il l'installe délicatement à l'arrière de sa voiture et l'attache. Il revient vous chercher et vous aide à monter. Votre monde devient flou et tangue, vos jambes refusent à nouveau de vous porter. L'adrénaline a disparu et avec elle le reste de vos forces.

Une fois derrière le volant, il pose une main sur votre épaule.

— Tout va bien se passer. Tu n'auras qu'à raconter la vérité, toute la vérité jusqu'à la semaine dernière.

Vous hochez la tête et il démarre la voiture. Alors que vous reculez, vous levez les yeux vers le perron de la maison et vous la voyez, Maggie, assise sur la balustrade. Elle vous lance un bisou d'au revoir. Elle porte sa robe rouge d'été préférée et tient son dinosaure rouge sous le bras. *Your beautiful girl.*

27
20 AVRIL 2019

— Bien, maintenant on y va.

— Non. Vous n'irez nulle part. Ici, il n'y a aucun risque de tir perdu ou d'accident.

Vous vous tournez et vous vous jetez sur lui. De surprise, il tombe, dos au sol, et lâche son arme. Elle rebondit à côté de lui et disparaît dans l'ombre de la nuit. Il vous repousse et renverse la situation. Vous êtes plaquée au sol et son poing s'écrase sur votre joue. Votre tête part sur le côté et un goût de fer s'insinue dans votre bouche. Vous avez le tournis et vos yeux voient trouble. Un autre coup au visage vous ramène à la réalité. Votre adversaire prend le dessus et engage l'attaque finale.

— Oh, Karen, tu me remplis de joie ! Tu sens combien tu me rends heureux ? On va tellement s'amuser tous les deux ! Celynen serait si heureux. Tu sais qu'il me racontait tout ? Tout ce qu'il te faisait aussi. Il aimait ça, quand tu pleurais. Je suis sûr que je vais aimer, moi aussi.

Il enfonce son bassin contre votre ventre, et oui, vous la sentez bien, sa joie. Elle vous débecte, vous aimeriez la couper et la lui fourrer dans la bouche.

Vous pliez votre genou et étirez vos doigts au maximum vers votre cheville. Il est bien trop occupé à savourer sa sensation de supériorité pour faire attention à ce que vous faites. Tandis qu'il pose sa main sur votre cou et déchire, de l'autre, le haut de votre t-shirt, vous en profitez pour attraper le couteau de Celynen entre votre index et votre majeur. Vous le tirez lentement et sentez la lame découper votre peau.

Vous manquez d'air. Vous y voyez flou.

Mais vous devez sauver Judith.

Enfin, vous saisissez le couteau à pleine main et, cette fois, vous n'hésitez pas. Vous le plantez dans le flanc de votre adversaire de toutes vos forces avant de tirer vers l'extérieur.

Il hurle en tentant de s'échapper et la pression sur votre gorge disparaît. Votre corps appelle une grande inspiration, puis une autre. Quelque chose de chaud glisse sur votre ventre.

Il gémit en posant une main sur sa blessure, mais vous le rattrapez par le col de son pull. Vous le tirez en avant et plantez vos dents dans sa joue.

Il hurle encore et vous frappe pour se libérer.

Il n'a pas conscience que vous ne ressentez plus rien, que la douleur n'a plus d'importance. Il a omis ce détail. Ce détail qui va complètement renverser l'issue de sa chasse, car vous ne le laisserez jamais vous prendre en vie et vous ne mourrez pas seule.

Vous n'êtes plus, et cette chose qui prend possession de votre corps pour vous protéger, ce n'est pas vous. Non, ce n'est pas vous qui plantez et plantez encore la lame dans son ventre. Ce n'est pas vous qui hurlez. Ce n'est pas vous non plus qui avalez son sang alors que vous serrez encore plus vos mâchoires.

Enfin, il tombe sur vous, lourd et immobile. Vous le repoussez et roulez sur le côté. Vous ne lâchez pas le couteau tandis que vous vous relevez et marchez à reculons. Il y a quelque chose dans votre bouche. Vous tendez votre main devant votre visage et crachez. Ça ressemble à une dent. Vous passez votre langue sur vos dents et découvrez une cavité dans votre mâchoire supérieure, entre votre incisive et votre deuxième molaire. C'est comme une sensation de déjà-vu.

Vous refermez votre main dessus et reculez de plus en plus vite vers la maison. Vous n'avez pas le temps de vérifier s'il est encore en vie. C'est peut-être une erreur, mais Judith est à l'intérieur et elle est blessée.

Instinctivement, vous courez vers la porte d'entrée avant de vous rappeler que Judith ne pourra pas vous ouvrir. Vous opérez un demi-tour et foncez vers la baie vitrée de l'autre côté de la maison.

Alors que vous arrivez devant, vous oubliez de ralentir et vous vous écrasez contre le volet. Vos mains, recouvertes de sang, y laissent des traces sombres alors que vous tombez au sol.

Vous vous relevez et tambourinez contre le volet de toutes vos forces.

— Judith ! Judith, ouvre-moi ! Il est mort... Je... Ouvre-moi, *darling* !

Vous guettez un bruit venant de l'intérieur, mais rien. Votre cœur s'affole et vous frappez encore plus fort.

— JUDITH !

Vous frappez encore.

— JUDITH ! JUDITH ! JUDITH ! JUDITH !

Toujours aucun bruit, toujours aucun signe de Judith. Vous croyez l'entendre, mais cela ne peut pas être elle. C'est trop faible.

Vous tournez la tête vers l'illusion de Maggie qui vous observe, la tête penchée sur le côté.

Que s'est-il passé ? Judith s'était relevée quand vous êtes partis. Vous déteste-t-elle au point de vous laisser dehors ? A-t-elle compris que vous étiez en sécurité ? A-t-elle peur de vous ?

Vous faites demi-tour et vous vous élancez en courant vers la route. Vous devez aller jusqu'à la ville chercher du secours pour Judith, pour Paul. Vous ne pouvez plus rien pour Marion, Hugo et SaChat, mais vous pouvez encore sauver Judith et Paul.

Vous glissez sur de la terre meuble et tombez à plat ventre dans la boue. Elle éclabousse tout autour de vous et vous en sentez le goût infect dans votre bouche. Vous vous relevez en criant, votre cheville est foulée, peut-être même brisée.

Vous vous remettez à courir et dépassez bientôt votre voiture avant d'arriver au portillon. Vous vous écrasez dessus et prenez appui sur la murette pour l'ouvrir.

Un vertige vous paralyse quelques secondes. Vous inspirez à pleins poumons et fermez les yeux. Quand vous les rouvrez, vous êtes plus déterminée que jamais.

La route est déserte et sombre, mais vous connaissez le chemin.

Un chien aboie. Vous tournez la tête vers la maison.

Plus rien. Uniquement le silence.

Vous reprenez votre course.

Vous êtes seule sur la route, dans le noir. Vous priez pour tomber sur quelqu'un qui vous croira, pas quelqu'un qui continuera de rouler, pas quelqu'un à qui vous ferez peur. Vous priez pour qu'une seule voiture passe, une seule devant laquelle vous pourriez vous tenir immobile pour les convaincre de s'arrêter. Une seule devant laquelle vous pourriez vous jeter.

L'air qui rentre et sort de votre bouche vous brûle de l'intérieur et vous toussez plusieurs fois.

Vous tombez à genoux et hurlez.

Vous vous relevez en vous appuyant sur vos mains. Votre cheville droite ne veut plus supporter votre poids, mais vous devez avancer. Encore. Jusqu'à trouver du secours. Pour Judith.

Vous reprenez votre course, votre jambe traînant à moitié derrière vous. Vous réalisez que vous avez perdu une de vos chaussettes et que l'irrégularité du béton vous entaille la plante du pied.

Une bourrasque glacée vous fait vaciller et vous tombez de nouveau. Un sanglot vous déchire.

— Non ! Je dois y arriver !

Et vous vous relevez. Vous voyez Maggie vous tendre sa petite main pour vous aider.

— Pour Judith, lui dites-vous.

Vous vous relèverez jusqu'au bout, jusqu'à trouver du secours, ou jusqu'à la mort.

— Pour Judith...

Une lueur arrive de la route, derrière l'épingle dans la forêt. Vous courez de plus en plus vite au point de ne plus arriver à respirer. Des auras rouges et bleues traversent les arbres et les phares de la voiture se dessinent enfin.

Maggie sourit et disparaît.

Pour Judith.

Vous avancez et vous vous arrêtez, immobile au milieu de la route, penchée en avant et les mains sur les genoux. Vous êtes à bout de force, vos jambes tremblent et vous priez pour que cela ne soit pas une hallucination.

— Ju... dith...

Les phares vous aveuglent. Vous protégez vos yeux de votre bras et tombez à genoux au sol.

Vous entendez la voiture s'arrêter à quelques mètres de vous. Plusieurs portières claquent et des pas arrivent vers vous. Quelqu'un vous touche le bras et une autre personne vous parle.

— Madame ? Madame ?

— Judith, murmurez-vous.

— Judith ? C'est votre fille ? Vous êtes Karen Priddy ?

Vous levez la tête.

Ce sont les gendarmes.

Il a menti, ce n'était pas lui au bout du fil. Vous avez bel et bien appelé la gendarmerie. Il vous a menti, et il vous a eue. Vous pourriez être avec Judith en ce moment même. Avec Judith et Paul. Marion serait encore en vie !

— Ils sont blessés ! Ils sont blessés ! Il faut retourner à la maison ! Il faut aller les chercher !

Les deux gendarmes se regardent. Vous ne réalisez que maintenant que l'un d'entre eux est une femme, vous la connaissez, vous l'avez déjà vue. Comment s'appelle-t-elle déjà ? Cathy ? Catherine ?

— Madame Priddy, où... Qu'est-ce qui s'est passé ?

Le gendarme vous aide à vous relever et vous inspecte rapidement.

— Il faut y aller ! criez-vous. Il faut envoyer des ambulances !

Catherine fait demi-tour et prend une radio à sa ceinture.

— Vous êtes couverte de sang, madame Priddy. Est-ce que vous êtes blessée ?

Vous devez les effrayer avec le sang sur votre visage et sur vos vêtements.

— Il faut aller chercher ma fille ! Vous comprenez ? Il m'a forcée à jeter la clef dans le lac et Judith... Judith, elle est enfermée dedans ! Elle est blessée et elle peut pas ouvrir !

— Où est votre agresseur ?

Vous réalisez enfin ce que vous avez fait.

— Il est mort.

Vous l'avez tué.

— Comment ?

— Je crois... que je l'ai tué.

Son sang recouvre votre visage, vos mains et vos vêtements. Il comprend enfin que ce n'est pas le vôtre.

— C'est loin ?

— Il faut attendre des renforts, annonce la gendarme derrière vous. Ils seront là dans vingt minutes.

— Non ! criez-vous. On doit y aller maintenant.

Les deux gendarmes se regardent et ne savent pas quoi faire.

— Elle dit qu'elle a tué l'agresseur.

— Imagine que cela ne soit pas le cas, Pierre ! Imagine qu'il nous attaque. On n'est pas formés à ça !

— Mais c'est votre métier de protéger les gens ! hurlez-vous. Et il y a Paul ! Paul est blessé ! C'est votre collègue, enfin ! Vous n'allez pas le laisser mourir ! Il est mort, je l'ai tué !

Pourquoi ne vous aident-ils pas ? Catherine passe une main tremblante sur son arme à sa ceinture. Elle ne s'en est jamais servie en dehors d'un centre de tir. Elle a peur. Mais vous avez déjà fait tout le boulot.

— OK, madame Priddy, accepte Pierre. On va aller voir. Mais vous resterez dans la voiture, OK ?

Vous hochez la tête. Vous mentez, vous ne resterez pas dans la voiture.

Ils vous installent sur la banquette arrière et foncent tout droit jusqu'à votre maison. Ils ont peur. Ils ne sont pas prêts à ça, mais il ne leur reste rien à faire. C'est vous qui l'avez tué. Il faut juste trouver un moyen de rentrer dans la maison.

Vous arrivez devant la maison et les gendarmes vous font signe de ne pas bouger.

— Mais puisque je vous dis qu'il est mort ! Laissez-moi vous aider !

Devant votre détermination, ils acceptent à contrecœur. Vous dépassez la voiture de Paul et la vôtre et vous courez, aussi vite que vous le pouvez avec votre cheville amochée, jusqu'à la baie vitrée, derrière la maison, où vos empreintes sanglantes traversent toujours le volet roulant.

— Où est-il ? s'inquiète la gendarme.

Vous pointez le bord du lac du doigt. Sa silhouette se devine dans la nuit. Pierre marche avec prudence jusqu'à lui et prend son pouls. Catherine, ou Cathy, approche de vous et touche le volet.

Au loin, à la pointe de la forêt, Maggie marche dans sa robe rouge. Elle tient sa peluche dinosaure et s'arrête pour vous regarder. Elle vous attend.

Vous secouez la tête. Pas maintenant. Vous ne devez pas flancher maintenant.

— Comment on fait pour rentrer ?

Vous êtes terrifiée.

— La porte d'entrée est blindée, on ne peut pas la défoncer et... et tous les volets sont fermés... JUDITH ! JUDITH ! Je suis avec les gendarmes, *darling* ! Ouvre-moi !

« *Mum ! Mum !* »

— Vous l'entendez ? demandez-vous aux gendarmes.

— Il y a un chien qui aboie à l'intérieur, rapporte la gendarme.

— Ce n'est pas possible, déclarez-vous. Hugo était mort tout à l'heure.

— Je l'entends comme je vous entends, Karen, il y a un chien dedans.

« *Mum ! Mum !* »

Pierre revient. Lui aussi, il entend un chien, mais ça ne peut pas être Hugo. Ou alors avez-vous mal vu ? Peut-être que Judith s'en est occupé et que... Non. Il était bien mort, ce n'est pas possible. Il tournait en rond depuis un moment. Il est vieux, le stress l'a tué.

— Il n'y a aucune porte que l'on puisse enfoncer ?

Vous secouez la tête.

— Peut-être le garage, mais...

— Oui ! s'écrie le gendarme. Avec la voiture ! On peut peut-être...

Il part en courant vers l'avant de la maison. Vous le suivez toutes les deux.

Il ne peut pas aller chercher sa voiture, la vôtre et celle de Paul gênent le passage.

Au loin, vous entendez les sirènes d'une ambulance s'approcher. Vous levez la tête.

— Ce sont les secours, explique Catherine. J'ai fait appeler deux autres ambulances, au cas où, et du renfort à Caylus et à Caussade. Je pense qu'ils vont appeler Montauban et Toulouse.

Pierre essaie d'ouvrir la portière de votre voiture, mais elle est fermée.

— Vous permettez ? vous demande-t-il.

À l'aide de son coude, il casse la vitre et ouvre la portière de l'intérieur. Il enlève le frein à main et tente de la pousser.

— Il a crevé les pneus.

Pierre baisse la tête et tape du pied contre la voiture.

— Vous avez un cric dans le coffre ?

— Oui.

Les sirènes !

Vous les entendez plus clairement à présent.

— Bien ! Cathy, va chercher le nôtre dans la voiture, on va soulever la porte du garage.

Cathy part en courant et Pierre active l'ouverture du coffre. Vous en sortez les dernières courses de peinture que vous y aviez laissées et les jetez au sol. Vous arrachez la couverture qui protège la roue de secours et les équipements. Pierre se penche et attrape le cric. Il claque la portière de la voiture qui se trouve sur son chemin et s'accroupit devant la porte du garage.

Le cric est déjà haut, trop haut par rapport à la porte.

— Vous avez un pied-de-biche ou quelque chose dans le genre ?

Dans la voiture, vous trouvez un vieux démonte-pneu. Vous le lui apportez.

— Hmm, je sais pas si je vais réussir à faire un effet de levier avec ça.

Vous reculez, les bras croisés, et vous regardez tout autour de vous à la recherche de quelque chose qui pourrait vous aider.

Vous apercevez un petit boîtier et un autre plus gros à deux antennes sur le perron. Ce n'est pas à vous. C'est à lui. C'est avec cela qu'il brouillait les ondes.

Vous pensez aux oies et à SaChat, il les a bien décapités avec quelque chose. Le couteau qu'il a planté dans Paul et un autre. Où est-il ? Et où est votre couteau ?

Vous partez en courant de l'autre côté de la maison. Votre couteau est là, à côté de la baie vitrée.

Vous l'attrapez et vous vous relevez, prête à rejoindre les gendarmes quand vous l'apercevez, la forme noire allongée sur l'herbe. Vous vous en approchez lentement, silencieusement, comme s'il pouvait se redresser. Vous cherchez autour de lui son arme. Vous repérez le flingue, mais pas le couteau.

Vous posez une de vos mains sur son épaule et l'autre sur sa cuisse pour le faire rouler. Il est lourd et vous usez de toutes vos forces. Votre cheville vous lance et vous retenez un hurlement. Enfin, il roule sur le dos, et plusieurs de ses viscères s'échappent de son ventre, là où vous l'avez poignardé, découpé, charcuté.

Le couteau est là, sous lui, recouvert de son sang. Vous l'attrapez sans le quitter des yeux. Vous avez beau savoir et être certaine qu'il est mort, vous ne pouvez pas vous empêcher de le craindre. Vous repartez, à reculons, les yeux toujours braqués sur son visage défiguré. Ses yeux ouverts vous fixent. Même dans la mort, vous le craignez.

Vous retournez en claudiquant jusqu'aux deux gendarmes qui essaient de soulever la porte du garage. Vous leur tendez un couteau, le sien, et gardez celui de Celynen. Vous enfoncez la lame sous le volet roulant et commencez un effet de levier. Cathy fait de même à côté de vous tandis que Pierre utilise le démonte-pneu. Bientôt, vous arrivez à passer vos doigts sous la porte et à la soulever pour faire passer les deux crics. Cathy et vous les actionnez tandis que Pierre rampe dessous dès qu'il a assez de place pour le faire. De l'autre côté de la porte, il en actionne l'ouverture.

Les sirènes. Elles sont là.

Vous n'arrivez pas à y croire, Judith va être sauvée.

Sur la route, devant la maison, l'ambulance se gare et deux ambulanciers en sortent en courant pour vous rejoindre.

Votre cheville lâche sous votre poids et Cathy ne vous rattrape pas à temps. Votre tête cogne contre le bitume.

— Karen ? Karen, vous allez bien ?

Judith va être sauvée, vous allez être sauvées toutes les deux.

— Karen ? Vous m'entendez ?

Ça sent bizarre ici.

Quelque chose s'approche de vous et vous lèche le visage.

Hugo.

28
21 MARS 2009

La petite pièce sent comme toutes les chambres d'hôpital, un mélange de détergent et de bouffe industrielle. Un vieux tableau, au cadre recouvert de poussière, est censé remonter le moral des personnes alitées, mais il vous rend plus mal qu'autre chose.

Installée sur le lit de l'hôpital, vous regardez les informations sur la petite télévision cubique qu'ils ont installée en haut du mur. Vous voyez flou, elle est trop loin, alors vous vous concentrez sur les voix.

La police a déclenché l'alerte enlèvement pour Maggie. Son portrait et celui de Celynen sont sur toutes les chaînes. Paul a été interviewé pour donner des détails, mais n'en a pas trop dit. Tout le monde le voit comme un héros.

Sur l'écran, Marion parle aux journalistes.

— *J'ai toujours su qu'il y avait quelque chose de louche avec ce type. Sa femme était si timide et effacée, et lui, il en faisait tout le temps des tonnes. Toujours à draguer la première venue. Surtout moi ! Je suis leur voisine la plus proche, vous comprenez, c'était la facilité pour lui. Je ne compte pas le nombre de fois où il m'a fait du rentre-dedans. Je n'ai jamais dit oui, bien sûr. Je n'aurais jamais fait ça à la pauvre Karen et à ses enfants, je ne suis pas une briseuse de ménage...*

Vous n'êtes pas plus étonnée que ça. Marion a toujours aimé se mettre en avant et Paul vient de lui donner le prétexte parfait.

— Mon mari, c'est un héros, vous savez. Il est sorti en plein milieu de la nuit pour répondre à l'appel au secours de cette petite. Vraiment, j'ai de la chance d'avoir un homme si brave à mes côtés tous les jours. Je sais que j'ai bien fait de le pousser à devenir gendarme.

Vous soupirez d'énervement et une douleur traverse votre poitrine. Vous grimacez et tentez de rester immobile pour faire passer la douleur.

Les médecins vous ont donné un diagnostic plutôt alarmant. Vous avez une fracture du crâne et plusieurs signes de consolidation osseuse. Vous avez déjà eu ça auparavant, pas aussi fort, mais plusieurs fois. Lorsque vous êtes arrivés à la gendarmerie, le gendarme de l'accueil a tout de suite appelé le SAMU qui est venu vous chercher, et heureusement. Le coup que Paul vous a porté a ouvert une ancienne fissure. Le chirurgien vous a fait une sorte de trépanation pour évacuer le sang et l'IRM a révélé plusieurs contusions. Ils ne peuvent pas se prononcer aujourd'hui sur le fait que vous n'aurez aucune lésion cérébrale. Vous allez devoir revenir toutes les semaines passer des IRM.

En plus de cela, vous avez plusieurs côtes fêlées ainsi que des signes de fractures consolidées de plusieurs doigts et du poignet. Rien que vous ne saviez pas déjà, vous vous êtes soignée seule à l'aide d'attelles et d'antalgiques.

Les docteurs n'ont émis aucun doute sur la présence de lésions vaginales et anales. Ils ont de suite confirmé qu'il y avait eu viol et à plusieurs reprises, y compris par sodomie. Ils vous ont guérie et vous ont promis que très bientôt tout redeviendrait comme avant. Ils ne pourront rien faire pour les brûlures sur votre poitrine et votre ventre, rien non plus pour les cicatrices de scarification sur vos chevilles et vos cuisses pour lesquelles ils ont hoché la tête avec sympathie et pitié. Rien non plus pour votre joue.

À la télévision, un policier indique qu'une source leur aurait signalé la présence de Celynen, seul, à Toulouse. Vous bénissez intérieurement l'idiot en manque d'attention qui a cru bon de se mettre en avant l'espace de quelques secondes. Plus tard, trois autres personnes, dont une vieille dame, appelleront pour dire qu'ils ont vu Celynen à Nancy.

La police fouillera dans les affaires de Celynen. Lorsqu'ils vous montreront les photos dans son ordinateur, vous tremblerez de haine.

Quelqu'un toque à la porte.

— Entrez.

Judith déboule dans la chambre comme une fusée et se laisse tomber contre le lit en vous souriant. Pour elle aussi, les médecins ont confirmé la présence de lésions vaginales. Pas assez importantes pour être dues à un pénis, mais son hymen a été déchiré dans les jours précédents. Vous n'arrivez pas à vous ôter l'image de Celynen en train de toucher votre petite fille et cette vision vous donne envie de vomir et de le tuer une nouvelle fois.

Vous vous penchez difficilement vers Judith et lui embrassez le haut du crâne.

— Ça va, *dar*...

Quelqu'un entre dans la chambre.

Vous levez la tête.

Vos parents sont là.

Vous saviez qu'ils étaient en route, mais vous ne vous attendiez pas à les voir si vite. Ils ont dû prendre le premier avion.

Des sanglots montent et se coincent dans votre gorge. Vos mains s'accrochent au drap rêche et tremblent. Votre mère vous fixe, les mains sur la bouche et les joues inondées de larmes. Elle a plus de cheveux blancs que la dernière fois où vous l'avez vue. Cela fait si longtemps.

Vous devez faire peine à voir avec vos joues recouvertes de points de suture, votre attelle au poignet et votre bandage autour de la tête. Vous vous imaginez, vous, arriver dans une chambre d'hôpital et découvrir Judith dans cet état. Vous vous imaginez apprendre après des années de silence tout ce que votre petite fille a subi, et soudain ce n'est plus seulement la douleur qui vous assaille, mais aussi la culpabilité et la honte. Vous faites souffrir vos parents.

Votre mère accourt à côté de Judith et se penche vers vous pour vous prendre dans ses bras. Elle vous fait mal, mais vous ne dites rien. Elle est là et elle est si importante. Vous ne voulez pas la lâcher. Elle porte toujours le même parfum, un mélange d'encens et de rose.

— Oh, maman, je suis tellement désolée ! Pardon. Je voulais pas. J'aurais dû…

— Mais de quoi tu t'excuses ? Tu n'as rien fait de mal ! C'est pas toi ! C'est ce Celynen, je l'ai toujours dit, il…

Votre père tousse au bout du lit, rappelant à votre mère que ce n'est ni le moment ni l'endroit pour ce genre de propos. Alors votre mère n'insiste pas. Elle passe sa main sur votre joue et vous sourit.

— Ce n'est pas ta faute, on va s'occuper de toi maintenant. Je suis sûre qu'ils vont retrouver Maggie. Ils vont mettre cet enfoiré au trou !

Votre père, au bout du lit, pose sa main sur votre cheville. Il renifle et essuie les larmes sur ses joues à l'aide de son mouchoir. Il n'arrive pas à vous regarder, ses yeux glissent sur le cadre au mur.

— On va s'occuper de toi, Karen, vous assure-t-il. On va rester autant de temps qu'il faudra.

— Mais le magasin ?

— Au diable le magasin, lance votre mère, tu es bien plus importante ! Et Judith aussi ! Et il faudra s'occuper de Maggie quand elle reviendra. Tu as besoin de nous, on ne te laisse pas. Tu entends ? On est là, ma chérie !

Vous ne pouvez pas leur dire. Vous ne pouvez pas leur dire que Maggie ne reviendra pas et que c'est votre faute.

C'est à cause de vous que Celynen s'en est pris à elle. Si vous n'aviez pas subi sans rien faire, si vous vous étiez battue… tout ceci ne serait jamais arrivé.

Vos parents resteront deux mois en France avec vous. Ils vous proposeront de les suivre, mais vous refuserez au prétexte que Maggie pourrait revenir.

Vous ne pouvez pas la laisser dans la forêt toute seule. Qui plus est, Paul vous a offert un cadeau inattendu. Un cadeau dont il ne connaît pas l'existence. Une toute petite lésion cérébrale. Toute petite, mais juste assez grosse pour vous permettre de voir Maggie et de discuter avec elle.

29
22 AVRIL 2019

On vous a encore emmenée dans une nouvelle pièce. C'est la deuxième fois depuis que vous êtes sortie de l'hôpital ce matin.

Quelle heure est-il déjà ?

Ils ne vous répondent pas quand vous le leur demandez.

— Très bien, donc si je récapitule, Thomas Soulié a eu un rendez-vous avec votre voisine, Marion Dupont. Il l'a déposée chez elle et est venu chez vous pour briser les lampes de votre jardin et tuer les oies ?

Vous secouez la tête. Pourquoi ne comprennent-ils pas ?

— Non, les oies, il les a tuées après.

— Très bien. Les oies ont été tuées après.

Vous observez la pièce austère. La peinture gris-beige des murs s'effrite. La table en inox est froide et la chaise sur laquelle vous êtes assise est inconfortable. On vous a prêté des vêtements propres à l'hôpital, un jean brut trop clair, un t-shirt blanc et un pull à capuche gris.

— Où est Judith ? demandez-vous. Vous m'avez dit que vous me laisseriez la voir. Est-ce qu'elle est ici ?

L'officier lève les yeux vers vous. Il essaie de cacher ses émotions, et vous comprenez qu'il n'est pas prêt à accéder à votre requête.

— Elle n'est pas ici, je dois d'abord prendre votre dépo...

— Mais je vous ai déjà tout dit ! Comment elle va ? Elle a vu un docteur ? Son bras est blessé.

— Un docteur l'a vue, oui... et non, vous n'avez pas fait de déposition complète. Il faut le faire. Vous comprenez ? Vous disiez que Soulié n'avait pas tué les oies à ce moment-là.

Vous secouez la tête et refermez vos bras sur vous. Quelle importance ?

— Non. Il les a égorgées après.

— Pourquoi ?

— Pourquoi il les a égorgées ? Ou pourquoi il l'a fait après ?

Le gendarme lève les yeux vers vous et vous fait un petit sourire.

— Les deux.

Vous soupirez. Vous voulez partir, mais vous devez terminer ça d'abord. Plus vite vous répondrez, plus vite vous retrouverez Judith.

— Les oies gardent la maison. Quand elles crient trop, je sais qu'il y a quelqu'un dehors. Je pense qu'il ne les a pas tuées tout de suite parce qu'il ne voulait pas nous affoler. Si j'avais vu que les oies étaient mortes pendant qu'il était chez Marion, je serais partie. C'est pour ça qu'il ne les a pas tuées avant.

— Bien. Donc il brise les lampes et va chez votre voisine. Il lui dit qu'il est tombé en panne et elle le laisse entrer pour appeler une dépanneuse ?

Vous hochez la tête.

— Oui. Il l'a attaquée, a essayé de la violer et elle s'est enfuie jusqu'à chez nous.

— Il l'a laissée s'enfuir ?

— Il cherchait des informations, il a vu le flash info des dix ans de la disparition de Maggie. Marion a encore raconté que Celynen la draguait. Il a cru qu'elle saurait quelque chose. Mais ce n'était pas elle qu'il voulait, c'était moi.

— Alors, pourquoi passer par elle ? Pourquoi ne pas vous attaquer directement ? Vous m'avez dit qu'elle avait eu un rendez-vous avec lui.

Vous continuez de lui raconter tout ce qui s'est passé, SaChat, Marion qui vous met dehors, les oies, Paul.

— Donc il a tué les oies à ce moment-là ?

— Oui.

Vos mains se crispent sur la petite table.

Le gendarme hésite à tendre une main vers vous pour vous rassurer quand vous entendez tousser. Il y a quelqu'un d'autre dans la pièce. Vous ne l'aviez pas vu. C'est une femme. Elle ne porte pas l'uniforme des gendarmes, elle est en tailleur et porte une paire de lunettes marron. Elle est adossée au mur et observe l'interrogatoire. Parce que c'en est un, n'est-ce pas ? Vous l'avez déjà vue dans les couloirs, tout à l'heure. Comment s'appelle-t-elle déjà ? Vous n'arrivez pas à vous souvenir des choses à court terme. Les docteurs ont dit que c'était normal après votre coup à la tête.

— Pourquoi vous me forcez à raconter tout ça ?

— Comment ça, Karen ?

— Qu'est-ce que vous voulez savoir de plus ?

Le gendarme se tourne vers la femme contre le mur. Elle le regarde et hoche la tête. Il se lève et lui laisse sa place. Elle tire la chaise et s'installe lentement. Elle pose un dossier sur la table, l'ouvre et sort un crayon de nulle part.

— Bien, Karen. Vous savez sans doute que Paul a survécu à ses blessures ?

Oui, vous le savez. Ils l'ont emmené dans l'ambulance avec Judith.

— Il est faible et le pronostic vital ne peut pas être complètement écarté avant quelques jours, mais les médecins sont confiants. Il a repris connaissance.

Vous la fixez. Vous ne comprenez pas où elle veut en venir. Elle continue.

— Paul a entendu une grande partie de ce qui s'est passé. Ça plus le fait que nous avons trouvé deux tombes dans la forêt entre votre maison et celle de vos voisins, Paul a parlé. Il a avoué ce qui s'est passé il y a dix ans.

Vous vous en doutiez. Vous saviez qu'un jour vous seriez démasquée ou que Paul parlerait. Vous avez quand même eu dix ans pour profiter de Judith, dix ans pour la préparer au monde et la protéger, dix ans pour lui donner l'amour qu'elle méritait. Le vrai amour.

— Paul a avoué vous avoir aidée à enterrer votre mari dans la forêt. Il nous a parlé de la petite Maggie. Il nous a raconté que lui et sa femme, Marion, ont détourné l'attention des médias à l'époque. Il nous a dit qu'il se sentait coupable de ce qui vous était arrivé, que sa femme et lui savaient ce que vous viviez, mais qu'ils n'avaient rien fait avant. Que c'est pour cela qu'ils vous ont aidée après... Parce qu'ils se sentaient responsables de ce qui est arrivé à la petite Maggie. Il nous a aussi dit où se trouvait sa tombe.

Ils ont dérangé Maggie, c'est ça qu'ils essaient de vous dire. Ils ont dérangé votre petite fille.

— Elle a assez souffert, pourquoi aller la chercher ? soupirez-vous.

— C'est vous qui l'avez enterrée, Karen ?

— Quelle importance ? Je ne l'ai pas protégée. Si j'avais parlé avant...

— C'est pour ça que vous n'avez pas appelé la police à l'époque ? Parce que vous aviez échoué à la protéger ? Parce que vous craigniez qu'on vous enlève Judith ?

Vous avez envie de secouer la tête, mais vous n'arrivez plus à bouger. Vous êtes emportée dix ans en arrière et la douleur que vous aviez réussi à calmer avec le temps revient et vous paralyse.

— Qu'est-ce qui s'est passé il y a dix ans, Karen ?

Vous secouez la tête.

— Pourquoi vous avez dérangé mon bébé ? Elle était paisible. Elle a assez souffert. Pourquoi ? Qu'est-ce... Qu'est-ce que vous avez fait d'elle ?

Vous tendez votre main vers la femme et attrapez son poignet.

— Qu'est-ce que vous avez fait à ma petite fille ? demandez-vous en anglais.

Le gendarme au fond de la pièce se redresse et s'approche, mais la femme lève un bras. Il retourne à sa place, plus vigilant.

— Je comprends, Karen, reprend la femme en noir. Je comprends votre souffrance. Ça doit être terrible pour vous de vous retrouver de nouveau traînée dans ce souvenir, mais je suis justement là pour comprendre et apporter la paix à Maggie, à Judith et à vous. Si vous m'aidez, je pourrai peut-être vous aider.

— Je vais aller en prison ? Qui s'occupera de Judith ? Elle devait rentrer à l'internat l'an prochain.

La femme soupire.

— Racontez-moi, Karen.

Vous hésitez encore puis vous réalisez que c'est terminé, que Celynen et cet homme, Thomas Soulié, ne vous feront plus de mal.

Vous prenez une grande inspiration, fermez les yeux quelques secondes et commencez à lui raconter.

— Je ne sais pas vraiment quand ça a débuté, avouez-vous. Peut-être... Oui, peut-être après la naissance de Maggie ou un peu avant. Avec Celynen, on était ensemble depuis le lycée. Depuis nos quinze ou seize ans, peut-être ?

Vous soupirez.

— On formait un couple parfait, poursuivez-vous. Tout le monde le disait, et vraiment, il a été parfait pendant des années, idéal. Bien sûr, il était parfois en colère, souvent même, mais ce n'était pas important et jamais contre moi. Il n'a commencé à me faire des choses qu'après la naissance de Maggie, avant que je ne puisse me remettre de l'accouchement. Mais il était si gentil avec Maggie à l'époque, c'est vrai... Je croyais pas, je pensais pas que... Je pouvais pas imaginer.

Vous vous arrêtez et fixez la femme qui vous encourage à continuer d'un sourire et d'un hochement de tête.

— Au début, il fallait juste que je reste disponible... sexuellement pour lui. Et c'était normal, pour moi, parce qu'il avait tellement travaillé pendant ma grossesse pour que je n'aie pas à bouger. Et pour Judith, ça a été pareil. Je n'ai pas eu à travailler, il a veillé à ma santé, m'a accompagnée à tous les rendez-vous. Il était si inquiet qu'il ne me laissait rien faire sans lui. Il avait tout le temps peur que je fasse une autre fausse couche, comme pour Elizabeth.

— Elizabeth ?

— Oui. Avant Maggie, j'ai fait une fausse couche. Les docteurs ont dit que c'était parce que j'avais été trop surmenée. Mais avec Celynen, on avait beaucoup de travail.

— Vous étiez sa secrétaire, c'est ça ?

Vous hochez la tête.

La femme fait un signe au gendarme et il revient quelques minutes plus tard avec un verre d'eau pour vous.

— Continuez, Karen. C'est important. C'est important qu'on sache, vous savez. Pour vous, pour Maggie et pour Judith.

— Oui, d'accord. J'ai vraiment cru à l'époque que c'était parce qu'il voulait me protéger et je l'ai aimé deux fois plus pour ça. Mais après... après, j'ai compris qu'il ne me voyait que comme sa chose, sa possession, et que je n'avais plus le droit de faire quoi que ce soit sans lui. Après la naissance de Judith, il a fait installer mon bureau à la maison. Il disait que c'était pour que je puisse m'occuper des filles et travailler en même temps. Il disait qu'il savait à quel point c'était important pour moi d'être près d'elles. Et c'était vrai, alors je l'ai cru, j'ai même été très heureuse grâce à ça, jusqu'à...

Vous faites une pause. Les douleurs du passé refont surface. C'est pour cela que vous ne vouliez pas en parler et ne pas y repenser non plus. Pourquoi vous torturent-ils ?

— Jusqu'à ? vous encourage la femme en noir.

Vous prenez une inspiration plus grande que les autres. Une larme coule sur votre joue et tombe sur la table. Vous regardez la petite goutte ainsi formée et la touchez du bout du doigt.

— Jusqu'à ce qu'il me reproche l'état de la maison. Il disait qu'elle était sale et que je ne savais pas m'en occuper. Mais je devais travailler et m'occuper des filles en plus. Il y avait des jours où je n'y arrivais tout simplement pas. Je culpabilisais parce que j'adorais passer du temps avec les filles, mais elles, elles me demandaient tellement d'attention... Je... Je ne pouvais pas tout faire.

— Oui, je comprends, Karen.

Vous hochez la tête, rassurée que l'on vous écoute enfin. Soulagée de pouvoir parler.

— C'est là qu'il a commencé à se mettre en colère contre moi. Au début, il ne me frappait pas, mais ses accès de rage étaient de plus en plus fréquents. Il a fait un trou dans la porte du garage une fois. Il s'est tapé la tête dedans jusqu'à y faire ce trou... Et... Et je ne me souviens même pas de ce qui l'avait énervé à ce point-là.

Vous buvez une gorgée d'eau.

— Je ne voulais pas que les filles sachent, alors j'ai installé une petite télé dans leur chambre pour qu'elles n'entendent pas.

— Vous disiez qu'il vous faisait des choses.

Vous déglutissez et secouez la tête. Vous attrapez le verre d'eau et en buvez une longue gorgée.

— C'est important, Karen.

Ses yeux sont doux et compatissants malgré la froideur de leur bleu pâle.

— Oui, soufflez-vous.

— Est-ce que vous pouvez m'en parler ?

Vous vous mordez la lèvre. Pour quoi allez-vous passer ? Que vont dire les gens ?

— Karen ?

Vous secouez la tête, pas parce que vous ne voulez pas répondre, mais parce que vous voulez le faire sortir de votre tête, lui et ses tortures. Il ne devrait plus vous faire de mal. Pas dix ans après.

Alors vous vous redressez, vous avez besoin de vous sentir forte, de reprendre le contrôle sur ces souvenirs que vous avez enfouis au fond de vous. Vous prenez une grande inspiration et posez vos mains bien à plat sur la table. Voilà, là, vous êtes forte.

Vous racontez tout. Les abus, les viols, tout.

La femme hoche la tête pour vous encourager à continuer.

— Il disait qu'il était stressé à cause du travail et que je devais faire plus d'efforts pour l'apaiser, et moi... et moi, je le croyais. J'y croyais vraiment, vous comprenez ? Bien sûr, j'ai pensé à m'enfuir, mais qu'est-ce que j'aurais fait ? Je travaillais pour lui. Je n'avais rien d'autre que lui et les filles. Et puis, un jour, je ne sais pas vraiment pourquoi, il a créé une dispute avec mes parents et je ne les ai pas vus pendant des années après ça, jusqu'à la disparition de Maggie en fait. Maggie... Ma petite Maggie... Un jour, elle m'a dit qu'elle n'aimait pas comment *daddy* l'aimait, qu'il l'aimait trop.

Vos poings se serrent sur la table et la femme en noir pose une de ses mains sur les vôtres. Elle vous encourage à continuer d'un sourire compatissant. Vous savez que ce n'est qu'un rôle pour elle, qu'elle cherche juste à vous faire parler, mais elle a l'air sincère et vous n'avez jamais eu personne à qui parler de tout ça en dehors de votre journal.

— Il... J'ai pas voulu y croire... Je... Ce n'était pas possible. Il adorait les filles, surtout Maggie. Elle était si jolie, tout le monde le disait. Je n'avais pas compris avant... Je ne pouvais pas comprendre !

— Personne ne pourrait imaginer une chose pareille, Karen. Personne. Surtout venant d'un parent.

Vous laissez votre tête tomber sur la table. L'acier est froid contre votre peau.

Un poids quitte votre corps.

— Je... Je ne pensais pas qu'il...

Vous n'aviez pas voulu le voir, mais c'était là, devant vous depuis des années. Vous ne voulez toujours pas l'admettre, vous ne voulez pas reconnaître que vous auriez pu la délivrer bien plus tôt, avant qu'elle n'en paye le prix fort.

— Ça va aller, Karen. C'est bien que vous parliez enfin, ça va vous libérer. Ça va vous libérer toutes les trois.

Vous essuyez votre nez avec la manche de votre pull.

— Quand j'ai compris, j'ai réfléchi à comment m'échapper avec les filles, mais... mais avant que je ne puisse le faire, il a fait du mal à Maggie.

— Qu'est-ce qu'il lui a fait, Karen ? À Maggie ?

— Il l'a violée.

La femme se raidit sur sa chaise. Elle le savait, mais l'entendre de votre bouche est plus dur et cruel encore et vous vous rendez compte que vous ne l'aviez jamais dit à haute voix avant, pas même à Paul.

Une crise de sanglots vous terrasse et il vous faut plusieurs minutes pour reprendre votre souffle et être capable de parler à nouveau.

— Je me suis occupée d'elle. Je l'ai lavée et je l'ai recouchée. J'ai dit aux filles de ne pas ouvrir la porte à leur père. Je leur ai dit qu'il fallait me faire confiance, uniquement à moi. Juste à moi. Et puis, je suis allée à la cuisine et j'ai saisi un couteau...

— Et ?

Vous lui racontez cette nuit-là.

— Elle n'avait que dix ans... Dix ans... C'était son anniversaire ce jour-là. Il me l'a enlevée...

La dame en noir vous laisse une minute.

— Qu'est-ce qui s'est passé après, Karen ? insiste-t-elle.

Il vous faut plusieurs respirations avant de pouvoir répondre.

— C'est flou. Il m'a droguée pendant des jours. Il me violait en continu. Il disait qu'il allait me faire une autre Maggie, qu'on recommencerait loin d'ici. Je n'ai pas réalisé ce qui se passait, j'attendais juste de mourir. Que ça se termine.

Vous faites une pause et passez vos mains sur votre visage recouvert de larmes. La femme en face de vous vous tend un mouchoir en papier.

— Je devais protéger Judith. Il fallait que je la protège ! Vous comprenez, n'est-ce pas ? Dites-moi que vous me comprenez...

Vous vous mouchez, puis essuyez les larmes et la morve qui vous coulent le long du menton.

— Bien sûr que je comprends, Karen.

Vous resserrez vos bras contre vous, le mouchoir fermement agrippé dans votre main.

— Qu'est-ce qui s'est passé ensuite, Karen ?

Vous fermez les yeux et prenez une grande inspiration.

— Quand il est revenu à la maison, je n'ai pas hésité. Je l'ai poussé dans l'escalier. Il était inconscient, mais je savais qu'il n'était pas mort. Alors je l'ai frappé avec le tisonnier. J'étais enfin délivrée. J'avais délivré Judith, et si je l'avais fait plus tôt, j'aurais pu sauver Maggie.

— C'est là que Paul est arrivé ?

Vous hochez la tête. Sans Paul, vous n'auriez pas eu ces dix années avec Judith. Alors, vous n'allez pas lui dire qu'au début c'est Paul qui voulait tuer Celynen. Vous n'allez pas lui dire que c'est Paul qui vous a tendu le tisonnier. Vous n'allez pas le rendre complice de meurtre, pas comme ça.

— Oui. Il avait donné son numéro à Judith au cas où... quelque chose comme ça arriverait. Elle l'a appelé. Il m'a trouvée avec le cadavre de Celynen. Il ne m'a pas posé de questions, il m'a juste demandé où étaient les filles. Alors je lui ai dit ce que Celynen avait fait. Il m'a dit que je risquais d'aller en prison parce que je l'avais tué et pas dénoncé. En le laissant me battre sans rien dire, j'ai mis mes enfants en danger. Je ne pouvais pas aller en prison, je ne pouvais pas les laisser m'enlever Judith. Alors, on a réfléchi et on a trouvé la solution pour être débarrassées de lui sans que je paye le prix de sa folie et de sa cruauté. On l'a enterré dans la forêt, loin de Maggie. Il ne méritait pas d'être proche d'elle. Et puis, la police a trouvé ces choses dans l'ordinateur de Celynen. Ces photos. Ces forums. Ces discussions... Le dossier Galatées.

Vous restez silencieuse plusieurs minutes. Vous reprenez votre souffle. La femme écrit des choses sur son calepin et se tourne souvent vers le gendarme derrière elle.

— Il ne faudra rien dire à Judith ! exprimez-vous, paniquée. Elle ne sait pas que son père l'a, qu'il l'a... qu'il serait allé encore plus loin si je l'avais laissé faire ! Elle ne sait pas que je l'ai tué et que Maggie est enterrée dans la forêt. Il ne faut pas qu'elle sache. Elle doit vivre en paix avec ça, d'accord ?

La femme soupire, mais hoche la tête.

— Karen, il y a plusieurs choses que je dois vous dire. Je suis vraiment désolée de devoir le faire, je ne sais pas comment vous dire ça autrement. Comme je vous l'ai dit, on a envoyé une équipe chercher Maggie. On l'a retrouvée dans un cercueil fait à la main. C'est vous qui l'avez fait, Karen, n'est-ce pas ? Ce joli petit cercueil avec des dinosaures dessinés dessus ?

Vous hochez la tête. Vous vous revoyez clouer les planches les unes aux autres et les peindre en prenant comme modèles les dessins de Maggie.

— Comme il s'agit d'un meurtre, on a fait réaliser une autopsie.

L'idée qu'un boucher touche au corps de votre enfant vous répugne. C'est trop. Beaucoup trop !

Vous vous levez et allez vomir dans un coin de la pièce. Vous ne rendez que de la bile et de l'eau, cela fait deux jours que vous n'avez pas mangé.

— Karen ?

Vous vous relevez et passez le revers de votre main sur votre bouche.

La femme se lève et se rapproche de vous. Elle pose une main sur votre épaule et vous ramène jusqu'à votre chaise. Elle ne se rassoit pas, non, elle s'accroupit à côté de vous et prend votre main dans les siennes.

— Le corps de Maggie, comme vous l'aviez mis dans un cercueil et que vous l'aviez parfaitement protégé, a été plus ou moins bien conservé et le légiste a pu identifier les traumas, notamment celui à sa tête. Mais, hum, durant l'autopsie, le légiste a aussi trouvé de la terre dans sa cage thoracique, là où se trouvaient les poumons de Maggie. Est-ce que vous savez ce que cela signifie ?

Vous ne bougez plus.

— Karen ? Est-ce que vous comprenez ?

Vous savez très bien ce que cela veut dire.

30
14 MARS 2009

14 mars 2009

Vos mains tremblent, mais pas de froid. L'effort que vous fournissez pour continuer de creuser, malgré le flot d'émotions qui vous transperce, est plus terrible encore que le froid de la nuit. Vous n'aviez pas de pull plus tôt, c'est Celynen qui a dû vous l'enfiler avant de partir. Vous ne vous en êtes pas rendu compte. Ce lâche n'est même pas resté. Il est en train de se saouler dans le salon.

Les animaux nocturnes de la forêt, qui s'étaient tus lorsque vous êtes arrivée, ont repris leurs discussions. Ils savent à présent qu'ils ne vous intéressent pas.

Vous posez les yeux vers la petite forme enveloppée dans le plaid à côté du trou que vous êtes en train de creuser.

Non, ils ne vous intéressent pas. Vous n'êtes pas là pour eux.

Une mèche blonde ensanglantée s'échappe de la couverture, sa préférée, son linceul. Vous passez vos doigts au travers de la boucle d'or et un sanglot vous terrasse. Là, accroupie dans la tombe de votre enfant, vous poussez un hurlement qui fait taire toute la forêt. Il vous traverse et vous arrache un peu de ce qui vous restait de vous. Un bout de votre âme se détache et vous quitte à travers lui.

Vous passez une main sur votre visage. Vos traits sont tirés et tendus sous vos doigts ensanglantés. Vous prenez une grande inspiration et vous vous relevez pour continuer votre tâche. Vous devez terminer. Il le faut. Pour Maggie. Vous devez lui donner sa demeure éternelle. Votre petite fille ne souffrira plus et vous resterez toujours près d'elle.

— *Close your eyes... Have no fear... The monster's gone... He's on the run and your mummy's here... Beautiful, beautiful, beautiful, beautiful girl... Beautiful, beautiful, beautiful, beautiful girl... Before you go to sleep, say a little prayer... Every day in every way... it's getting better and better... Beautiful, beautiful, beautiful, beautiful girl... Beautiful, beautiful, beautiful, beautiful girl...*

Chaque nouveau coup de pelle torture les muscles de vos bras et de vos épaules. Vous avez de moins en moins de force, mais vous n'arrêtez pas. Vous y passerez la nuit s'il le faut et le jour suivant aussi.

Alors qu'au loin l'aube menace de se lever, vous terminez enfin. Le ciel s'éclaircit doucement tandis que vous jetez la pelle hors de la petite tombe.

Un oiseau chante.

Vous levez vos bras vers Maggie et faites glisser son petit corps contre vous. Elle est si lourde que vous tombez à genoux avec elle.

Un autre oiseau chante.

Vous la serrez de toutes vos forces, de toutes celles qu'il vous reste. Votre bébé.

Vous respirez ses cheveux, sa peau, vous vous enivrez une dernière fois de son odeur que vous connaissez si bien. Vous craignez de l'oublier. Vous embrassez son crâne, son front ensanglanté, ses joues encore tièdes.

Vous l'avez abandonnée, vous lui aviez promis que vous la protégeriez. Vous avez échoué et c'est elle qui en a payé le prix. Elle qui voulait protéger sa petite sœur. Votre héroïne.

Vous l'allongez avec le plus de délicatesse possible et la contemplez le temps de quelques respirations. Puis, tandis que vos larmes tarissent sur vos joues, vous faites quelque chose que vous n'avez pas fait depuis l'enfance, vous vous mettez à prier. Vous ne croyez en rien aujourd'hui et vous ne savez pas ce que vous racontez, la seule chose qui compte, là, maintenant, c'est que vous le fassiez.

— Je... Je ne sais pas qui vous êtes, mais prenez soin de ma petite fille. Faites-lui bon accueil. Elle a toujours été parfaite. Elle était drôle, belle, c'est ça, elle était trop belle ! Il l'aimait trop. Et moi, moi, je ne devais pas l'aimer assez, parce que je n'ai pas réussi à la protéger. Alors, oui, qui que vous soyez, prenez soin de mon bébé, ouvrez-lui votre porte et prenez soin d'elle à ma place. Je ne la méritais pas.

Vous hisser de la tombe est un supplice. Vos bras ne sont plus que douleur, mais pas autant que votre cœur. Il a si mal que vous souhaitez qu'il s'arrête lui aussi, là, maintenant. Vous resteriez bien avec elle, ici, pour toujours, dans cette tombe à l'abri des regards, mais Judith est encore là et elle a besoin de vous. Vous devez vous en occuper et la protéger.

Vous vous relevez tout en continuant de prier.

— Elle a toujours aimé les chiens, est-ce que vous pourrez lui en donner un ? Elle saura en prendre soin. Occupez-vous d'elle, je vous en supplie, et si possible, faites-lui oublier tout ça. Qu'elle ne garde que les bons souvenirs. Les vacances en Irlande, les promenades le long du lac, les ricochets, les batailles de peluches avec Judith, les dinosaures...

Vous tendez votre main vers la pelle, mais vous peinez à refermer vos doigts dessus. Ils sont tétanisés de douleur.

— Donnez-moi la force de continuer, donnez-moi la force de m'occuper de Judith, de la protéger et de bien l'élever. Donnez-moi le courage de lui mentir et de mentir à tous les autres. Donnez-moi le courage de tuer Celynen s'il menace encore de faire du mal à notre famille. Donnez-moi le courage d'être la mère que j'aurais dû être depuis le début.

La pelle s'enfonce dans le tas de terre meuble et un sanglot vous paralyse quelques secondes. Vous relevez la tête vers le soleil qui pointe son nez à l'horizon, vous n'avez plus le choix maintenant.

Et la terre tombe sur le corps de Maggie comme une pluie d'étoiles.

Deux oiseaux chantent au loin.

— Donnez-moi la force de survivre ou donnez-moi la force d'en finir. Ne me laissez plus entre deux, dans cet état de souffrance et de peur. Laissez-moi, ou plutôt, faites-moi oublier, moi aussi. Car vous ne me rendrez jamais ma petite fille, n'est-ce pas ? Vous ne me rendrez jamais Maggie. Je ne la méritais pas. Il ne la méritait pas. Prenez soin d'elle. Faites-lui oublier. Par pitié...

Vous jetez une nouvelle pluie d'étoiles. Elles commencent à recouvrir tout son corps. Seule sa petite main est visible, elle s'échappe du plaid à la recherche d'une prise.

Vous observez la main de Maggie bouger sans pour autant vous arrêter.

Un souffle agonisant s'élève de la tombe. Maggie tousse.

La pluie d'étoiles s'abat de plus en plus vite sur son petit corps et recouvre bientôt cette main qui cherche à se soustraire à l'inévitable.

— Je vous en prie ! Ne la laissez plus souffrir, elle ne doit pas survivre à ça. Elle ne s'en remettrait jamais. Personne ici ne peut plus la sauver, vous seul avez ce pouvoir ! Ma Maggie a disparu. Délivrez ma petite fille de cette vie de souffrance et de trahison, offrez-lui la libération et l'éternité ! Je sauverai Judith, je la délivrerai de mes mains, mais ne faites plus souffrir Maggie. Je vous en prie. Ne faites plus souffrir Maggie !

Maggie tousse encore. Une dernière fois. Vous ne l'entendrez plus jamais.

Et vous lancez une nouvelle pluie d'étoiles.

∽

La pelle tombe sur le sol, sonnant la fin de votre épreuve. Vous recouvrez la petite tombe de feuilles et de branches. Vous seule saurez où elle repose. Vous seule pourrez venir lui rendre visite et lui parler.

Vous faites demi-tour et retournez à la maison où Judith vous attend. Autour de vous, cachés dans les arbres, les oiseaux chantent ensemble pour fêter le retour du matin.

Vous reviendrez plus tard. Vous sortirez Maggie de terre et la nettoierez, vous veillerez à ce qu'elle soit aussi belle que de son vivant et vous lui passerez sa robe rouge préférée, celle qu'elle voulait tout le temps porter en été. Vous coifferez ses cheveux et enlèverez avec attention, une à une, toutes les petites bestioles venues la déranger. Vous veillerez à ce qu'aucune autre ne s'en prenne à elle, vous la protégerez bien. Vous lui construirez un joli cercueil en bois et vous planterez des lys et des jonquilles sur sa tombe. Elle les adorait.

Sur la tombe de Celynen, vous installerez de la vigne. Elle s'étendra avec force jusqu'à venir ramper jusqu'à votre maison et celle de Paul. Car même dans la mort, vous resterez enchaînés l'un à l'autre.

31
22 AVRIL 2019

— Vous comprenez, Karen ? insiste la femme en noir. Maggie a été enterrée vivante.

Elle se passe une main sur le visage et soupire. Vous ne dites plus rien.

— Bien. Karen, il faut qu'on parle de Judith maintenant.

Non. S'il vous plaît... Non...

Vous ne voulez pas.

— Judith... n'a pas survécu à ses blessures. Elle est morte avant que les gendarmes arrivent. Ce n'étaient pas ses cris que vous entendiez, mais les aboiements du chien.

Dans votre esprit, vous avez échangé leur place.

— C'est Hugo qui est mort, pas Judith, niez-vous.

— Hugo est en vie.

— Non ! Il est mort !

La femme secoue doucement la tête.

— Je suis désolée, Karen, mais vous avez tué votre fille par accident.

32
18 JUIN 2019

La vapeur qui sort de votre bouche tournoie devant vous avant de s'évaporer et de disparaître. Vous tendez une main distraite vers votre tasse et l'attrapez du bout des doigts. Vous êtes pieds nus sur le plancher de la terrasse et de petits frissons remontent le long de vos jambes. Vous aimez ça, le froid. Ça vous rappelle chez vous. En Irlande. Vous allez bientôt rentrer. Vous pouvez enfin partir. Toutes les deux.

Judith fait ses valises. Vous, vous avez déjà fait les vôtres. C'est votre mère qui vous accueillera, vous resterez quelques semaines chez elle, le temps de vous trouver une nouvelle maison, et vous reprendrez votre activité depuis là-bas. Il vous faudra trouver de nouveaux fournisseurs et de nouveaux prestataires, mais vous n'êtes pas inquiète. Vous n'êtes pas inquiète, parce que le cauchemar est enfin terminé. Vous rentrez chez vous.

Quelqu'un pose une main sur votre épaule et vous vous retournez. Ce n'est pas Judith, c'est l'infirmière. Elle est plus vieille que vous et porte le poids des années sur son visage. Elle ne doit pas dormir beaucoup, réalisez-vous.

— Karen, ne restez pas dehors, voyons. Vous allez tomber malade !

Vous lui souriez et vous vous tournez devant l'étang de nouveau. Il vous rappelle le lac de la maison.

— Karen ?

Elle commence à vous énerver, celle-là. Vous avez le temps, après tout le train est à... à... Quelle heure est-il déjà ? Vous oubliez beaucoup de choses depuis que vous êtes arrivée.

— Karen ? Est-ce que ça va ? Est-ce que je dois faire chercher Mark ?

Vous secouez la tête. Ça va vous revenir.

— Encore un peu de patience.

L'infirmière reste silencieuse une petite minute, puis, lasse de vous attendre, passe devant vous et vous rhabille. Votre pull tombe le long de vos bras.

— Karen, qu'est-ce que vous attendez ?

Cette manie de toujours s'adresser à vous en vous appelant par votre prénom vous horripile à chaque fois. Il n'y a que vous et elle ici, dehors, vous savez bien que c'est à vous qu'elle parle. Vous ne voulez pas lui répondre, parce qu'elle dira ce qu'elle dit toujours et vous n'avez pas le temps pour ça. Judith doit avoir terminé ses bagages à présent.

— On va être en retard, expliquez-vous en vous retournant vers le grand bâtiment.

— En retard pour aller où ?

— Vous le savez, voyons, Monique, chez ma mère. Judith a fini de préparer ses affaires, on doit prendre le train maintenant.

— Judith ?

Vous vous tournez vers elle, agacée. Elle ne comprend rien à rien, celle-là.

— Oui. Ma fille. Après tout ce qui s'est passé, vous ne pensez pas que nous allons rester vivre ici ? Nous partons chez ma mère en Irlande.

Monique fait une drôle de tête. Vous vous demandez bien où elle a eu son diplôme, elle n'a pas l'air très maligne. Heureusement, en

Irlande, les infirmières sont bien meilleures, elles prendront bien soin de vous.

— Qu'est-ce qui s'est passé, Karen ? vous questionne Monique.

Vous sentez les larmes arriver. Vous ne voulez plus en parler. Plus jamais. Vous voulez seulement monter dans le train et rejoindre l'Irlande. Recommencer une nouvelle vie avec Judith.

— Vous savez très bien, Alayne ! Ne me forcez pas à en parler encore !

Alayne ? Ah oui ! Ce n'est pas Monique, elle, c'est Alayne ! Vous avez encore confondu. C'est à cause des médicaments qu'elle vous donne. Ils vous font vous sentir bizarre. Vous oubliez des choses, vous perdez la notion du temps...

— Où en est Judith ?

Alayne s'assied sur le banc blanc en fer forgé et vous indique de vous installer à côté d'elle. L'air frais vous pique les joues. Il fait si froid ici, vous pensiez pourtant que l'hiver commençait à toucher à sa fin. Le sud de la France vous manque, peut-être vous étiez-vous trop habituée à son temps clément.

Vous vous rappelez à présent. Vous vous souvenez du voyage en avion. Vous êtes revenue. Vous êtes déjà en Irlande.

— On peut attendre ici, racontez-moi donc ce qui s'est passé.

— Je vous ai déjà expliqué, docteur.

Ah oui, c'est vrai. Elle, c'est le docteur, pas l'infirmière.

— Alors, racontez-moi de nouveau. Vous savez, à mon âge, on perd un peu la mémoire.

Vous soufflez, mais finissez par vous asseoir à côté d'elle. Elle est un peu sénile, mais vous l'aimez bien. Elle prend votre main entre les siennes et vous trouvez le geste réconfortant, malgré toute l'hypocrisie qu'il représente.

— Vous savez, je crée des vêtements, lui exposez-vous après l'avoir longuement observée.

— Ah oui ?

— Oui, je pourrais vous donner une jolie robe. Ça vous irait mieux que cette blouse blanche sans forme.

Un petit rire sort de sa bouche et ses lèvres s'étirent en un sourire bienveillant.

— J'en suis tout à fait certaine. J'en serais ravie. Vous aimeriez me faire une robe ?

Non, vous n'aimeriez pas, vous êtes juste polie. Vous voulez changer de sujet aussi.

— Je n'aurai pas le temps, en fait. Nous allons bientôt partir.

— Oui, c'est vrai. Vous étiez sur le point de me raconter pourquoi vous partiez, je suis sûre que cela ne sera pas long. Vous ne manquerez rien.

Vous entendez un chien aboyer au loin. Il vous faudra attraper Hugo avant de partir et SaChat aussi. Judith ne vous pardonnerait jamais si vous les abandonniez.

Alayne reste assise à côté de vous, silencieuse pendant ce qui vous paraît être une éternité. Mais que fait Judith ? Vous vous levez d'un coup et cherchez tout autour de vous. Vous prenez enfin conscience des autres personnes qui vous entourent et qui sont soit en blouse blanche, soit en robe de chambre à carreaux, comme la vôtre. Ces uniformes stupides vous empêchent de trouver Judith dans la foule. Vous commencez à paniquer. Vous avez peur de rater le train. Vous ne pouvez pas le rater, vous allez inquiéter votre mère. Mais où est Judith ?! Elle était juste là tout à l'heure. Vous êtes certaine de l'entendre vous appeler.

— Tout va bien, Karen ?

Vous vous tournez vers Alayne, paniquée.

— Où... Où est-elle ? Où est Judith ?

Vos bras se sont mis à trembler, et en face de vous, Alayne soupire. Elle se lève et fait signe à un homme de vous rejoindre.

Les oiseaux chantent dans l'arbre pas loin.

— Nous reprendrons demain, Karen, vous êtes fatiguée, mieux vaut vous reposer.

— Mais... Judith ! Il faut aller chercher Judith ! On va rater le train ! JUDITH ! JUDITH !

L'homme gigantesque à la peau sombre et au crâne rasé pose ses deux mains sur vos épaules et vous vous mettez à trembler encore plus.

— Allez, Karen, tout va bien. Je suis là. Je vais te raccompagner à ta chambre, d'accord ?

La voix rassurante de Mark vous apaise. Il parle bien anglais et vous aimez cela. Il a le même accent que vous, celui de votre région natale. Vous le laissez vous emmener à l'intérieur et appréciez la chaleur du chauffage de la bâtisse. Vos pieds sont gelés dans vos chaussons.

— Ça va aller, Karen, ça va aller.

Vous pleurez à présent.

— Mais où est Judith ? On va rater le train.

— Tu ne vas pas rater le train, Karen. Tu ne l'as pas raté hier et tu ne le rateras pas aujourd'hui. Tu vis ici maintenant.

— Mais ma mère ! Elle va s'inquiéter !

— Elle est venue te voir ce matin, Karen. Comme tous les matins.

— Judith est avec elle ?

Mark ne vous répond pas. Pourquoi ne vous répond-il pas ? Pourquoi est-ce que personne dans ce satané hôpital ne veut vous répondre ?

Mark vous raccompagne jusqu'à votre chambre où il vous met au lit et vous borde. Il vous tend un médicament que vous attrapez par automatisme avant de l'avaler, sans attendre le verre d'eau qu'il vous tend. Il soupire et pose le verre sur la petite table basse.

Alayne vous observe à la porte, et Mark se tourne vers elle. Quelqu'un joue de la cornemuse dans une chambre voisine. Il joue faux, mais c'est bien mieux que les hurlements de la vieille folle d'à côté. Elle vous empêche de dormir tous les soirs.

Vous êtes lourde, vous vous enfoncez dans le matelas.

— Quand allez-vous lui dire ? s'inquiète Mark tout bas.

— Lui dire quoi ?
— Tout... Tout ce qui s'est passé.
— Elle le sait.
— Je n'en ai pas l'impression. Son esprit s'est brisé, elle ne sait plus ce qui s'est passé. C'est à cause de son coup à la tête. Ça me fait de la peine de la voir comme ça.
— Sa mère vient la voir demain... Peut-être se passera-t-il quelque chose à ce moment-là. Peut-être après-demain, ou le jour d'après. Sa mère veut lui amener son chien, peut-être que cela la poussera à se souvenir.
— Je ne crois pas, sa mère vient tous les jours et il ne se passe rien.
Alayne soupire et se passe une main sur le visage.
— L'esprit a besoin de temps pour guérir. Le sien plus que les autres. Elle a eu beaucoup de lésions cérébrales, sans parler du trauma psychologique.
— Alors, il se peut qu'elle ne guérisse jamais ?
Alayne inspire et soupire profondément avant de répondre d'une voix basse :
— Oui.
— Vous devez lui dire, docteur, elle ne s'en souviendra pas sinon.
— Et je commencerais par quoi ? Il y a tellement de choses dont elle ne veut pas se souvenir. C'est peut-être mieux ainsi.
— Vous pourriez commencer par lui dire que Judith est morte. Qu'elle l'a tuée.
— La police le lui a déjà dit. C'est à partir de là que son esprit a flanché. Maintenant, c'est à elle de le dire. Elle ne veut pas s'en souvenir, alors lui dire ne changera rien. Elle restera dans son délire illusoire. Nous ne pouvons rien faire si ce n'est l'amener sur le chemin de la guérison et de la rédemption.
— Oui. C'est peut-être mieux après tout. La pauvre a perdu tous ses enfants. Quelle vie...
Vous essayez de leur parler, mais votre corps sombre, il est de plus en plus lourd. Vous voulez leur expliquer qu'ils se trompent, que

Judith est en vie, que vous ne l'avez pas tuée, que la balle a juste effleuré son bras ! Qu'elle s'est relevée...

Vous...

Vous l'avez vue... Elle s'est relevée ! Vous lui avez fait un garrot, juste à temps, juste avant qu'elle ne se vide de son sang. C'était un accident ! Vous ne vouliez pas. C'était un ricochet... juste un ricochet ! Et vous l'avez sauvée ! Grâce à votre garrot, elle a survécu. C'est Hugo qui est mort à sa place ! Vous l'avez vu ! Ils ont échangé leur place !

— Le temps nous dira ce que Karen deviendra.

Judith est là ! Juste là ! Pourquoi ne leur dit-elle pas, à ces fous ?

Vous essayez de bouger vos lèvres, mais vous n'y arrivez pas, le cachet commence déjà à faire effet.

Judith vous regarde en souriant, assise sur le bureau à côté de la porte d'entrée. Vous voulez lui dire de ne pas s'asseoir là, mais vous êtes contente d'enfin la voir.

Vous allez enfin pouvoir partir. Elle a pris sa valise avec elle, elle est posée au sol contre le pied du bureau. Un gémissement s'échappe de votre gorge, puis vous souriez. Maggie est assise à côté de Judith, elle vous fait signe et vous envoie un bisou. Elle porte sa robe rouge préférée et a son plaid dinosaure avec elle. Judith lève son pouce vers vous, elle est trop grande maintenant pour vous envoyer des bisous. Elle aussi porte sa robe préférée, la même que lorsqu'elle était enfant, la jaune qui lui tombe jusqu'aux chevilles. Dans ses bras, elle tient une petite chose enveloppée dans une couverture à rayures blanches et bleues. Elizabeth.

Pourquoi ne les voient-ils pas ?

Une bouffée d'amour vous traverse et votre corps revit enfin.

Elles sont magnifiques. Ce sont des trésors.

N'est-ce pas ?

FIN

À PROPOS D'ALEX

Alex Sol est une écrivaine de thrillers, de romans d'horreur et de fantasy. Née à Montauban dans le sud de la France, elle a vécu à Toulouse, puis à Paris, puis de nouveau à Toulouse avant de partir pour Montréal pour deux ans. Depuis juillet 2021, elle est de retour à Toulouse où elle se consacre à 100 % à l'écriture, mais qui sait où cette nomade s'installera en suivant ?!

Alex aime tester de nouvelles manières d'aborder ses histoires. Avec *Jamais d'eux sans toi*, elle a fait le pari — réussi ! — d'écrire un roman à la seconde personne du pluriel !

Si vous lui demandez pourquoi elle écrit, elle vous répondra qu'elle aime faire ressentir des émotions fortes à ses lecteurs !

DE LA MÊME AUTRICE

Thriller

Jamais d'eux sans toi

Pris dans la toile

La Perruque

Policier

À la vue de tous

Horreur

Vous êtes cordialement invités

Les Accoucheuses - Le couvent des Pascalines

Urban Fantasy

Exorcismes et Sortilèges T1 : Sam

Exorcismes et Sortilèges T2 : Sylvia

Thriller fantastique

Périveil

Science-fiction

MIRIAL

Young Adult

Les Aventures Extra-Solaires T1 : La planète aux épines

Les Aventures Extra-Solaires T2 : La planète rouge

Les Chroniques des Ondes T 1 : L'appel de Minéra

Printed in France by Amazon
Brétigny-sur-Orge, FR